설중환 교수와 함께 읽는

춘향전

서연비람은 조선 시대 왕궁 내, 강론의 자리였던 서연(書筵)에서 강관(講官)이 왕세자에게 가르치던 경전의 요지를 수집하여 기록한 책(비람備覽)을 말합니다. 서연비람 출판사는 민주주의 국가의 주인인 시민들 역시 지속 가능한 과거와 현재, 미래의 이치를 깨우치고 체현해야 한다는 믿음으로 엄선한 도서를 발간합니다.

서연비람 고전 문학 전집 11
설중환 교수와 함께 읽는 춘향전

초판 1쇄 2019년 3월 25일
엮은이 설중환
펴낸이 윤진성
펴낸곳 서연비람
등록 2016년 6월 29일 제 2016-000147호
주소 서울시 강남구 도곡로 422, 5층
전화 02-563-5684
팩스 02-563-2148
전자주소 birambooks@daum.net

ⓒ 서연비람 2019, Printed in Korea.

ISBN 979-11-89171-15-5 04810
ISBN 979-11-89171-06-3 (세트)

값 12,000원

이 도서의 국립중앙도서관 출판예정도서목록(CIP)은 서지정보유통지원시스템 홈페이지(http://seoji.nl.go.kr)와 국가자료종합목록시스템(http://www.nl.go.kr/kolisnet)에서 이용하실 수 있습니다. (CIP제어번호 : CIP2019007211)

서연비람 고전 문학 전집

11

설중환 교수와 함께 읽는

춘향전

설중환 엮음

서연비람

차례

책머리에

나는 오랫동안 고전 문학을 공부해 왔다. 단군 신화로부터 시작해서, 『금오신화』, 『홍길동전』, 『구운몽』, 박지원의 한문 단편, 그리고 판소리계 소설 등 많은 작품들을 연구하고 분석하였다.

이 모든 작품들은 각각의 고유한 가치를 가지고 있지만, 특히 판소리계 소설에 애정이 많이 갔다. 그것은 판소리가 우리 민족 고유의 정서와 감정을 잘 나타내고, 또한 한국인의 특성을 잘 담고 있기 때문이다.

이에 필자는 판소리 여섯 마당의 작품을 분석한 논문들을 쓰고, 이들을 『판소리사설연구』라는 책으로 엮은 적이 있다. 그러나 현재 남아 있는 판소리 사설의 원문은 물론이고, 이에 대한 전문 연구 논저 역시 일반인들이 읽기에는 적지 않은 어려움이 따른다.

판소리는 조선 시대의 서민 종합 예술이다. 따라서 오늘날의 전문 학자들은 지금이라도 이를 상아탑 속에서만 논의할 것이 아니라 서민들에게 되돌려 줄 의무도 있다고 생각한다. 그래야 국민의 문화 수준도 향상될 것이다. 내가 원하는 한국은 국민 소득뿐 아니라 문화 의식도 선진국

수준이 되는 나라이다. 조국을 문화 선진국으로 만드는 것이 인문학을 공부하는 나의 소원이라면 소원이다.

더구나 우연한 기회에 일반 대중들도 우리 고전과 전통 문화에 대한 지식에 목말라하고 있음을 알았다. 그러나 이런 국민들의 지식욕을 제대로 채워 줄 수 있는 대중적인 교양서적이 너무나 부족함을 알고, 판소리 사설에 대한 교양서로 판소리 여섯 마당을 해설한 『꿈꾸는 춘향』을 출판한 적이 있다.

그러나 이 책은 이론적인 면만 해설하였기에, 역시 작품 자체에 대한 갈증을 해소시켜 줄 수 없었다. 그것을 고민하다가, 이번에 이론적인 해설뿐만 아니라 작품 원문도 읽어 볼 수 있는 책을 내기로 하였다. 그래서 각 작품의 전반부에는 작품의 원작을 현대어로 수정하여 싣고, 후반부에는 작품의 해설을 덧붙이기로 하였다.

이에 여기서는 작품 속의 관직이나 제도, 의식주에 해당하는 당시의 명칭을 제외하고는 대부분 현대어로 수정하였다. 그리고 판소리 사설에는 여러 이본이 존재하는데, 어떤 한 이본에 집착하지 않고 여러 이본을 종합하여 필요한 부분은 덧붙이고, 필요하지 않는 부분은 줄이면서 작품 전체의 유기적인 통일성을 기하였다. 어떻게 보면 이번 현대어 수정본은 현대에 새롭게 만들어진 하나의 새로운 판본으로 보아도 무방할 것이다.

『춘향전』은 기생 춘향이 양반의 부인이 되는 이야기이다. 춘향이를 생각하면, 나는 늘 한국의 강인한 여성상을 떠올린다. 춘향이는 아주 열

악한 가정 환경에서 태어났으니, 당시로서는 천민 대우를 받던 기생의 딸이었다. 그러나 그녀는 그런 환경 속에서도 자포자기하지 않고 양반이 되겠다는 다부진 꿈을 품었다.

당시로서는 보통 사람이 꾸기 힘든 정말 대단한 꿈이다. 게다가 그녀는 꿈만 꾸던 몽상가가 아니라, 그 꿈을 이루기 위해 주도면밀한 준비를 하고, 준비가 끝나자 스스로 기회를 만들어 내는 적극적인 여자였다. 그러고는 드디어 이 도령을 만나 첫 번째 아내같이 여기는 관계를 만들었다.

인생 만사 흥진비래(興盡悲來)라, 즐거운 일이 지나가면 슬픈 일이 닥쳐온다고, 이몽룡과 헤어지고 나서 변학도에게 모진 고난을 받게 되지만, 그녀는 끝내 자기의 꿈을 포기하지 않는다. 자신의 꿈을 이루고자 불굴의 의지로 그 고난을 이겨 내고 끝내는 이 도령의 부인이 된다. 우리는 한국 여성의 강인함을 이 작품에서 만날 수 있을 것이다. 아무튼 필자는 우리나라의 많은 사람들이 이 책을 읽고 한국인의 본래 모습을 되찾기를 기대한다.

더불어 이 책은 전문 학술서가 아닌 일반인들을 위한 교양서이므로, 강의식 해설에서는 편의상 다른 학자들의 학설을 인용하는 경우에도 일일이 각주를 달지 않았다. 모든 분들의 양해를 구한다. 그리고 이 책을 만드는 과정에서, 판소리 사설의 현대화 작업을 거들어 준 노혜진 선생의 노고에 감사를 표한다. 더불어 세계적인 경제 불황 속에서 특히 출판계가 더욱 어렵다고 야단들인데, 이 책의 출판을 흔쾌히 허락해 주신

서연비람 윤진성 사장님과 편집장 황미숙 선생님을 비롯해 여러분들에
게 심심한 감사의 말씀을 전하고 싶다.

2019년

춘산 설중환 씀

『춘향전』을 읽기 전에

교수님 자, 오늘은 『춘향전』을 읽는 날이란다.

새봄 아, 재미있겠다.

교수님 네가 재미있을지 없을지 어떻게 아니?

새봄 저는 안 읽어 봤지만 줄거리는 대충 알고 있어요. 연애 이야기라 재미있을 것 같아요.

교수님 네 말이 맞다. 『춘향전』은 우리 민족이 가장 재미있어 하는 이야기 중 하나란다. 그러나 이것은 연애 이야기이지만 그 속에 담긴 심층적인 속 의미가 무엇인지 찾아내는 게 소설을 읽는 목적이란다.

새봄 그 속 의미라는 게 뭐예요?

교수님 무슨 작품이든지 항상 주인공을 중심으로 이야기가 펼쳐진단다. 그래서 우리는 소설을 읽을 때 늘 주인공을 잘 살펴보아야 한단다. 『춘향전』의 줄거리는 너도 대충 알듯이, 조선 시대 전라도 남원골에 월매라는 기생의 딸 춘향이가 양반 이 도령을 만나 양반 부인이 되었다는 것이다.

새봄   그게 뭐 대단한 거예요?

교수님   지금 시대라면 별 게 아닐 수도 있지. 그러나 이 이야기는 지금 시대의 이야기가 아니고, 신분제가 엄격하던 조선 시대의 이야기야. 당시에 기생은 천민 대우를 받았고, 그 위에 상민, 서얼인 중인, 가장 높은 곳에 양반이 있었어. 즉 양반, 중인, 상민, 천민이 있었지.

그런데 그 계급 구분이 상당히 엄격해서 대대로 내려갔던 거야. 양반의 아들은 양반, 상민의 아들은 영원히 상민으로 어떤 경우에도 그 자리를 바꿀 수 없는 계급 사회였어. 그런데 춘향이가 그 견고한 계급 사회를 무너뜨리고 천민인 그녀가 양반의 부인이 된 거지. 그래서 춘향이가 위대하다는 거야.

새봄   요즘 같으면 가난한 집 딸이 재벌 2세와 결혼한 것 정도 되네요.

교수님   그렇지. 역시 새봄이는 똑똑해.

새봄   이제 『춘향전』의 의미를 다 알았으니, 더 이상 이 작품을 읽을 필요도 없겠네요.

교수님   아니란다. 우리는 이제 춘향이가 어떻게 그녀의 꿈, 즉 양반의 부인이 되는가를 하나하나 따라가면서 읽어 보자. 재미있을 거야. 춘향이가 왜 양반의 부인이 되려고 하는지, 양반의 부인이 되기 위해 무슨 준비를 하는지, 어떻게 이 도령을 만나서 어떻게 사랑하는지, 또 그녀에게 수청을 들라는 변학도에게 어떻게 대항하는지 등등을 살펴보는 거야.

새봄 춘향이가 변학도에게 대항한 것을 보면 춘향이는 대단히 강한 여자 같아요.

교수님 그렇지, 당시 고을 원이었던 변학도의 명령을 거역한 것은 대단한 일이야. 그런 것을 보더라고 춘향이는 정말 강인한 여자란 걸 알 수 있단다.

그 어려운 형편 속에서 그녀의 꿈을 하나하나 이루어 가는 것을 보면, 마치 한국 여인들의 모습을 보는 것과 같단다. 이런 춘향이의 모습에서 우리는 우리 한국 여성들의 참모습을 찾아보아야 한단다.

새봄 춘향이를 따라 배워야겠네요.

교수님 그게 이 작품을 읽는 이유라고 할 수 있지. 새봄이도 춘향이처럼 품은 꿈을 꼭 이루는 사람이 되었으면 좋겠어.

새봄 그래야지요. 그럼 저도 재벌 2세 부인이 될까요. 흐흐흐.

교수님 이놈이!

새봄 농담이에요. 그런데 교수님! 『춘향전』을 판소리계 소설이라 하는데, 판소리계 소설이 뭐예요?

교수님 그래, 질문 잘 했다. 판소리는 알지?

새봄 네, TV에서 가끔 보았어요. 다는 안 보고 조금만 봤지만요.

교수님 그래, 판소리는 판에서 부르는 소리란다. 판은 노름판, 씨름판같이 여러 사람들이 모인 장소라고 보면 되겠지. 거기서 부르는 소리야. 소리는 아니리와 창으로 되어 있는데, 창은 노래고 아니리는 요즘 말로 하면 랩 비슷한 거야.

새봄   우리가 랩을 했다고요?

교수님   우리가 하면 안 되냐? 랩은 내가 볼 때, 우리나라에서 제일 먼저 시작된 거라고도 볼 수 있지 않을까.

새봄   재미있네요.

교수님   그 판소리를 무슨 '가'라고 부른단다. 예를 들면 「춘향가」 하면, 춘향의 판소리 대본이야. 원래는 판소리 대본만 있었는데, 조선시대에 판소리를 직접 듣고 볼 수 없는 사람들을 위해 그 판소리 대본을 소설로 만든 걸 판소리계 소설이라고 한단다. 「춘향가」 하면 판소리 대본이고, 『춘향전』 하면 「춘향가」를 소설화시킨 거라고 보면 된단다.

새봄   이제 이해가 되었어요. 교수님 최고예요. 「심청가」와 『심청전』도 다른 점을 알겠어요.

교수님   그래, 기생 딸 춘향이가 어떻게 양반의 부인이 되는지에 관심을 가지면서 이 작품을 차근차근 읽어 보면 재미있단다.

새봄   네. 감사합니다. 교수님! 잘 읽어 보겠습니다.

춘향전

1. 꽃과 나비

춘향이는 양반 아버지와 기생 어머니 사이에서 태어난다. 춘향은 조선 시대의 법으로 는 어미와 마찬가지로 기생이 되어야 마땅하지만, 당돌하게도 양반의 부인이 될 꿈을 꾼다. 이 부분에서는 춘향이 양반이 될 꿈을 꾸게 되는 원인, 즉 그녀가 태어나게 되 는 과정과 태몽 등을 유의해서 읽어야 한다. 그러면 춘향과 이몽룡은 하늘이 정한 배 필임을 알게 될 것이다. 그리고 그녀가 막연히 양반의 부인이 될 꿈만 꾸는 것이 아니 라, 양반의 부인이 될 준비도 착실히 하는 점 역시 유의해서 보면 재미가 있다.

옛날 단군 시절에나 견줄 만큼 살기 좋은 숙종 대 왕 때의 일이다. 임금뿐 아니라 그를 보필하는 좌우 문무 신하들 또한 지혜롭고 용감하였다. 정치를 하는 이들의 마음에는 백성을 사랑하는 마음이 넘치고, 온 나라에는 효자와 열녀들이 가득했 다. 어디 그뿐인가? 백성들의 생활 또한 넉넉하여 농부들의 입에서는 흥겨운 「농부가」가 저절로 울려 퍼졌다.

이 무렵, 전라도 남원부에 월매라는 기생이 있었다. 그녀는 충청도·전라도·경상도를 아우르는 삼남 지방에서 유명한 기생이었는데, 돈을 많이 모으고 나이도 들자 기생질을 그만두고, 명색이 참판[1]인 성가라 하는 양반을 데리고 함께 세월을 보내고 있었다. 남부럽지 않은 삶이었지만, 그녀는 나이 사십이 넘도록 자식이 없는 것이 늘 마음에 걸렸다.

어느 날, 그녀는 고민 끝에 성 참판에게 속마음을 털어놓았다.

"여보, 제가 복이 많은가 봐요. 기생 일을 그만두고 당신 같은 사람과 사니, 이게 행복인가 싶네요. 하지만 여보! 사람이 다 가질 수 없는 걸까요?"

"그게 무슨 소리요?"

성 참판은 월매에게 무슨 근심이 있는지 의아해했다. 월매는 깊은 한숨을 내쉬며 말했다.

"왜 우리에겐 자식이 없는 건지. 무슨 죄가 있어 자식 하나 없을까요? 앞으로 조상 제사는 누가 지내며, 우리 죽은 후 장사는 누가 지내 준답니까. 이렇게 자식도 없이 죽는다고 생각하니 서글픈 생각이 들어서요. 죽으면 조상님들의 얼굴을 어찌 뵈올지⋯⋯."

성 참판은 가만히 월매의 손을 잡았다. 그러곤 아내의 마음을 아는 까닭에 부드러운 미소로 월매를 다독였다.

"그게 어디 당신 잘못이겠소. 자식은 하늘이 정하시는 일이라는데⋯⋯."

---

1 **참판** : 조선 시대 6조의 종2품 벼슬

월매는 젖은 눈으로 성 참판을 애절하게 바라보았다.

"여보, 우리 이렇게 있지만 말고 하늘에 정성이라도 들여 봅시다. 유명한 산과 절에서 빌고 또 빌면 하늘이 감동해서 딸이든 아들이든 무엇 하나 주시지 않을까요? 자식만 있다면, 이 답답한 가슴이 뻥 뚫릴 것만 같아요."

"어허, 우리 신세를 생각하면 당연한 말이지만, 빈다고 자식을 얻는다면야 세상에 자식 없는 사람이 어디 있겠소."

성 참판의 말이 틀린 것도 아니지만, 그럴수록 가슴이 타들어 가는 월매였다.

"천하의 성인이신 공자님도 니구산[1]에 빌어서 태어나셨고, 정나라 정자산[2]도 우성산에 빌어서 태어났다는데, 우리나라라고 그만큼 신령한 산이 없겠습니까? 그냥 속는 셈치고, 우리도 명산대찰을 찾아 정성을 다하여 빈다면 안 될 일이 있겠습니까. 여보! 우리도 한번 해 봅시다. 예?"

마지막 절박함이 서려 있는 아내의 애원이었다. 더 이상 만류하는 것도 남편의 도리가 아니라, 성 참판은 고개를 끄덕이며 따뜻한 미소를 지었다.

이날부터 월매와 성 참판은 몸과 마음을 깨끗이 한 후, 유명한 산을

---

1 **니구산** : 중국 산동성에 있는 산인데, 이 산에 치성을 드려 공자를 낳았다고 한다.
2 **정자산** : 춘추 시대 정나라의 대부인 공손교. 자가 자산(子産)임.

찾아다녔다. 이쪽저쪽 둘러보며 명산을 찾아 동서남북으로 바쁘게 돌아다니던 어느 날 드디어 지리산에 이르렀다. 이들은 반야봉 꼭대기에 올라서서 사방을 둘러보았다.

웅장한 산세는 동남쪽으로 흐르는 섬진강의 푸른 물결과 어우러져 장관을 이루고 있었으니, 용한 신령이라면 이런 곳에 살지 않을까 싶었다. 여기가 바로 명산대천임이 틀림없다. 이들은 산꼭대기에 제단을 쌓아 제물을 올리고 엎드려 정성을 다해 간절히 빌었다. 그리고 지리산 각 사찰에 백일산제와 불공을 드리고, 그것도 모자라 최영 장군을 모신 사당에 향불을 켜고 축원을 드리기도 했다.

이런 지극한 정성에 하늘이 감동하셨는지, 어느 날 월매는 신비한 꿈을 꾸었다. 하늘에 상서로운 기운이 가득하고 오색구름 빛이 찬란한 가운데 한 선녀가 푸른 학을 타고 내려왔다. 선녀는 머리에 꽃으로 만든 족두리1를 쓰고 몸에는 채색 옷을 입고 있었다. 선녀는 갖가지 패물 소리를 쟁쟁하게 울리며 복숭아꽃〔桃花〕과 오얏꽃〔李花〕 가지를 두 손에 나누어 쥐고, 월매 앞에 공손히 다가와서 말했다.

"이 복숭아꽃을 잘 가꾸어 오얏꽃과 접붙이면 말년 운이 좋으리라. 이 오얏꽃을 다른 곳에 갖다 줄 데가 있어 급히 떠나지만, 내 말을 잘 기억하여라."

---

1 **족두리** : 부녀자들이 예복을 입을 때에 머리에 얹던 관의 하나로, 위는 대개 여섯 모가 지고 아래는 둥글며, 보통 검은 비단으로 만들고 구슬로 꾸민다

말을 마친 선녀가 떠나자 복숭아꽃 한 가지가 월매의 품 안으로 떨어졌다. 놀라 잠이 깬 월매는 마음을 진정시키며 성 참판에게 꿈 이야기를 했다. 혹시 아이를 밸 것을 알려 주는 꿈인 태몽일지도 모른다는 기대감에 마음이 설렜다. 여러 날이 지나자 과연 태기가 있었다.

열 달이 지난 어느 날, 오색구름이 찬란하고 방 안에 향기가 가득한 가운데 월매는 딸을 낳았다. 아들이 아니면 어떠랴. 오랜 세월 기다린 금쪽같은 딸이었다. 부부는 딸을 잉태할 때 꿈에 나타난 복숭아꽃이 '봄 향기'를 상징하므로 '춘향(春香)'이라 이름하고, 귀하디귀하게 키웠다.

춘향은 태몽처럼 하늘의 꽃이 땅에 내려온 듯 자랄수록 아름답고, 효심이 깊었으며, 슬기와 재주도 뛰어났다. 춘향의 나이 칠팔 세가 되자 책 또한 즐겨 읽으니, 아름다움과 지혜와 덕행을 겸비한 그녀는 온 고을의 자랑거리가 되었다.

이때 서울 삼청동에 사는 양반 이한림의 집안은 뼈대 있는 가문으로 대대로 내려오는 충신의 후예였다. 그는 가는 곳마다 고을을 잘 다스리는 훌륭한 관리였다. 그가 남원 부사로 내려온 지 얼마 지나지 않아 백성들의 삶이 평안해지니, 거리마다 그의 은덕을 칭송하는 소리가 드높았다. 더욱이 기후마저 순조로워 그해 풍년도 들었다.

이듬해 봄이 왔다. 어느 놀기 좋은 봄날, 바람이 살랑살랑 불었다. 이 산 저 산에서 꽃으로 붉게 물드니, 바야흐로 사랑의 계절이다. 숲속의 새들도 짝을 찾아 노래를 부른다.

그때 이 사또의 아들 이몽룡은 16세의 청년으로 보기 좋은 풍채와 최치원에 버금가는 글재주를 지녔다. 또한 한석봉을 빼닮은 글씨체의 소유자로, 성격 또한 바다같이 드넓었다. 이 도령의 마음에도 살랑살랑 봄바람이 불어왔다. 참다못한 그가 드디어 심부름꾼 하인인 방자를 불렀다.

"방자야, 이 고을에서 경치 좋은 곳이 어디냐? 내 친히 봄바람을 쐬며 시를 지을까 하니 한 번 말해 봐라!"

"아니, 글공부하시는 도련님이 경치 좋은 곳을 찾아 뭐하시게요?"

방자에게도 바람난 상전이 우스워 보인 모양으로, 약을 올리는 소리를 했다. 하지만 우리의 이 도령은 봄바람을 이기지 못한 듯 쉽게 물러서지 않는다.

"어허, 이런 무식한 놈! 경치 좋은 곳이라야 좋은 글이 지어지는 법! 뛰어난 문장가들은 모두 자연을 벗 삼아 글을 지었으니 나도 예외는 아니지! 옛말에 이르기를 천지에서 일어나는 만물의 변화처럼 놀랍고 아름다운 것이 없으며, 이 모든 것이 글이 아닌 게 없다고 했다. 이태백도 채석강에서 놀았고, 세종 대왕도 속리산 문장대에서 놀았는데, 나도 자연 속에서 놀아야 좋은 작품이 나올 것이 아니냐. 어험."

한마디 한마디가 또박또박 그럴듯하다.

그러나 방자에게는 이 도령의 말이 틀린 듯 맞는 듯 아리송하게만 들렸다. 그는 별수 없다는 듯 사방의 경치를 이 도령에게 말했다.

"서울 자하문 밖의 칠성암·청련암·세검정, 평양의 연광정·대동루·모란봉, 양양의 낙산대, 보은의 속리산 문장대, 진주의 촉석루, 밀양의 영남루가 좋다고 하는데요, 전라도로 말하면 태인의 피향정, 무주의 한풍루, 전주의 한벽루가 좋습니다."

이 도령은 칭찬에 우쭐하는 방자의 성격을 아는지라, 한마디를 보탰다.

"그래, 좋구나 좋아. 더는 없느냐!"

이 도령의 말에 신이 난 방자의 말이 이어진다.

"다음으로! 남원 경치를 말하자면, 동문 밖으로 나가면 깊은 숲속의 천은사1가 좋고, 서문 밖으로 나가면 관왕묘2의 당당한 풍채가 좋고, 남문 밖으로 나가면 광한루3 오작교4 영주각이 좋고, 북문 밖으로 나가면 푸른 하늘에 깎은 듯 서 있는 교룡산성이 좋으니 마음대로 골라 가십시오"

이곳저곳 다 좋아 보이는데, 이 도령은 어디로 갈까 생각했다. 명랑하고 과단성 있는 성품의 이 도령, 망설이지 않고 말했다.

"네 말을 듣고 보니 광한루 오작교가 제일인 것 같구나. 가자! 어서 구경 가자! 마침 오늘이 단옷날이지. 좋아! 가는 거야. 방자야! 나귀 등에 안장을 얹어라!"

또 일거리가 생겼다는 생각에, 방자는 뽀로통한 얼굴로 이 도령의 들뜬 마음에 쐐기를 박는다.

---

1 **천은사** : 전라남도 구례군 광의면 방광리에 있는 통일 신라 시대의 사찰
2 **관왕묘** : 한나라 관우 장군을 모시는 사당
3 **광한루** : 조선을 대표하는 누각으로, 남원시 천거동에 있다.
4 **오작교** : 전라북도 남원 광한루(廣寒樓)에 있는 돌로 된 다리

"도련님! 사또께 허락을 받으셔야죠?"

"이놈! 사또께 놀러 간다고 하면 아버지가 허락하시겠어? 몰래 빠져
나가자. 어서."

노는 일이라면 한 수 위인 이 도령이다. 툴툴거리던 방자도 상전의
말을 따를 수밖에 없었다. 이 도령의 성화에 방자는 재빠르게 움직였다.

마당 뒤에서 나귀 안장을 짓는 모습이 한두 번 행차가 아닌가 보다.
붉은 실로 꾸민 말의 가슴걸이와 산호로 만든 채찍, 옥으로 만든 좋은
안장과 비단으로 만든 방석, 황금으로 만든 재갈에, 갈기를 땋고, 붉은
줄로 술을 달아 말 머리에 덮고, 배 양쪽은 말다래로 늘어뜨리고, 은으
로 도금한 발걸이에 호피로 만든 돋움 방석 올리고, 앞뒤에는 염불 법사
염주 매듯 줄방울을 달았다. 요즘으로 말하자면 금방 뽑은 벤츠 600쯤
된다고나 할까.

"도련님, 나귀 준비 다 되었소—오!"

비지땀을 흘리는 방자에게 이 도령이 미소를 띠우며 다가왔다.

남원의 꽃미남이 떴으니, 옥같이 고운 얼굴, 신선 같은 풍채에 댕기머
리 곱게 빗어 밀기름을 발라 얌전히도 다듬었다. 무늬가 있는 비단 댕기
에 하얀 진주를 물려 맵시 있게 장식했다. 평안도 성천에서 나는 비단으
로 만든 겹배자¹, 가는 모시로 만든 바지, 질 좋은 겹버선에 남색 대님

---

1 **겹배자** : 마고자 비슷한 옷

매고, 황금색 호박 단추까지 달았으니 슈퍼스타 부럽지 않다. 통행건을 무릎 아래까지 느슨히 매고는 까슬까슬한 비단 허리띠에 비단 주머니를 여덟 가닥의 실로 꼬아 만든 끈으로 매었다. 어디 그뿐인가, 중추막[1]에 도포를 받쳐 입고, 까만 띠는 가슴에 눌러 매고, 코끝이 흰 당초무늬[2] 가죽신을 신었다.

"방자야, 나귀를 붙들어라!"

이 도령은 발걸이를 딛고 나귀에 올라탔다. 잔심부름꾼인 통인 하나 뒤를 따르게 하고, 방자를 앞세우며 삼문 밖으로 아버지 몰래 빠져나갔다. 이 도령은 금가루 뿌린 종이를 붙여 만든 부채로 햇빛을 가린다. 남쪽 성의 넓은 길로 생기 있게 나아가는 이 도령의 풍모는 옛날 을지문덕 장군처럼 늠름하다. 몸짱에, 얼짱에, 롱다리에 꽃미남의 원조임이 틀림없다. 이에 지나가던 행인들이 모두 이몽룡의 풍채를 흠모하고 사랑하지 않을 수 없었다.

이 도령은 광한루에 성큼 올라 사방을 살펴보았다.

'경치 한번 좋구나!'

멀리 적성산에는 늦은 아침 안개가 걸려 있고, 푸른 버들가지에는 저문 봄이 둘러 있다. 또 한 곳을 바라보니 만발한 꽃 사이로 앵무새와

---

1 **중추막** : 예전에 벼슬하지 아니한 선비가 소창옷 위에 덧입던 웃옷. 중치막이 원말
2 **당초무늬** : 식물의 덩굴이나 줄기를 일정한 모양으로 도안화한 장식 무늬의 하나

공작새가 날아든다. 주위를 둘러보니, 작은 키에 옆으로 가지를 뻗은 소나무와 떡갈나무 잎이 봄바람을 못 이겨 하늘하늘거린다. 폭포 물 떨어지는 시냇가에 꽃은 피어 뻥긋뻥긋 웃으며, 낙락장송은 빽빽하니 푸른 녹음의 향기가 꽃향기보다 좋다.

또 한 곳을 바라보니, 어떤 한 여인이 새소리와 봄기운을 못 이기어 온갖 교태를 짓고 있다. 두견화를 질끈 꺾어 머리에도 꽂아 보고, 함박꽃도 질끈 꺾어 입에 함쑥 물어 본다. 비단 저고리 반만 걷고 맑은 물에 손도 씻고, 시냇물 머금어 양치질도 하며, 조약돌 덥석 쥐어 버들가지 위의 꾀꼬리를 희롱한다. 버들잎도 주루룩 훑어 물에다 훨훨 띄워 본다. 그 옆에 백설 같은 흰나비는 암수가 꽃술을 물고 너울너울 춤을 춘다. 숲마다 날아드는 새를 보니, 황금색 꾀꼬리다.

광한루에서 한참 경치를 바라보던 이 도령, 오작교를 보고 넋이 나갔다.

'광한루도 좋지만 오작교는 더욱 좋구나. 햐, 오작교! 견우와 직녀는 어디 있는가?'

'좋다! 풍월을 읊어 보자!'

주변 경치에 흥이 난 이 도령, 시 한 수를 지어 읊었다.

높고 밝은 하늘에 까막까치가 만든 배요.
옥 계단이 놓인 아름다운 광한루라.
진정 묻노니 천상의 직녀는 누구인가?
흥겨운 마음에 오늘은 내가 견우가 되리.

이때, 심부름꾼인 통인이 집 안채에서 장만한 술상을 내어 왔다. 이도령, 한잔 흥겹게 걸치니 취흥이 절로 났다. 곧이어 두어 잔 마신 뒤, 통인과 방자에게 술상을 물려주었다.

그러곤 담배를 피워 물고 이리저리 어슬렁거리며 주위를 돌아다녔다. 가슴 가득 봄기운에 취한 이 도령에게 아름다운 경치의 감흥을 더 말해 무엇 하겠는가. 버들가지 사이로 벗을 부르는 꾀꼬리 노랫소리가 봄기운을 더한다.

이 도령은 왕 나비가 꽃을 찾듯 무언가를 찾는다. 신선이 산다는 봉래산은 눈 아래 가까운 듯하고, 은하수같이 흐르는 물, 이 경치를 함께 할 이가 있다면 얼마나 좋을까? 이 도령은 달에 산다는 선녀 항아와 같은 누군가를 찾는다.

2. 음풍[1]을 날리는 춘향이

춘향은 양반의 부인이 될 준비를 마치자, 소극적으로 기다리는 것이 아니라 적극적으로 짝을 찾아 나선다. 그녀가 양반들이 많이 찾아오는 광한루로 나가 그네를 타는 것이 그 상징적인 사건이다. 그리고 이 도령이 그녀를 만나려고 하나, 그녀는 이런저런 핑계로 거절하며 그의 호기심을 자극하여, 결국 이 도령으로 하여금 그녀의 집으로 찾아오도록 만드는 과정이 재미있다.

가는 날이 장날이라고, 마침 그날이 단옷날이었다. 사방에는 봄 향기에 취해 들떠 있는 사람들이 많았다. 그때 노래라면 노래, 춤이라면 춤, 시라면 시, 무엇 하나 못하는 것이 없는 춘향이가 향단이를 앞세우고, 그네를 타기 위해 집을 나섰다.

오월의 향기도 그윽하지만 어디 춘향이의 향기만 하겠는가. 난초 같

---

1 **음풍(陰風)** : 흐린 날씨에 음산하고 싸늘하게 부는 바람. 여기서는 여자의 냄새를 말함.

은 고운 머리를 두 귀를 눌러 곱게 땋은 춘향은 숲속의 버드나무 높은 곳에 매어 놓은 그네 앞으로 사뿐사뿐 걸어갔다. 그러곤 무늬를 수놓은 초록 장옷[1]과 남색 비단 홑단치마를 벗어 나무에다 걸어 두고, 자주색 비단신을 벗어 던져두며, 새하얀 비단 속바지를 턱 밑까지 추켜올렸다. 그녀는 희고 가는 양손으로 삼 껍질로 꼬아 만든 그넷줄을 갈라 잡았다. 그리고 하얀 버선발로 사뿐히 그네에 올라탔다.

그네는 버들같이 고운 춘향을 싣고 봄바람처럼 하늘거린다. 뒷모습을 바라보니 옥비녀와 은으로 만든 대마디 모양의 장식이 반짝이고, 앞모습을 바라보니 작은 칼 은장도가 얇은 비단 겹저고리 고름과 어우러져 아름다움을 더한다.

"향단아, 그넷줄을 밀어라!"

한 번 굴러 힘을 주고, 두 번 굴러 힘을 준다. 발밑에 가는 티끌은 바람 따라 흩어진다. 그네의 앞뒤 간격이 점점 멀어지고 춘향의 몸을 따라 나뭇잎도 흔들린다. 푸르른 녹음 속에서 춘향의 붉은 치마가 향기로운 바람을 일으킨다. 흰 구름은 구만 리 높고 높은 하늘로 춘향의 고운 향취가 흩날린다. 선녀가 있다면 바로 저런 모습일 것이다.

"얘, 향단아! 그네 바람이 독하여 정신이 어질어질하다. 이제 그넷줄을 붙들어라."

---

1 **장옷** : 예전에 여자들이 나들이할 때에 얼굴을 가리려고 머리에서부터 길게 내려 쓰던 옷

향단이 그넷줄을 붙들려고 이리저리 애를 쓸 때, 그만 시냇가 반석 위로 춘향의 옥비녀가 떨어졌다.

"비녀, 비녀."

하며 비녀를 찾는 춘향의 목소리가 마치 쟁반 위에 옥구슬 구르는 듯하고, 그 태도와 모습이 세상 인물이 아니었다.

언제부터인가 멀리서 이를 지켜보고 있던 이 도령, 마음이 산란하고 정신이 어질어질하여 혼잣말로 중얼거렸다.

"조각배 타고 범소백을 쫓아간 서시¹가 여기 있을 리도 없고, 해하성 달 밝은 밤에 초패왕과 이별한 우미인²이 올 리도 없고, 한나라 단봉궐을 떠나면서 비파 연주하고 자결한 왕소군³이 올 리도 없는데, 저건 누구인가? 선녀인가?"

이 도령은 얼이 빠진 듯 넋이 나갔다. 한마디로 시선 고정, 꽂힘을 받았다.

"이봐라!"

"예이."

---

1 **조각배 타고 범소백을 쫓아간 서시** : 범여가 서시를 오왕에게 보냈다가 오나라가 망하자, 서시를 데리고 편주를 타고 오호로 도망갔다는 고사

2 **해하성 달 밝은 밤에 초패왕과 이별한 우미인** : 항우가 한고조에게 포위되었을 때, 사방에서 초나라 노래가 들리자 우미인이 자결한 고사

3 **한나라 단봉궐을 떠나면서 비파 연주하고 자결한 왕소군** : 왕소군이 단봉궐을 하직하고 가면서 말 위에서 비파를 연주하고 자결하니, 그 산소에 푸른 풀이 돋았다는 고사

이 도령의 다급한 목소리에 통인은 먹던 닭다리를 떨어뜨리며 허겁지겁 달려왔다.

"저 건너 버들잎 사이로 오락가락 희뜩희뜩 어른어른하는 것이 도대체 무엇이냐?"

통인은 기름 묻은 손을 바지에 쓱쓱 문지르며 이 도령이 가리킨 곳을 살펴보았다.

"이 고을 기생 월매의 딸 춘향이옵니다."

"그래? 좋다! 멋있어!"

이 도령은 눈빛을 반짝이며 흡족해한다. 그의 마음을 눈치챈 통인이 히죽거리며 말했다.

"도련님, 쟤 어미는 한때 기생이었으나 춘향이는 제법 도도합니다. 쟤 어미가 돈으로 다른 여자종을 사서 춘향이 대신 기생 명부에 올렸으므로, 춘향은 이젠 기생 명부에서 빠졌구요. 그래서 기생질을 하지 않고 어려서부터 바느질과 요리를 배우며, 사대부들이나 배우는 글까지 배운다고 해요. 더구나 양반집 여자가 갖추어야 할 재주와 품성을 타고 났다고 하며, 문장 또한 대단하답니다. 어엿한 양반집 처자나 다름없습니다요."

"허허, 그래?"

그리 대수롭지 않다는 듯 호기를 부리는 이 도령, 무슨 속셈인지 이번엔 방자를 부른다.

"방자야! 저 춘향이가 기생의 딸이라니, 얼른 가서 불러오너라!"

도령의 말에 답답하다는 듯 방자가 좀 퉁명스럽게 말했다.

"도련님, 통인의 말을 못 알아들으셨소? 춘향은 지금 기생이 아니라니까요. 월매가 춘향이를 늘어서 낳았는데, 춘향이 생긴 것이 얼굴이 절색이요, 재주는 하늘에서 타고났어요. 문장, 음률, 바느질, 음식, 가지가지 다 잘하며, 문장은 허난설헌, 필법은 신사임당, 음률은 황진이, 바느질은 하늘에 있는 선녀와 다름없을 만큼 뛰어나다고 해요.

또 『열녀전』「내칙편」을 밤낮으로 읽어 일상생활에서의 행실이 사대부집 여자 못지않아요. 춘향인 다른 여자들과는 차원이 달라요. 아무도 못 당해요. 눈같이 희고, 꽃같이 고운 춘향이 얼굴에 미쳐 이제까지 원님이나, 장교 같은 관리들, 그리고 많은 양반들이 무수히 애를 썼지만, 모두 헛물만 켰습니다요. 거 뭐냐. 음, 아! 정절! 대쪽같이 곧은 춘향이가 넘어갈 리 있나요. 춘향이는 여자 중의 군자지요. 춘향이는 결코 쉬운 상대가 아니다, 그겁니다! 도련님, 죄송하지만 불러오기 어렵습니다요."

떨떠름한 표정으로 방자가 말대꾸를 했지만, 그 말에 이 도령은 그냥 벙긋벙긋 웃기만 했다.

"하하, 방자야! 네가 아직 '세상 물건에는 각각 임자가 있다.'는 물각유주(物各有主)¹라는 말을 들어 보지 못한 모양이구나. 형산에서 나는

---

1 **물각유주** : 물건마다 제각기 임자가 있다는 뜻으로, 어떤 물건이라도 아무에게나 되는대로 들어가는 것이 아님을 이르는 말. 이 세상에 임자 없는 물건은 없다는 뜻으로 쓰이기도 한다.

백옥과 여수에서 나는 황금에도 각각 제 주인이 있는 법! 춘향이의 주인은 바로 나야. 잔말 말고 어서 불러오기나 해라!"

이 도령의 천연덕스러운 표정과 여인을 향한 능청스러움은 당차기까지 하였다.

'햐, 우리 도련님 또 시작이네. 아이고, 내 팔자야.'

상전의 명령이니 방자인들 어찌하겠는가. 방자는 마지못해 춘향을 부르러 갔다. 분부 받잡고 나무 사이로 서둘러 뛰어가는 방자의 모습은 서왕모의 요지연[1]에 편지를 전하던 파랑새 같았다. 사랑의 심부름꾼! 중국에는 파랑새가 있고, 서양의 로미오와 줄리엣에게 유모가 있었다면, 우리에겐 방자가 있었다고나 할까.

"얘! 춘향아!"

방자는 숨을 헐떡거리면서 급하게 춘향을 불렀다. 어쨌든 춘향이가 기생의 딸이라, 방자는 반말로 지껄였다. 향단이는 자신이 모시는 상전에게 반말하는 방자를 못마땅하게 흘겨본다. 춘향이 또한 곱게 볼 리 없다. 오는 말이 고와야 가는 말이 고운 법이다.

"어머! 깜짝이야. 이 자식이, 무슨 소리를 그따위로 질러 사람을 놀라게 하니?"

"말을 마라. 일 났다!"

"일이라니, 무슨 일?"

---

1 **요지연** : 서왕모가 거처하던 궁궐인 요지에서의 잔치

"사또 자제 도련님이 광한루 오셨다가 너 노는 모습을 보고 불러오라고 하셨어."

"뭐야? 에라, 미친놈!"

춘향이 방자를 나무란다.

"도련님이 어떻게 나를 알아보고 부른단 말이냐? 분명히 네가 종달새 삼씨 까먹듯 재잘거리며 일러바친 것이지!"

춘향의 날 선 한마디였다. 억울한 방자는 펄쩍 뛰며 말을 되받았다.

"아니다! 내가 왜 네 말을 하니! 잘못은 네가 한 거야. 계집아이가 그네를 뛸 양이면 네 집 뒷마당 담장 안에 줄을 매고 남모르게 은밀히 탈 것이지, 밖에 나와 '날 보러 오시오.' 하고 그네를 탄 네 잘못이지! 게다가 여기서 광한루가 가깝잖아. 우리 도련님이 경치 구경하시다가 그네 뛰는 널 보신 거야! 붉은 치마 펄럭이며, 하얀 속곳 동남풍에 펄렁펄렁, 박속같은 네 속살이 희뜩희뜩 보이는데, 멀쩡한 사내라면 당연히 환장할 일이지. 그게 어찌 내 잘못이냐? 잔말 말고 건너가자!"

부아가 난 방자가 거침없이 말을 내뱉었다. 춘향은 미동도 없이 남모르는 미소를 지을 뿐이다.

"듣고 보니 네 말도 맞다만, 오늘은 단옷날이야. 어디 그네 뛰는 사람이 나뿐이냐? 다른 집 처자들도 나와 함께 그네를 뛰었어. 나만 뛴 게 아니라구. 게다가 나는 지금 관아에 딸린 기생의 몸이 아닌 여염집 여자야. 여염집의 처녀가 어떻게 벌건 대낮에 사람들이 많이 모인 가운데 무슨 얼굴을 추켜들고 너와 함께 가자는 거야? 그러니 좋은 말할 때,

그냥 조용히 돌아가!"

당황한 방자가 마른침을 삼킨다.

"하지만 춘향아, 잘 생각해 봐. 이런 기회는 자주 오는 게 아니야. 우리 도련님은 조선의 명문 집안인 연안 이씨의 자손으로 풍채가 좋고, 문장이 뛰어나고, 음률도 잘 안다. 가문이 좋고 재주가 뛰어나서 머지 않아 장원 급제하여, 한림학사1나 이조 참의2가 될 것이고, 지방으로 내려가면 성천부사, 의주부윤, 전라감사, 평안감사 등은 떼어 놓은 당상이야.

네가 이런 부잣집에 시집가면 궁궐 같은 집안에서 늘 비단옷을 입고, 항상 흰쌀밥에 고깃국을 먹을 텐데, 그래도 싫단 말이냐? 이런 기회 자주 없다. 그리고 네가 계속 버틴다면 도련님이 네 어미를 잡아다가 모진 형벌을 내릴 텐데, 그래도 싫어? 에구, 난 정말 네 속을 모르겠구나."

애타는 방자의 말에 춘향은 코웃음을 친다.

"그래도 나는 안 간다면 안 가. 천 번 오고 만 번 와도 난 안 갈 거니까, 네가 알아서 해."

춘향의 말을 이기지 못한 방자는 별 소득 없이 터덜터덜 광한루로 되돌아갔다. 자존심 강한 양반집 도련님이 신분이 낮은 천한 계집에게 퇴짜를 맞다니! 행여 불똥이 자신에게 튀지나 않을지, 방자는 마음이 조마

---

1 **한림학사** : 고려 시대 한림원(翰林院)의 정4품 관직
2 **이조 참의** : 조선 시대 이조(吏曹)에 둔 정삼품(正三品) 당상관(堂上官)

조마했다. 그런데 방자의 말을 전해 들은 이 도령은 오히려 양 볼이 상기된 채 크게 웃었다.

"하하! 맞다, 맞아. 그 말도 맞구나! 허, 거참 기특하고 귀여운 여자로구나."

'도련님이 미친 거 아냐? 왜 웃는 거지?'

이 도령은 잠시 눈을 감고 지그시 생각하다가 한지에다 한석봉 같은 필법으로 멋지게 몇 자 적더니 방자에게 내밀며, 다시 가서 이리저리하라고 했다.

"방자야, 다시 가서 내가 말한 대로 하고, 이것을 주고 오너라."

이 도령의 전갈을 받은 방자, 편지를 들고 휑하니 춘향에게 건너갔다. 이 도령은 방자에게 무슨 말을 전한 걸까?

그사이 집으로 돌아간 춘향은 월매와 마주 앉아 막 점심 식사를 시작할 참이었다.

"아니, 너 왜 또 왔냐?"

밥을 한술 뜨던 춘향이가 집으로 들어서는 방자를 귀찮은 듯 바라보았다. 춘향의 서슬에 주춤하던 방자는 뒷머리를 긁적이던 손을 내리고 마음을 다잡았다.

"도련님이 다시 전하라기에 왔다. 도련님이 이르시길 '내가 너를 기생으로 여겨서 보고자 하는 것이 아니라, 네가 글을 잘한다기에 보고자 하는 것이다. 남의 집 처녀를 보자고 하는 것이 조심스러운 일이긴 하지만, 내 말을 고깝게만 생각하지 말고 잠시 와서 이야기나 하자꾸나.'라고 하셨어. 자, 여기 편지를 읽어 봐라."

방자의 말을 전해 들은 춘향이 편지를 펼쳐 본다.

'녹주(綠珠)가 우석숭(遇石崇), 홍불(紅拂)이 수이정(隨李靖)'이라. 해석을 하면, 녹주라는 기생이 석숭을 만나고, 홍불이라는 기생이 이정을 따라갔다는 뜻으로, 쉽게 말해서 그들처럼 너도 기생이니 나를 알아보고 따라오라는 말이다.

춘향은 이 도령의 마음을 짐작하며 미소를 짓는다.

'제법이군.'

춘향이는 한참을 생각하다가 백지 한 장을 빼어 내어 잠깐 몇 자를 적더니 겉을 봉한 후, 방자에게 건넸다.

"깊은 안방 속에 갇혀 있는 처녀의 몸으로 평생 듣고 보도 못한 남자에게 편지하기가 좀 그렇지만, 묻는데 대답하지 않을 수 없어 부득이 몇 자 적었다. 이 편지 갖다드리고 다시는 오지 마라."

방자는 서둘러 편지를 챙겼다. 월매는 무슨 영문인지 몰라 눈만 멀뚱멀뚱하고 다만 이들을 지켜보고 있었다.

'휴, 편지라도 받은 게 어디냐.'

방자는 이를 다행스럽게 생각하여, 새처럼 날듯이 달려와 도령에게 편지를 올렸다. 도령이 얼른 뜯어보니, 자기가 보낸 편지와 같은 뿐이었다. 거기에도 오언 구가 적혀 있었다.

'문왕(文王)이 구여상(求呂相)하고, 황숙(皇叔)이 방공명(訪孔明)하다.' 이를 해석하면, 주나라 문왕이 위수 남쪽에서 여상 같은 훌륭한 사람을 만나고, 유비가 삼고초려하여 제갈공명을 찾았다는 뜻으로, 춘향 자신이 여상처럼 훌륭하니 이 도령도 자신을 만나려면 유비가 삼고초려하여 제갈공명을 만난 것처럼 한 서너 번은 고생해야 된다는 말이었다.

이 도령이 글을 읽고는 감탄했다.

'재주 있는 여자야, 귀여운 여자야! 빨리 쓴 답장이 어찌 이렇듯 조리가 밝으냐?'

편지를 읽은 이 도령은 춘향을 만나고 싶은 마음이 더욱 간절해졌다. 그에 마음이 다급해져서 다시 방자를 보냈다.

'흥, 또 보냈구나. 너희 이 도령은 도대체 어떤 사람이냐?'

다시 방자를 본 춘향은, 겉으로는 짜증을 내는 척했지만 속으로는 싫지 않았다. 그때 옆에 있던 향단이에게 이 도령을 본 적이 있는지 물어보았다.

"제가 우연히 길가에서 이 도령을 본 적이 있는데, 잘생겼습디다. 잘생겼어요. 그렇게 잘생긴 얼굴은 처음이에요. 어찌 그리 총기 있고, 시원하게 잘생겼는지 지금까지 남원 원님 자제 중 그런 인물은 처음 봤어요. 그림으로 치면 용 같기도 하고 봉황 같기도 하여 말로 표현할 수 없을 만큼 잘생겼어요."

향단이는 제가 먼저 흥분해서 이 도령의 칭찬을 침이 마르도록 계속했다. 하지만 어느 집이나 어른이 있듯이, 춘향은 자신의 어머니가 어떻게 생각할지 몰라 잠시 망설였다. 옆에서 이들의 말을 듣고 있던 춘향 어미가 곁눈질로 딸의 얼굴을 살펴보았다.

'쟤가 관심을 보이는 사내도 있다니. 가만! 간밤의 꿈이 보통 꿈이 아니었구나! 꿈에 청룡 한 마리가 연못에 있는 게 보이기에 무슨 좋은 일이 있을까 했더니, 우연한 일이 아니야! 들은 바로는 사또 자제 도련님의 이름이 꿈 몽(夢) 자, 용 용(龍) 자 이몽룡이라 하니, 혹시 천생배필인가? 신통하기도 하다!'

한참 생각에 빠져 있던 춘향 어미가 앞으로 나서며 말했다.

"얘, 춘향아! 양반이 부르시는데 아니 갈 수 있겠느냐. 잠깐 다녀오렴."

"예, 어머니."

춘향이는 그제야 못 이기는 척 일어났다.

광한루로 건너가는 춘향이, 느릿느릿 사뿐사뿐 아장아장 조용하고 귀염성 있게 걷는 걸음이 마치 대들보 위의 제비 걸음, 양지바른 마당의 씨암탉걸음, 흰 모래밭의 금자라 걸음 같다. 달처럼 환한 얼굴에 고운 태도로 사뿐사뿐 걸어간다.

난간에 절반만 기대서서 춘향이를 기다리던 이 도령은 그녀가 걸어오는 모습에 넋을 잃었다.

'예쁘고 환한 모습! 마치 달빛 아래 흰 눈 위의 학 같구나.'

이 도령의 시선이 춘향의 도톰한 입술에 꽂혔다.

'붉은 입술 사이에 보이는 흰 이빨은 별 같기도 하고 옥 같기도 하다.'

마치 자기 마음을 들킨 듯 쑥스럽고 부끄러워서 이 도령은 서둘러 시선을 옮겨 춘향이의 옷자락을 살펴보았다.

'신선들이 입었다고 하는 붉은 노을빛 저고리가 석양에 비친 듯 곱고, 보랏빛 안개 같은 치마의 별무늬는 은하수 물결 같구나!'

사랑에 빠지면 곰보 자국도 보조개로 보인다는 말이 있듯이, 이 도령은 춘향의 향기에 취하여 모든 것이 아름답게만 보였다.

춘향은 조심스레 누대에 올라 이 도령 앞에 다소곳하게 섰다.

그가 통인에게 일렀다.

"앉으라고 일러라."

그 말을 들은 춘향은 곱고 단정한 자세로 앉았다. 자세히 살펴보니 별로 꾸민 것은 없으나 자연스러운 아름다움이 흘러넘쳤다. 구름 사이 달빛 같은 얼굴에 붉은 입술을 반쯤 여니 꼭 물속에 핀 연꽃 같았다. 이 도령은 자신도 모르게 입에서 탄성이 흘러나왔다.

'오! 선녀가 남원에 내려온 것 같구나. 달나라 궁궐에 모이던 선녀들이 벗 하나를 잃었겠구나! 네 얼굴, 네 태도는 세상 인물이 아니야!'

춘향 또한 조심스럽게 고개를 들어 이 도령의 모습을 살폈다. 지혜와 힘이 뛰어나고, 넓은 도량과 높은 기상을 가진 사람을 호걸이라 하는데, 춘향이가 보기에 이 도령의 모습은 호걸 중의 호걸로 보였다. 높은 이마는 젊어서 성공하여 이름을 날릴 듯. 이마, 코, 턱, 좌우의 광대뼈를 보아하니 나라의 충신이 될 듯. 그 짧은 순간, 춘향은 많은 것을 단숨에 간파했다. 한마디로 얼짱이요, 몸짱이었다.

춘향은 이 도령의 모습에서 죽은 아버지의 모습을 그려 보았다. 아버지의 젊었을 때 모습이 저랬을까? 이에 한층 흠모의 마음이 생긴 춘향이, 행여나 그 마음이 들킬까 봐 예쁜 눈썹을 아래로 깔며, 다시 단정히 무릎을 꿇고 앉았다. 이 정도면 내숭도 수준급이다. 그러나 마음이 급한 건 오히려 이 도령 쪽이었으니, 그가 말문을 열었다.

"옛말에 성이 같으면 혼인할 수 없다는데, 네 성이 무엇이고 나이는 몇이냐?"

이쯤 되면 이 도령의 속이 훤히 드러난 셈이다. 그 의미를 알고 속으로 미소 짓는 춘향이, 그러나 그저 모르는 척 대답한다.

"성(姓)은 성가라 하고, 나이는 열여섯입니다."

"허허! 나랑 동갑이구나. 성도 다르다니 이보다 좋을 수는 없지. 춘향아! 우리는 하늘이 정해 준 연분임이 분명하다. 그러니 우리 평생 같이 즐겁게 살아 보자! 그래, 부모님은 모두 살아 계시냐?"

"어머니 한 분뿐이십니다."

"그럼, 형제는 어떻게 되느냐?"

"외동딸입니다."

"너도 하나뿐인 귀한 딸이구나! 나도 외동아들이다! 정말 우린 하늘이 정해 준 인연임에 틀림없어. 우리 둘이 평생을 함께하자꾸나."

이 도령은 첫 만남인데도 숨김없이 자신의 속마음을 내보였다. 순수하면서도 서글서글한 웃음을 짓는 이 도령을 보며 춘향은 가슴이 두근거렸다. 그러나 수줍은 마음을 숨긴 채, 춘향은 무언가 못마땅하다는 듯 얼굴을 찡그린다. 튕기기의 고수다. 그리고 붉은 입술을 반쯤 열고 고운 음성으로 대답했다.

"옛말에 이르기를, 충성스런 신하는 두 임금을 섬기지 않으며, 절개가 굳은 여자는 두 지아비를 섬기지 않는다[1]고 했습니다. 도련님은 양반이시나 소녀는 천한 신분입니다. 한 번 정을 나눈 후에 혹시라도 저를 버리시면 소녀의 일편단심, 그 마음을 어찌하라고 그러십니까? 평생 홀로 누워 울며 살아가라는 말씀입니까? 그런 분부는 거두어 주십시오."

부드러운 음성으로 조목조목 자신의 의견을 제시하는 춘향이의 옹골찬 모습에 이 도령의 마음이 녹아들었다.

"듣고 보니, 네 말이 맞구나. 그러나 걱정 마라. 우리 둘이 돌이나 무쇠처럼 굳은 약속을 하면 되잖아. 춘향아, 네 집이 어디냐?"

춘향은 암팡진 눈웃음을 지었다.

"방자를 불러 물어보세요."

춘향이 새초롬한 표정으로 고개를 돌리자 사뭇 도도함마저 감돈다. 춘향의 대답에 이 도령은 허허 웃고 만다.

"아차차, 하인에게 물어야 할 것을 네게 묻다니, 내가 정신이 나갔구나."

이 도령이 겸연쩍게 웃으며, 서둘러 방자를 불렀다.

"얘, 방자야!"

"예!"

---

1 **충성스런 신하는 두 임금을 섬기지 않으며, 절개가 굳은 여자는 두 지아비를 섬기지 않는다** : 충신(忠臣)은 불사이군(不事二君)이요, 열녀(烈女)는 불경이부절(不更二夫節)이라.

"춘향 집이 어디냐?"

방자는 넌지시 손을 들어 건너 산 아래에 있는 집을 가리켰다.

"저기 소나무 정자와 대나무 수풀 사이로 은은하게 보이는 저 집이 춘향이의 집입니다요. 저기, 저 건너입니다. 마당 안에는 온갖 꽃이 탐스럽게 피어 있고, 맑은 연못엔 온갖 물고기들이 뛰어놉니다. 나무 위의 새들은 노래하고, 바위 위의 소나무는 늙은 용이 꿈틀대는 듯하며, 문 앞에는 버들이 흔들립니다요. 들쭉나무, 측백나무, 전나무, 그 가운데 은행나무가 서로 마주 보고, 초가집 문 앞에는 오동나무, 대추나무, 깊은 산 중 물푸레나무가 서 있고, 포도·다래, 으름덩굴이 담장 위에 휘휘 감겨 있는 저 집입니다."

방자가 가리킨 곳을 가만히 바라보던 이 도령이 입을 열었다.

"어디 보자. 저기 담장 안이 깨끗하고, 대나무가 푸른 것을 보니 너의 굳은 절개를 짐작하겠구나!"

이 도령의 말이 끝나자, 춘향은 조심스레 자리에서 일어났다.

"도련님, 세상의 눈과 입이 고약하니, 저는 이만 물러가겠습니다."

"옳은 말이구나. 춘향아! 오늘 밤, 퇴청 시간이 되어 관청의 관리들과 당직 사령도 물러가고 아버님도 잠이 드시면, 내가 너의 집으로 가마. 모르는 척하면 안 된다. 알았지?"

이 도령은 애틋한 마음을 숨기지 못했다. 춘향의 마음에도 야릇한 봄바람이 불어왔다.

"난 몰라요."

춘향은 알 수 없는 대답과 함께 눈웃음으로 화답했다.

"거참, 네가 모르면 쓰겠느냐. 잘 가거라. 오늘 밤에 다시 보자!"

이 도령은 춘향에 대한 정겨움이 어느새 그리움으로 번져 감을 느꼈다.

혼자 집에서 춘향을 기다리고 있던 월매는 춘향을 보자마자 물었다.

"애고, 내 딸, 다녀오느냐? 도련님이 뭐라 하시던?"

두 볼이 상기된 춘향은 의미 모를 웃음을 지었다.

"뭐라긴요. 조금 앉았다가 가겠다고 일어나니 저녁에 우리 집에 오시겠다고 하셨어요."

딸의 말을 들은 월매는 사뭇 긴장했다.

"그래? 그래서 넌 뭐라 대답했느냐?"

"모른다고 하였지요."

"그래? 잘했다."

월매는 춘향의 머리를 쓰다듬으며, 지난밤 꾸었던 꿈을 되새겨 보았다.

봄바람에 꽃을 찾아 헤매다 한 송이 꽃에 마음을 빼앗긴 이몽룡, 그런데 꽃은 꽃이되 범상치 않아 보이니, 짐짓 임자를 만난 모양이다.

3. 춘향이 드디어 이 도령을 낚다

춘향에게 정신을 빼앗긴 이 도령은 결국 그날 밤 춘향의 집을 찾아간다. 춘향은 이 도령이 찾아오자 노련한 월매와 함께 그로 하여금 그녀를 본처와 같이 여기고, 평생 그녀를 잊지 않겠다는 「불망기」를 쓰도록 유도하는데, 그 과정을 유의해서 읽어 보면 재미가 있을 것이다.

　　　　　　집에 돌아온 이 도령, 공부방으로 들어와 책을 펴고 앉았는데, 얼빠진 사람처럼 도리도리 고개만 젓고 있으니, 보통 일이 아니다.

‘해가 지고 어서 빨리 밤이 돼야 하는데……’

해 떨어지길 기다리는 이 도령의 눈에 책이 들어올 리가 있나. 춘향의 말소리는 귓가에 쟁쟁하고, 그 고운 모습이 눈앞에 삼삼하니, 펴는 책마다 춘향을 그린 그림책이 되어 눈앞에 어른거릴 뿐이다.

“방자야, 해가 어디쯤 왔느냐?”

안절부절못하는 이 도령의 모습에 장난기가 발동한 방자가 우스갯소리를 했다.

"그게 말입니다. 동쪽에서 이제 막 뜨고 있는뎁쇼?"

"이놈 봐라! 서쪽으로 지던 해가 동쪽으로 다시 갔단 말이냐? 바로 말하지 못해!"

이 도령의 마음을 아는 방자가 혼자 히죽거렸다.

"그런가? 아차차, 해는 이미 떨어져 황혼이 되었고, 이제 막 달이 동산에서 솟아오릅니다요."

사랑에 빠진 사람의 모습만큼 제정신이 아닌 모습이 또 있겠는가. 이 도령은 저녁밥도 먹는 둥 마는 둥 하고는, 이리저리 서성이며 관리들의 퇴청 시간만을 눈이 빠지게 기다렸다.

'아! 시간이 왜 이리 더디 가는가.'

턱을 괴고 한숨만 내쉬던 이 도령은 그사이 책이라도 읽으면서 시간을 보내야겠다고 생각하고 책을 펴들었다. 『중용』, 『대학』, 『논어』, 『맹자』, 『시경』, 『서경』, 『주역』, 『고문진보』, 『통사략』, 『두시』, 『천자문』까지 내어 놓으니 책들이 수북하다. 이 도령은 그 중에서 손에 잡히는 대로 아무 책이나 펴들고 글을 읽었다.

『시경』을 읽는데,

"구구거리며 우는 정경이 새는 강 가운데 있는 섬에 둘이만 있고, 얌전하고 아름다운 여자는 군자의 좋은 짝이니, 춘향이로구나. 에구, 이 글도 못 읽겠다!"

이 도령은 『시경』을 접고 다른 책을 펼쳤다.

『대학』을 읽는데,

"대학의 도는 밝은 덕을 밝히는데 있으며, 백성을 새롭게 하니, 이 또한 춘향이에게 있도다. 에구, 이 글도 못 읽겠네!"

이 도령은 서둘러 다른 책을 꺼냈다.

『주역』을 읽는데,

"원은 형 코, 정 코, 춘향이 코, 딱 댄 코, 좋코 하니라. 에구, 이 글도 못 읽겠다!"

이 도령은 두 손으로 자신의 뺨을 꼬집으며 정신을 찾으려 노력하더니, 『맹자』를 펴들었다.

"맹자가 양혜왕을 뵙자 왕이 묻기를 선생께서 천 리를 마다하지 않으시고 찾아 주시니 춘향이를 보시러 오시나이까? 에구, 이 글도 못 읽겠다."

가슴이 답답해진 이 도령은 한숨을 푹푹 내쉬며 다시 『사략』을 펴든다.

『사략』[1]을 읽는데,

"상고 시대에 천황씨[2]는 쑥떡으로 임금이 되어, 인(仁)으로 해의 시작을 삼으니 힘을 쓰지 않아도 잘 다스렸다."

옆에서 이 도령의 말을 듣고 있던 방자가 이상하다는 듯 고개를 갸웃거렸다.

---

1 **사략** : 1357년(공민왕 6년)에 편찬된 역사책
2 **천황씨** : 중국 전설상의 임금. 12형제가 각각 18,000년씩 왕 노릇을 하였다 한다.

"도련님, 좀 이상한데요. '천황씨가 목덕(木德)으로 왕 했다.'는 말은 들었어도 '쑥떡으로 왕 했다.'는 말은 머리털 나고 처음 듣는데요."

춘향이에 대한 생각으로 제대로 글을 읽지 못하던 이 도령의 얼굴이 화끈거렸다.

"이 자식이! 넌 잘 모를 거야. 천황씨는 일만 팔 세를 살았던 양반이라서 이가 단단하여 나무로 만든 목떡을 잘 잡수셨는데, 요즘 선비들은 목떡을 못 먹으니, 공자님께서 후생을 생각하여 명륜당에서 꿈에 나타나시어 '요즘 선비들은 이가 부실하여 목떡을 못 먹으니 물씬물씬한 쑥떡으로 하라.'고 이르셨지. 그래서 전국 팔도 360주에 있는 학교인 향교에 알려 쑥떡으로 고쳤다네."

이 도령은 없는 말도 능청스럽게 지어 냈다. 하지만 눈치 빠른 방자, 이를 모를 리 없었다.

"에구, 도련님, 하느님이 들으시면 깜짝 놀라실 거짓말이요!"

이 도령은 멋쩍게 웃으며 『천자문』을 펴든다.

"아니, 도련님! 『천자문』은 갑자기 왜 보세요?"

"에헴, 『천자문』이라 하는 글은 칠서¹의 근본이니라. 양나라에서 주사봉 벼슬을 하던 주흥사가 하룻밤에 이 글을 짓고 머리가 희었기에, 책 이름을 『백수문(白首文)』이라고도 했지. 하나하나 새겨 보면 뼈똥 쌀 일이 많지."

---

1 **칠서(七書)** : 『논어』, 『맹자』, 『대학』, 『중용』, 『시경』, 『서경』, 『역경』

"소인 놈도 천자는 좀 아옵니다."

"네가?"

"암요. 들어 보시오. 높고 높은 하늘 천(天), 깊고 깊은 따 지(地), 휘휘 칭칭 감을 현(玄), 불에 탔다 누를 황(黃)!"

"허허, 이놈! 이놈이 어디 시장에서 거지가 구걸하면서 부르는 장타령 소리를 얻어 들었구나. 그게 아니야. 내가 읽을 테니 잘 들어 봐라! 하늘이 자시1에 열려 우주의 만물을 생성하는 음양의 근원인 태극2이 광대하니 하늘 천(天), 땅은 축시3에 열렸으니 오행4으로 따 지(地), 수미산5 봉우리에 있는 팔천과 중앙의 제석천6이 비고 또 비어 사람의 마음을 가리키니 검을 현(玄), 스물여덟 개의 별자리7와 '금목수화토'의 중앙색은 누를 황(黃)!

어떠냐? 아, 그러고 보니, 자나 깨나 잊지 못하는 우리 사랑 깊은 방 속에 갈무리할 장(藏), 지난밤 가는 비에 연꽃이 빛나니 젖을 윤(潤), 이러한 고운 모습 평생을 보고도 남을 여(餘), 백년가약의 깊은 맹세는 넓

---

1 **자시(子時)** : 밤 11시에서 이튿날 새벽 1시까지
2 **태극** : 우주의 만물을 생성하는 음양의 근원으로, 천지가 분리되기 이전의 혼돈 상태
3 **축시(丑時)** : 새벽 1시에서 3시까지
4 **오행** : 우주 만물을 구성하는 다섯 가지 요소로, 목화토금수를 말한다.
5 **수미산** : 고대 인도 불교의 우주관에서 세계의 중심에 있다는 상상의 산
6 **제석천** : 수미산 위에 있는 도리천의 왕으로 불교의 수호신
7 **스물여덟 개의 별자리** : 28수[二十八宿]. 하늘의 적도를 따라 그 남북에 있는 별들을 28개의 구역으로 구분하여 부른 이름

고 푸른 바다와 같으니 이룰 성(成), 이리저리 노닐 적에 세월 감을 알지 못하니 해 세(歲), 어려운 시절에 고생을 함께한 아내는 나중에 잘 살게 된 후에 버리지 못한다는 법 률(律), 군자의 좋은 짝인 우리 춘향이의 입과 내 입을 마주하고 쪽쪽 빠니 음률 려(呂)가 이 아닌가. 애고 애고, 보고 싶다! 춘향아!"

이 도령은 자신도 모르게 큰 소리로 춘향이를 부르고 말았다.

때마침, 저녁 식사를 마치고 평상에서 잠시 풋잠이 들었던 사또가 그 소리에 깜짝 놀라 눈을 떴다.

"이게 무슨 소린가! 이리 오너라!"

사또의 부름에 심부름꾼인 통인이 냉큼 뛰어왔다.

"예, 사또님."

"책방에서 누가 대침이라도 맞았느냐? 무슨 일이 났는지 가 보거라!"

사또의 명령으로 공부방에 들어선 통인이 이 도령에게 물었다.

"도련님, 방금 그 소리가 무슨 소리요? 고함 소리에 놀라신 사또께서 어찌 된 일인지 물으십니다."

젊은 혈기를 누를 길 없는 이 도령, 이런 때는 부모도 귀찮을 뿐이었다.

'딱한 일이야. 남의 집 늙은이는 나이가 들수록 가는귀가 먹어 잘 안 들린다는데, 우리 집 아버지는 귀가 너무 밝으신 것도 예삿일이 아니구나, 에이구.'

이 도령은 이런 속마음과 달리 놀라는 척하며 대답했다.

"아, 그건 내가 『논어』라는 글을 읽다가 '아, 슬프다! 내가 늙어 꿈에 주공을 뵙지 못한 지가 오래되었구나.'[1] 하는 대문[2]을 보다가, 나도 공자처럼 꿈에 주공을 만나 뵐까 하여 흥을 실어 목청을 높였기 때문이니 그렇게 말씀드려라."

사또에게 돌아간 통인이 그대로 전하니, 사또는 아들이 남에게 지기 싫어하는 승부욕이 있는 것으로 여겨 크게 기뻐하였다.

"허허, 이리 오너라! 낭청[3]을 들어오시라 해라!"

사또의 명령이 떨어지자 고리타분하게 생긴 양반 낭청이 엉거주춤 들어섰다.

"사또, 그사이 심심하셨지요?"

"아, 거기 앉으시오. 내가 할 말이 있네. 우리는 오랜 친구로 함께 공부하였지만 어렸을 때에 글 읽기처럼 싫은 것이 없었지 않나. 그런데 글쎄, 우리 아들은 글공부에 빠져 있으니 이보다 더 기쁜 일이 있겠는가!"

사또 역시 자식 가진 부모이기에 자식 자랑을 하고 싶어 입이 근질근질하였다. 눈치 빠른 낭청이 능글맞게 웃으며 사또 말에 맞장구를 쳐 주었다.

"허허, 그것 참 용합니다! 어릴 때 글 읽기처럼 싫은 게 또 있나요!"

---

1 **아, 슬프다! 내가 늙어 꿈에 주공을 뵙지 못한 지가 오래되었구나** : 차호(嗟乎)라! 오로의구의(吾老矣久矣)라, 몽불견주공(夢不見周公)
2 **대문** : 글의 한 토막이나 단락
3 **낭청** : 관청의 실무를 담당하던 관리

"그렇지? 읽기가 싫으면 잠도 오고 별별 꾀가 나는 법인데, 우리 아들은 저 나이에 글 읽기를 시작했다 하면 밤낮으로 쉬지 않고 읽고 쓰지 뭔가."

"대단하십니다."

"그리고 특별히 어디서 배운 적이 없는데도 글씨 솜씨도 뛰어나지, 허허."

"암요! 점 하나만 툭 찍어도 높은 봉우리에서 돌을 떨어뜨린 것같이 힘이 있고, 한 일(一)을 그어 놓으면 천 리를 뻗는 구름이요, 갓머리(宀)¹는 새 머리 같고요, 글 쓰는 법을 말하자면 파도와 번개같이 부드러우면서도 강해요. 그래서 내리그어 치는 획은 소나무가 절벽에 거꾸로 매달린 격이지요. 그래서 창 과(戈)로 이를 것 같으면 마른 등나무 넝쿨같이 뻗어 갔다가 도로 채는 데는 날아가는 화살의 끄트머리 같고, 기운이 부족하면 발길로 툭 차올려도 획은 획대로 되니, 글씨를 가만히 보면 획은 획대로 놉니다. 정말 보통 실력이 아니에요!"

낭청의 칭찬에 흥분이 된 사또가 재빨리 다른 자랑을 늘어놓는다.

"하하! 글쎄, 저 아이가 아홉 살 되었을 땐가 서울 집 뜰에 늙은 매화가 있기에 내가 '매화나무를 두고 글을 지어라.' 했더니 순식간에 지었지 뭐야! 옛날 고사(故事)도 잘 인용하고, 무엇이건 한번만 보면 다 외우더라고! 장차 이 나라의 높은 벼슬아치가 될 걸세."

---

1 **갓머리** : 한자 부수의 하나인 집 면(宀) 자를 갓머리라고 한다.

사또의 자식 자랑은 해도 해도 끝이 없다. 그런 사또가 아니꼬운지 낭청이 한마디 거들었다.

"오호, 장차 정승이 되겠습니다그려!"

"하하, 꼭 정승을 바라는 것은 아니지만, 내 살아 있을 때 급제는 쉽게 하겠지? 급제만 된다면야 사또 벼슬이야 떼어 놓은 당상 아닌가?"

슬슬 비위가 상한 낭청이 슬며시 웃으며 능글맞게 대꾸했다.

"그럼요. 정승을 못 하면 장승이라도 하겠지요."

잘 나가던 중에 이게 웬 말인가. 사또는 눈을 동그랗게 뜨고 큰 소리로 말했다.

"자네, 지금 누구를 말하느냐?"

"대답은 하였사오나, 누구 말인지 모르겠는데요."

낭청의 말을 가만히 들으니, 이 또한 거짓말이다. 사또에게 너스레를 치는 품을 보니, 낭청도 제법이다.

밤이 깊어지자, 관리들의 퇴청 시간을 알리는 퇴령 소리가 길게 울려 퍼졌다. 이 도령은 쾌재를 불렀다.

"얼씨구! 좋다, 좋아! 방자야, 등불을 밝혀라!"

방자는 등불을 긴 막대 위에 걸었다. 이 등불이 은은하게 앞길을 비추어 주었다. 방자를 앞세운 이 도령이 소리 없이 살금살금 사또의 방 앞을 지나갔다.

"방자야! 아버지 방에 아직 불이 밝구나! 들킬라, 등불을 얼른 꺼라!"

행여나 들킬까 봐 이 도령은 조심스럽게 숨을 죽이며 관청 정문 밖으로 빠져나갔다. 좁은 길 사이로 밝은 달빛이 이 도령과 방자를 인도했다.

"가자! 방자야! 꾸물거리지 말고 어서 가자!"

언제 양반의 걸음이 저리도 빨랐던가? 이 도령의 발걸음이 어느새 방자를 앞질렀다.

늦은 밤, 춘향은 거문고를 타다가 살포시 잠이 들었다. 그때 춘향 집에 다다른 이 도령이 방자에게 눈짓을 했다.

'내가 왔다고 알려라.'

'우씨, 힘든 일은 나만 시켜.'

방자는 투덜거리며 혼자 안으로 들어갔다. 행여나 동네 이웃집 개라도 짖을까 조심조심 가만가만 기어가던 방자가 춘향의 방문 사이로 살짝 얼굴을 내밀었다.

"애! 춘향아! 잠들었냐?"

이 소리에 깜짝 놀란 춘향이 잠에서 깨어났다.

"어머, 네가 웬일이냐?"

"애, 도련님이 오셨다."

춘향은 도련님이 왔다는 말에 금방 얼굴이 화끈거리고 가슴이 울렁거렸다. 한편 부끄럽기도 했다. 급한 마음에 허둥지둥 대청 건너 맞은편에 있는 건넌방으로 가서 어미 월매를 깨웠다.

"어머니, 일어나 보세요. 무슨 잠을 이리 깊이 주무세요."

"아가, 뭘 달라고 보채냐?"

잠이 덜 깬 월매가 잠결에 중얼거렸다.

"어머니는, 제가 뭘 달랬나요."

"그럼 왜 그러느냐?"

"도련님이 방자를 모시고 오셨어요."

긴장한 탓인지 엉겁결에 헛말이 튀어나왔다. 놀란 춘향 어미가 문을 열어젖혔다.

"누가 왔다고?"

방자가 얼른 대신 대답했다.

"사또 자제 도련님이 와 계시오."

깜짝 놀란 춘향의 어미가 버선발로 뛰어나가며 향단이를 불렀다.

"세상에, 향단아! 어서 별채에 가서 불을 밝히고, 조심해서 자리를 마련해라!"

방자는 서둘러 이 도령에게 돌아갔다. 빠른 손놀림으로 몸가짐을 가지런히 한 춘향 어미가 이 도령을 맞이하러 왔다.

마당을 서성거리며 무료히 서 있던 이 도령에게 방자가 귓속말을 했다.

"저기 오는 게 춘향의 어미입니다요."

춘향 어미의 모습을 보니 반백이 넘은 단아한 모습과 단정한 거동이 빼어나게 아름답다. 살집이 넉넉하여 복이 많아 보이고, 걸어 나오는 태도 또한 점잖았다. 춘향은 아마 엄마 쪽을 많이 닮았는가 보다.

이 도령 앞에 와서 두 손을 모으고 선 춘향 어미가 고개를 숙였다.

"도련님! 문안드립니다."

"춘향의 어미라지? 평안하시오?"

"예. 겨우 지내옵니다. 오실 줄 몰라 영접이 부족합니다."

"그럴 리가 있나. 허허."

춘향 어미의 인도로 이 도령은 별채로 안내되었다. 오래된 초가집에 등불을 밝혔는데, 은은하면서도 고요한 분위기가 정갈하였다. 이 도령이 문 앞에 다다르니, 그제야 모친의 영을 받든 춘향이가 비단으로 바른 창을 반쯤 열고 나왔다. 부끄러운 듯 마당에 내려와 천연히 서 있는 모습이 사람의 간장을 다 녹인다.

이 도령은 미소를 띠면서 춘향에게 물었다.

"피곤하지 않으냐? 밥은 잘 먹었느냐?"

이 도령의 물음에 춘향은 부끄러워 대답도 못 하고 묵묵히 서 있었다. 눈치 빠른 춘향 어미가 대청에 올라 이 도령에게 방 안에 들어가기를 권했다. 방에 들어가 자리를 정하자, 춘향 어미는 이 도령에게 차를 권하며 담배까지 불을 붙여 올렸다.

담배를 받아 문 이 도령은 춘향이에게 어떻게 자신의 마음을 전해야 할지 몰라 잠시 망설였다. 잘난 이 도령이지만 이것이 첫 만남이니, 도대체 무슨 말을 어찌해야 할지 막연하기만 했다. 그저 공연히 헛기침만 나올 뿐이었다.

"어험."

잠시 침묵이 흐르는 사이 이 도령이 방 안을 휘 둘러보았다. 다양한 살림살이들이 잘 정돈되어 있었다. 용 무늬가 새겨진 장, 봉황 무늬가 새겨진 장, 서랍이 많이 달린 장 등 종류가 다양하였다. 이게 다 유명한 기생이었던 춘향 어미가 딸을 위해 장만한 세간들이었다.

　한쪽 벽에는 조선의 유명한 명필인 추사(秋史) 김정희의 글씨가 붙어 있고, '월선도'라는 그림을 비롯한 진귀한 그림들이 붙어 있었다. 그러나 유독 이 도령의 눈길을 끈 것은, 춘향이 일편단심(一片丹心)으로 한 지아비만 섬기겠다는 뜻으로 손수 지어 책상 위에 써 붙인 '대운춘풍죽(帶韻春風竹)이요, 분향야독서(焚香夜讀書)라.'란 글귀였다. 이는 '운치 있는 봄바람의 대나무요, 향을 사르며 밤에 글을 읽는다.'라는 말이다.

　"기특하구나. 이 글의 뜻은 아버지를 대신하여 전쟁터에 나갔다던 효녀 목란[1]의 절개를 담은 글이구나!"

　침묵을 깨는 이 도령의 감탄에 춘향 어미가 말문을 열었다.

　"귀하신 도련님께서 누추한 이곳까지 찾아 주시니 황송하고 감사합니다."

　"허허, 사실은 광한루에서 춘향이를 잠깐 보고 나서, 꽃을 찾은 벌과 나비의 취한 마음이 그 꽃을 잊을 길이 없어 찾아왔다네. 오늘 자네 딸

---

1 **목란** : 징집 대상이 된 노쇠한 아버지를 대신해서 목란이 남장을 한 채 전쟁터에 나가 큰 공을 세우고 12년 뒤에 돌아왔다는 이야기가 있다.

춘향이와 평생 같이 지낼 것을 다짐하는 백년가약(百年佳約)[1]을 맺고자 하는데 자네 마음은 어떤가?"

백년가약이라, 춘향 어미는 마음속으로 싫지는 않았다. 그러나 신중을 기하듯 더욱 공손히 머리를 숙였다.

"말씀은 고맙습니다만. 도련님, 제 말씀을 좀 들어 보십시오. 예전에 자하골 성 참판 영감이 임시 지방 외관으로 남원에 왔을 때, 소리개를 매로 보고 저에게 수청을 들라 하시기에 수청을 들었습니다. 석 달 만에 그분이 올라가시고 나서 전 홀로 춘향이를 낳았습니다. 후에 그분께 편지를 올렸더니 젖을 떼면 데려간다 하시더니 갑자기 세상을 뜨셨습니다. 그래서 저 어린것을 혼자 보내지도 못하고 제가 어렵게 길렀습니다.

어려서 잔병치레 많은 것을 정성으로 키우고, 여덟 살부터는 『소학』과 삼강오륜의 행실을 가르쳤습니다. 저희 집안이 부족하여 높은 집안과는 어렵더라도, 좋은 사람과 혼인을 시켜야지 하는 생각에 선비, 서인 상하를 가리지 않았지만 혼인이 늦어짐을 밤낮으로 염려하였습니다. 듣자 하니 도련님 말씀이 잠시 동안만 춘향이와 백년가약을 하신다는 말씀이시니, 그런 말씀 마시고 그저 노시다 가십시오."

이 도령에게 쉽사리 딸을 내어 줄 춘향 어미가 아니었다. 춘향을 얻고자 하는 이 도령의 마음을 떠보며 후일을 대비하고자 하여 하는 말이

---

1 **백년가약** : 젊은 남녀가 부부가 되어 평생을 같이 지낼 것을 굳게 다짐하는 아름다운 언약

었다. 노련한 기생 월매, 과연 수완이 보통이 넘는 춘향의 어미였다.

그 말에 기가 막힌 이 도령이 대답했다.

"아니, 여보게! 날 어찌 보고 그리 말하나. 잠시 놀다 가라니? 춘향이도 혼인 전이요, 나도 장가 전이니 서로 언약을 하자는 뜻일세. 비록 정식 혼인 예식은 못 하지만, 내 춘향이를 본처같이 여기겠소. 부모를 모시고 있다고 염려 말고, 장가 전이라도 해도 걱정 마시오. 어찌 양반의 자식이 한 입으로 두말을 할 리 있겠는가?"

이 도령의 단호한 말에 더 이상 굳은 언약이 필요 없을 듯했다. 그러나 이 도령보다 한 수 위인 월매는 근심 어린 표정으로 한숨을 내쉬며 말을 이었다.

"하나 도련님! 옛글에 이르기를 '신하를 아는 데는 임금만 한 사람이 없고, 자식을 아는 데는 부모만 한 이가 없다.'1고 하였으니, 내 딸의 마음이야 제가 잘 알지요. 어려서부터 간절한 뜻이 있어 행여 신세를 그르칠까 조심하던 아이입니다. 또한 한 남편만을 섬기려 일마다 그 행실이 곧고, 굳은 뜻이 푸른 소나무와 푸른 대나무 같습니다. 세상이 아무리 변하더라도 내 딸의 마음이 변하겠습니까. 저 아이는 금이나 은, 아니면 좋은 비단을 아무리 주어도 절개를 바꾸지 않을 것입니다.

다만 옛 뜻을 본받고자 할 뿐인데, 도련님께서 욕심을 부려 인연을

---

1 신하를 아는 데는 임금만 한 사람이 없고, 자식을 아는 데는 부모만 한 이가 없다 : 지신(知臣)은 막여주(莫如主)요, 지자(知子)는 막여부(莫如父)라.

맺었다가 장가도 들지 않은 도련님이 부모님 몰래 깊은 사랑을 맺었다는 소문이 나서 곤란하게 되신다면 제 딸을 버리실 텐데, 그때는 어찌합니까? 옥 같은 내 딸 신세가 무늬만 좋은 거북 껍질처럼 되고, 깨어진 진주 구슬처럼 되어 버리면 어떡합니까? 푸른 강에서 놀던 원앙이 짝하나 잃은들 어찌 내 딸과 같겠습니까! 도련님, 부디 깊이 생각하여 주십시오."

월매의 말이 틀리진 않았으나, 이 도령은 자신의 진심을 몰라주는 것 같아 답답함을 느꼈다.

"자네, 그게 무슨 소린가. '신사는 새것을 좋아한다.'는 말이 있지만, 그건 경박한 사람에게나 해당되는 말일세. 사내대장부라면 그럴 수 없지. 자네가 그렇게 날 못 믿겠는가?"

이 도령이 입에 침이 튀도록 큰 소리로 말했다.

이 말을 듣고 난 월매는 한동안 천장을 쳐다보며 무언가 골똘히 생각하다가 겸연쩍게 한마디 던졌다.

"정 그러시다면 「불망기」[1]라도 하나 써 주시겠어요?"

그 말을 들은 이 도령은 만면에 웃음을 띠며 바로 대답했다.

"허허, 그 말 하려고 그렇게 뜸을 들였소? 내 당장 써 주리다."

이렇듯 이 도령의 화통하고 순수한 마음에 월매도 만족스러워하는 듯했다. 하지만 그 무엇보다 곱게 키운 춘향이었다. 딸에게만은 무엇이

---

1 불망기(不忘記) : 잊지 않기 위해 표적으로 쓴 글

든 넘치게 해 주고 싶은 것이 어미의 마음이었다.

이 도령은 책상 위에 있는 벼루를 앞으로 끌어다가 먹을 갈아 붓을 들고는 한지에다 용이 꿈틀거리듯 단숨에 글을 써 내려갔다.

"나는 오늘 춘향 모녀를 데리고서 남원에 사는 천하일색 미인과 백년 가약을 맺어 평생을 함께하기로 단단히 약속하여 이 문서를 작성한다. 만일 내가 이 약속을 어기고 마음을 바꾸면 귀신이 나를 죽이고, 하늘이 나에게 엄한 벌을 내릴 것이니, 이에 이 약속을 잘 지킬 것이다. 정묘년 오월 오일에 이 문서를 작성한 이몽룡이 직접 쓰다."

이 도령은 비장한 표정으로 「불망기」를 춘향 어미에게 내밀었다. 이를 받아든 월매가 글자 하나하나를 꼼꼼하게 살펴보고 나서 만족스러운 듯 고개를 끄덕였다. 이에 어미 옆에서 이를 지켜보던 춘향이 어미에게 허락의 눈빛을 보냈다.

춘향 어미가 가만히 생각할 때, 어젯밤 용꿈도 예사 꿈이 아니니 이 둘은 하늘이 맺어 준 인연임을 짐작했다.

춘향 어미, 드디어 혼인을 허락하는 말을 하였다.

"수컷 봉이 나니 암컷 황이 나고, 영웅이 나니 용마가 나고, 남원에 춘향이 나니 한양에 도련님이 나셨구나. 오늘 보니 이 도령과 춘향이가 꽃처럼 아름답구나. 향단아! 술상을 준비하였느냐?"

"예!"

향단이는 기다렸다는 듯 술상을 거하게 차려 내왔다. 이 밤중에 어디에서 이런 진수성찬을 준비하였는지. 정갈한 갈비찜, 제육 찜, 싱싱한

숭어찜, 메추리 탕, 동래 울산 큰 전복을 큰 칼로 어슥어슥 오려 놓았다. 그리고 염통, 산적, 양볶이와 꿩 다리, 냉면, 생밤, 삶은 밤, 잣, 호도, 대추, 석류, 유자, 곶감, 앵두, 휘휘 돌아 술을 바라보니 포도주, 신선이 마신다는 자하선, 황해도에서 나는 청주, 소주와 약주를 섞어 빚은 과하주, 연잎으로 만든 연엽주 등이 병마다 가득하다.

"아니, 여기가 관청도 아닌데, 어찌 이리 많은 음식을 준비하였소?"

이 도령의 놀라는 모습에 흡족해진 춘향 어미가 웃으며 대답하였다.

"내 딸 춘향이를 곱게 길러 오늘 이처럼 좋은 짝을 만났는데, 어찌 허술하게 상을 올리겠습니까? 또한 사랑에 오는 손님들인 영웅, 호걸, 문장가들과 어릴 때부터 친한 친구들이 밤낮으로 즐기실 때, 안사람이 아무렇게나 상을 차릴 수 있습니까? 보고 배우지 못하면 어이 차리겠습니까? 아내가 어리석으면 남편의 체면을 깎게 되니, 우리 춘향이에게도 그리 가르쳤지요. 돈 생기면 사 모으고 손으로 직접 만들게 하여 눈과 손에 익히도록 했지요. 부족하다 마시고 부디 입맛대로 골라 드십시오."

말을 마친 춘향 어미는 자개 껍질로 만든 앵무새의 부리 모양 술잔에 술을 가득 부어 이 도령에게 건넸다. 잔을 받아 마신 이 도령이 탄식조로 말했다.

"내 마음대로 할 것 같으면, 격식을 갖춘 정식 혼례를 올리고 싶으나, 그렇게 못 하고 개구멍서방처럼 들고 보니, 정말 미안하구나! 그러나 춘향아! 우리 둘이 이 술을 혼례 술로 알고 먹자!"

이 도령은 술을 한 잔 부어 들고 말을 이었다.

"춘향아, 첫째 잔은 인사하는 인사주요, 둘째 잔은 혼인할 때 함께 먹는 합환주[1]라. 귀하게 맺은 인연, 천만년이라도 변치 아니할 연분! 대대로 벼슬하며 자손도 번성하여 자손, 증손, 고손을 무릎 위에 앉혀 놓고 죄암죄암 달강달강, 백발이 되도록 같이 살다가 한날한시에 마주 누워 함께 죽는다면 그게 첫째가는 즐거움이 아니겠느냐."

술을 반만 마신 이 도령이 반이 남은 술잔을 춘향에게 건네자, 춘향이 받아 겨우 입술만 축이고 다시 잔을 넘겼다. 그러자 이 도령이 향단을 불렀다.

"향단아! 술을 부어 너의 큰마님께 올려라. 장모에게 좋은 일에 마시는 경사 술을 드리니 한잔 받으시오."

춘향 어미는 술잔을 받아들고 한편으로는 기뻐하고, 한편으로는 슬퍼한다.

"오늘이 내 딸의 일생을 도련님께 맡기는 날이군요. 그런데 왜 이리 눈물이 나지? 아비 없이 저것을 키우다가 이렇게 좋은 날을 맞고 보니 죽은 영감 생각이 더욱 간절하여 마음이 서글퍼지는군요."

이 도령은 딸에 대한 어미의 애틋함을 느끼고 위로하는 말을 했다.

"장모, 이미 지나간 일은 생각 말고 술이나 먹소!"

한동안 술잔이 오가고 나서 이 도령은 방자에게 술상을 물려주었다.

춘향 어미는 향단이에게 잠자리를 마련하라고 일렀다. 원앙새를 수놓

---

1 **합환주(合歡酒)** : 전통 혼례식에서 신랑 신부가 서로 잔을 바꾸어 마시는 술

은 이불과 잣 모양으로 앙증스럽게 생긴 베개와 샛별 같은 요강이 마련
되니, 방 안이 포근하고 정갈하게 느껴졌다.

"도련님, 평안히 쉬세요. 향단아! 나오너라! 너는 나하고 함께 가자!"

딸을 시집보내는 어미의 마음이 허전하였다. 하지만 좋은 짝을 만난
딸의 행복 앞에 밝은 빛이 가득하길 바라는 것이 어미였다. 춘향 어미는
눈물을 머금은 채 흐뭇하게 웃으며 방을 나섰다.

춘향 어미가 향단이를 데리고 나가니, 술이 올라 얼굴이 붉어진 이
도령과 춘향만 남았다.

4. 춘향 치마를 벗다

춘향과 이 도령이 첫날밤을 시작으로 사랑 놀음을 한다. 알다시피 『춘향전』은 사랑을 소재로 한 이야기이다. 그러므로 이 「사랑가」 부분이 이 작품에서 가장 자세하고 또 가장 확장되어 있는 장면이기도 하다. 이들이 어떻게 사랑을 하는지 살펴보며, 또한 「사랑가」 속에 숨겨진 의미를 하나하나 찾아보는 것도 또 하나의 재미다.

 두 사람이 건너가고, 춘향과 도련님이 마주 앉아 있으니, 그 일이 어찌 되겠느냐.

저녁노을을 받으면서 삼각산 제일봉에 봉과 학이 마주 앉아 서로 춤추는 듯, 이 도령이 두 활개를 펼쳐 들고 춘향의 섬섬옥수를 받들 듯이 감쳐 잡고 옷을 공교로이 벗기다가, 두 손길 썩 놓더니 춘향의 가는 허리를 바싹 안고 말했다.

"춘향아! 치마를 벗어라!"

춘향이 처음 일일 뿐 아니라, 부끄러워 고개를 숙이고 몸을 튼다. 이리 곰실 저리 곰실 푸른 연못에 붉은 연꽃이 미풍을 만나 흔들리듯 한다.

이 도령이 겨우 치마를 벗겨 놓고, 바지 속옷 벗길 때에 무한히 실랑이를 한다.

이리 곰실 저리 곰실 동해의 푸른 용이 굽이치듯 한다.

"아이고, 놓아요! 좀 놓아요!"

"에라, 안 될 말이다!"

실랑이 끝에 춘향의 속옷 끈 끌러, 발가락에 딱 걸어 끼어 안고 진득하게 누르며 기지개를 켜니, 발길 아래 뚝 떨어진다.

옷이 활짝 벗겨지니 희디흰 백옥 덩어리 이보다 더 낫겠는가!

도련님이 춘향의 거동을 보려고 슬그머니 손을 놓으면서,

"아차차! 손 빠졌다!"

그러자 춘향이 얼른 이불 속으로 달려든다.

이 도령이 왈칵 쫓아 드러누워 바지저고리를 벗어, 춘향 옷과 모두 한데다 둘둘 뭉쳐 한편 구석에다 던져두고, 둘이 안고 마주 누웠으니 그대로 잘 리가 있나.

일이 끝날 때까지 삼베 이불은 춤을 추고, 샛별 요강은 장단을 맞추어 청그렁 쟁쟁, 문고리는 달랑달랑, 등잔불은 가물가물, 맛이 있게 잘 자고 났구나.

그 가운데 재미있는 일이야 오죽했겠는가.

하루 이틀 지나가니, 어린것들이라 새로운 맛이 재미있고 친숙해져

부끄러움은 차차 멀어졌다. 이제는 서로 농담도 하고 웃기는 말도 하여 자연 「사랑가」가 되었다.

사랑으로 노는데, 똑 이 모양으로 놀았던 것이다.

"사랑 사랑 내 사랑이야,

동정호 칠백 리에 달이 뜰 때 태산같이 높은 사랑,

끝없이 흐르는 물 푸른 바다같이 깊은 사랑,

높은 산꼭대기 달 밝으니 가을 산 봉오리마다 가득한 달빛 사랑,

해지고 떠오른 달 사이에 복숭아 오얏꽃 피는 사랑,

가느다란 초승달 아래 온갖 교태를 품은 사랑,

달 아래 삼생[1] 연분 너와 나와 만난 사랑,

허물없는 부부 사랑,

꽃비 오는 동산에 목단같이 펑퍼지고 고운 사랑,

연평 앞바다 그물같이 얽히고설킨 사랑,

은하수의 직녀가 짠 옷감같이 올올이 이은 사랑,

아름다운 누각에 잠든 미녀의 이불같이 솔기[2]마다 감친 사랑,

시냇가 수양같이 청처지고[3] 늘어진 사랑,

---

1 **삼생(三生)** : 전생, 현생, 이생
2 **솔기** : 옷이나 이부자리 따위를 지을 때 두 폭을 맞대고 꿰맨 줄
3 **청처지다** : 아래쪽으로 좀 처지거나 늘어진 상태에 있다.

남창북창에 쌓인 곡식더미같이 다물다물 쌓인 사랑,

금은으로 장식한 장롱의 장식같이 이모저모 잠긴 사랑,

영산홍 위에 내린 이슬 위로 봄바람이 넘노니 벌, 나비 꽃을 물고
즐긴 사랑,

푸른 물 맑은 강에 원앙새처럼 마주 둥실 떠 노는 사랑,

해마다 칠월 칠석 밤에 견우직녀 만난 사랑,

육관 대사 성진이가 팔선녀와 노는 사랑,

김 진사가 운영을 만난 사랑,

당나라 현종이 양귀비를 만난 사랑,

명사십리 해당화같이 어여쁘고 고운 사랑,

네가 모두 내 사랑이로구나!

어화 둥둥 내 사랑아,

어화 내 간간 내 사랑이로구나!

여봐라, 춘향아!

저리 가거라! 가는 태도를 보자.

이만큼 오너라! 오는 태도를 보자.

빵긋 웃고 아장아장 걸어라! 걷는 태도를 보자.

너와 나와 만난 사랑 연분을 팔자 한들 팔 곳이 어디 있나.

살아서 사랑 이러하니 어찌 죽은 후 기약이 없겠느냐.

너는 죽어 될 것 있다.

너는 죽어 글자 되어 따 지(地) 자, 그늘 음(陰) 자, 아내 처(妻) 자, 계집 녀(女) 자 변(邊)이 되고,

나는 죽어 글자 되어 하늘 천(天), 하늘 건(乾), 지아비 부(夫), 사내 남(男), 아들 자(子) 몸이 되어, 계집 녀(女) 변(邊)에다 딱 붙여서 좋을 호(好) 자로 만나 보자.

사랑 사랑 내 사랑이로구나.

또 너 죽어 될 것 있다.

너는 죽어 물이 되되 은하수 폭포수 만경 창해수 청계수 옥계수 큰 강 모두 던져두고, 칠 년 큰 가뭄에도 늘 재미있게 쳐져 있는 음양수 (陰陽水)란 물이 되고,

나는 죽어 새가 되되 두견새도 되지 말고, 홍학 청학 백학이며, 대 붕새 그런 새가 되지 말고,

쌍으로 오가면서 떠날 줄 모르는 원앙새가 되어

푸른 물에 원앙새처럼 어화둥둥 떠돌거든 나인 줄을 알려무나.

사랑 사랑 내 간간 내 사랑이야!"

이 도령의 사랑가가 끝나자, 웃음을 참고 있던 춘향이가 말을 이어 받았다.

"싫어요. 그런 건 되기 싫어요."

앙탈을 부리는 춘향이 더 사랑스러운지, 이 도령은 이내 가사를 고쳐 흥을 더한다.

"그러면,

너 죽어 될 것이 있다.

너는 죽어 경주 인경[1]도 되지 말고, 전주 인경도 되지 말고, 송도
인경도 되지 말고,

장안 종로 인경 되고,

나는 죽어 인경 망치되어,

삼십삼천[2] 이십팔수를 따라,

질마재 봉화 세 자루 꺼지고, 남산 봉화 두 자루 꺼지면,

인경 첫마디 치는 소리 그저 '뎅뎅' 칠 때마다,

다른 사람 듣기에는 인경 소리로만 알아도,

우리 속으로는 '춘향 뎅', '도련님 뎅'이라 만나 보자꾸나!

사랑 사랑 내 간간 내 사랑이야!"

이 소리를 듣고 나서 애교 가득한 눈짓으로 춘향이가 교태를 부린다.

"아니 그것도 나는 싫어요."

그러자 이 도령이 다시 가사를 고쳐 부른다.

---

1 **인경** : 조선 시대에 통행금지를 알리거나 해제하기 위하여 치던 종
2 **삼십삼천(三十三天)** : 불교의 도리천으로, 세계의 중심인 수미산(須彌山 : Sumeru)
  의 정상에 있으며 제석천(帝釋天 : Indra)의 천궁(天宮)이 있다.

"그러면,

너 죽어 될 것 있다.

너는 죽어 방아 바닥이 되고, 나는 죽어 방앗공이가 되어,

경신년 경신월 경신일 경신시의 강태공 조작방아

그저 '떨꾸덩 떨꾸덩' 찧거들랑 나인 줄 알려무나.

사랑 사랑 내 사랑 내 간간 사랑이야"

춘향이 하는 말이,

"싫어요. 그것도 나 아니 될래요."

춘향이의 말 한마디 한마디에 이 도령의 애간장이 녹아난다.

"어째서 그런 말을?"

"나는 어찌 지금이나 나중이나 항시 밑으로만 되라니까, 재미없어 못

쓰겠소."

"그러면,

너 죽어 위로 가게 하마.

너는 죽어 맷돌 위짝이 되고,

나는 죽어 밑짝 되어,

---

1 **조작(造作)방아** : 방아를 만들면 방아에다 '경신년 경신월 경신일 경신시의 강태공
조작방아'라 써서 동티를 막던 풍속에서 유래

이팔청춘 꽃미남 꽃미녀들이 섬섬옥수로 맷대를 잡고 슬슬 돌리면,

하늘은 둥글고 땅은 모난 듯이 휘휘 돌아거든,

나인 줄을 알려무나."

"싫소! 그것도 아니 될래요! 위로 생긴 것이 화가 나게만 생기었소.
무슨 년의 원수로서 일생 한 구멍이 더하니 그것도 나는 싫소!"

계속 싫다고 앙탈을 부리는 모습이 더욱 사랑스러운지 이 도령이 춘
향을 꼬옥 안는다.

"그러면,

너 죽어 될 것 있다.

너는 죽어 바닷가 고운 모래밭의 해당화가 되고,

나는 죽어 나비 되어,

나는 네 꽃송이 물고,

너는 내 수염 물고,

봄바람이 건듯 불거든 너울너울 춤을 추며 놀아 보자.

사랑, 사랑, 내 사랑이야. 내 간간 사랑이지.

이리 보아도 내 사랑, 저리 보아도 내 사랑,

이 모두 내 사랑 같으면 사랑 걸려 살 수 있나.

어화 둥둥 내 사랑. 내 예쁜 내 사랑이야.

방긋방긋 웃는 것은 꽃 중의 꽃인 모란꽃이,

하룻밤 가는 비 내린 뒤에 반만 피고자 한 듯,

아무리 보아도 내 사랑 내 간간이로구나!

그러면 어쩌잔 말이냐?

너와 나와 사랑하는 마음의 정(情)이 있으니, 정 자로 놀아 보자.

정 자로 끝나는 노래를 불러 보자."

"어디 한번 들어 봅시다."

춘향이의 눈은 이내 호기심으로 반짝였다.

"내 사랑아 들어라.

너와 내가 정이 깊으니 어이 아니 다정하리.

맑고 맑은 양자강의 물이 유유히 흐르는데 나그네가 이별하는 원객정(遠客情)[1],

하수의 다리 위에서 임을 떠나보내지 못하나 강물은 정을 머금고

---

1 **맑고 맑은 양자강의 물이 유유히 흐르는데 나그네가 이별하는 원객정(遠客情)** : 담 담장강수유유(澹澹長江水悠悠)의 원객정(遠客情). 맑고 맑은 장강의 물이요, 멀리 서 온 손님의 정이라. 위승경의 '남행별제' 시에서 인용

있는 원함정(遠含情)1,

　남포로 임을 보내자니 참을 수 없는 불승정(不勝情),

　사람 없어 보지 못하니 송아정(松我情),

　한나라 태조가 비를 기뻐하는 희우정(喜雨亭),

　만조백관들의 조정(朝廷),

　도 닦는 도량이 깨끗하니 청정(淸淨),

　각시네 친정(親庭),

　친구와 정을 통하니 통정(通情),

　난세를 다스리는 평정(平定),

　우리 둘이 만나 천년인정(千年人情),

　달은 밝고 별은 드무니 소상강의 호수 동정(洞庭),

　세상 만물 조화정(造化定)2,

　근심 걱정,

　억울한 사정을 하소연하니 원정(原情),

　주니 인정(人情),

　음식 투정,

---

1 하수의 다리 위에서 임을 떠나보내지 못하나 강물은 정을 머금고 있는 **원함정(遠含情)** : 하교(河橋)의 불상송(不相送) 강수원함정(江樹遠含情). 하수의 다리 위에서 서로 보내지 못하는데, 강가의 나무는 멀리 정을 품고 있구나. 송지문의 '별두심언' 시에서 인용

2 **조화정** : 세상 만물의 조화는 정해져 있음.

복 없는 저 방정,

송정(訟庭)1,

관정(官庭),

내정(内庭),

외정(外庭),

애송정(愛松亭),

천양정(穿楊亭),

양귀비 침양정(沈楊亭),

이비2의 소상정(瀟湘亭),

한송정(寒松亭),

백화만발 호춘정(好春亭),

기린봉에서 달 뜨는 백운정(白雲亭)3,

너와 내가 만난 정(情),

인정(人情)을 실제 논하면,

내 마음은 원형이정(元亨利貞)4,

네 마음은 일편탁정(一片託情)5,

---

1 **송정** : 예전에 송사(訟事)를 처리하던 곳
2 **이비(二妃)** : 순임금의 두 아내인 아황(娥皇)과 여영(女英)
3 **백운정** : 전주 완산 8경의 하나인 정자
4 **원형이정** : 하늘이 갖추고 있는 4가지 덕 또는 사물의 근본 원리를 말한다.
5 **일편탁정** : 한 조각의 부탁하는 마음

4. 춘향 치마를 벗다

이같이 다정(多情)타가 만약 정(情)이 끊어지면 복통절정(腹痛絶情) 걱정이나,

진정으로 원정(原情)하자는 그 정(情) 자(字)다."

이 도령의 깊은 사랑에 춘향은 환하게 웃었다.

"정 속은 깊지요. 우리 도련님! 이제 우리 집 재수 있게 액을 막고 복을 부르는 『안택경』[1]이나 좀 읽어 주세요."

"허허, 그뿐인 줄 아느냐? 또 있지. 궁 자(宮字) 노래를 들어 보아라!"

"아이고, 얄궂고 우습다. 궁 자 노래는 또 뭐예요?"

"자, 들어 보아라! 좋은 말이 많단다.

좁은 천지 개탁궁(開坼宮),

뇌성벽력 풍우 속에 상서로운 기운이 서린 해와 달과 별이 널려 있는 창합궁(閶闔宮)[2],

성덕이 넓으시어 백성을 굽어보고 보살펴 다스리시니 어인 일인가.

술과 고기로 차린 잔치에 구름처럼 몰려든 은나라 왕의 대정궁(大井宮),

---

1 안택경(安宅經) : 무당이 집안의 액을 막고 복을 비는 경전
2 창합궁 : 천상계로 통하는 문

진시황 아방궁(阿房宮)1,

천하를 얻은 일을 물을 때에 한 태조 함양궁(咸陽宮),

그 곁에 장락궁(長樂宮)2,

반첩여3의 장신궁(長信宮),

당명황제 상춘궁(常春宮),

이리 올라 이궁(離宮),

저리 올라 별궁(別宮),

용궁 속의 수정궁(水晶宮),

월궁 속의 광한궁(廣寒宮),

너와 나와 합궁(合宮)하니 한평생 무궁(無窮)이라.

이 궁 저 궁 다 버리고 네 두 다리 사이 수룡궁(水龍宮)에 나의 힘줄
방망이로 길을 내자꾸나!"

춘향이 반만 웃으면서 말했다.

"그런 잡담은 마세요."

"그건 잡담이 아니야. 춘향아! 우리 둘이 업음질이나 하여 보자!"

"아이고, 상스럽게 어찌 업음질을 해요?"

---

1 **아방궁** : 진시황이 지은 호화로운 궁전
2 **장락궁** : 한나라의 궁전
3 **반첩여** : 한나라 성제 때의 여자 관리. 훗날 조비연의 미움을 받아 동궁으로 물러난
  뒤 부(賦)를 지어 자신의 슬픔을 표현했음.

춘향은 마치 업음질을 여러 번 해본 듯 말한다.

"업음질은 천하에서 가장 쉬운 거야. 너와 내가 홀딱 벗고 업고 놀고 안고 놀면, 그게 업음질이지!"

"아이, 나는 부끄러워 못 벗어요."

춘향이가 양손으로 얼굴을 가린다.

"에라, 요 귀여운 것! 안 될 말이다. 그렇다면 내가 먼저 벗으마!"

이 도령이 훨훨 옷을 벗기 시작했다. 버선, 대님, 허리띠, 바지저고리, 속곳까지 홀딱 벗어 한편 구석에 밀쳐놓고 춘향이 앞에 우뚝 섰다. 춘향이가 그 거동을 보고, 씽긋 웃고 돌아서며 말했다.

"영락없는 낮도깨비 같아요!"

"오냐, 네 말이 옳다. 천지 만물에는 짝 없는 게 없으니, 두 도깨비 함께 놀아 보자!"

말을 마친 이 도령이 수줍어하는 춘향이의 허리를 안는다.

"그러면 불이나 끄고 놀아요."

"불이 없으면 무슨 재미냐? 어서 벗어라, 어서!"

"아이고, 나는 싫어요!"

춘향은 간지러운 듯 까르르 웃는다.

이 도령이 춘향의 옷을 벗기려 할 때, 넘놀면서 어른다. 깊은 산속 늙은 범이 살진 암캐를 물어다 놓고 이는 없어 먹지는 못하고, '흐르릉 흐르릉 아웅' 하며 어르는 듯, 북해 흑룡이 여의주를 입에 물고 구름 사이를 넘노는 듯, 봉황새가 대나무 씨앗을 물고 오동나무 사이를 넘노는 듯, 푸른 학이 난초를 물고서 오래된 소나무 사이에 넘노는 듯, 춘향이의 가는 허리를 한 팔로 휘어잡아 안고 기지개 아드득 켜며, 귓밥도 쪽쪽 빨며, 입술도 쪽쪽 빨면서, 주홍같이 붉은 혀를 물고, 오색단청 순금 장식장의 비둘기같이 서로 오가면서, 꿍꿍 끙끙 으흐릉거리며 뒤로 돌려 바싹 안고, 젖가슴을 쥐고 발발 떨며, 저고리, 치마, 바지, 속곳까지 홀딱 벗겨 놓았다.

알몸이 된 춘향은 한편 부끄럽고, 한편 기분이 잡쳐 구석에 앉아 있으니, 이 도령이 걱정되어 가만히 살펴본다. 어느새 춘향의 불그스레한 얼굴에 구슬땀이 송골송골 맺혔다.

"춘향아! 이리 와 업혀라!"

춘향이 부끄러워하자, 이 도령이 춘향의 손을 부드럽게 잡아끈다.

"부끄럽기는 무엇이 부끄러우냐? 벌써 다 아는 사이니, 어서 와 업히거라!"

성화에 못 이기는 척, 춘향은 이 도령의 등에 업힌다.

"어따! 그 엉덩이 한 번 장히 무겁다! 내 등에 업힌 소감이 어떠냐? 좋으냐?"

"좋아요!"

"정말 좋으냐?"

"끝내주게 좋아요."

춘향의 살가운 대답이 이 도령의 귓가에 부드럽게 감긴다.

"나도 좋다! 내가 좋은 말로 할 것이니, 너는 대답만 하여라!"

"대답할 테니 어디 말해 보시오."

"네가 금이지?"

춘향을 금같이 귀하게 여기는 이 도령의 물음에 춘향은 재치 있게 대답했다.

"아니요. 팔 년 동안 서로 싸우던 초한 시절에 한나라 유방을 돕던 진평이가 항우의 신하인 범아부를 잡으려고 황금 4만을 흩었으니 금이 어디 남아 있겠습니까?"

"그러면 옥이냐?"

"그것도 아니요. 만고 영웅 진시황이 형산에 옥을 얻어 이사¹의 명필로 '하늘에서 명을 받았으니 수명이 오래 번창하리라.' 하는 문구로 옥쇄를 만들어서 오랜 세월 동안 후세에 전했으니, 옥이 어디 남아 있겠습니까?"

재치를 부리는 춘향의 대답에 이 도령은 신이 났다.

"그러면, 네가 무엇이냐? 해당화냐?"

"해당화라니 당치 않습니다. 바닷가 모래밭도 아닌데 어찌 해당화가 되겠습니까?"

"그러면 네가 무엇이냐? 밀화², 금패³, 호박⁴, 진주냐?"

---

1 **이사** : 진나라의 재상. 진시황을 도와 천하를 통일함.

2 **밀화(蜜花)** : 밀랍 같은 누런빛이 나고 젖송이 같은 무늬가 있는 호박(琥珀).

3 **금패(錦貝)** : 호박(琥珀)의 하나로 빛깔이 누렇고 투명하며, 사치품으로 쓰인다.

4 **호박(琥珀)** : 나무의 송진 따위가 땅속에 파묻혀서 수소, 산소, 탄소 따위와 화합하여 돌처럼 굳어진 광물. 대개 누런빛을 띠고, 윤이 나며 투명함.

"아뇨. 그럴 리가요. 높은 대신들과 나라 방방곡곡의 수령님들이 망건에 장식물로 꾸미고, 남은 것들은 전국 기생들의 손가락지로 다 만들었으니 어찌 호박, 진주가 되겠습니까?"

"그러면 바다거북 껍질인 대모, 산호냐?"

"아니, 그것도 아닙니다. 광해왕 상량문을 대모와 산호로 큰 병풍 만들어 수궁의 보물 되었으니 대모, 산호도 아닙니다."

춘향은 도리도리 고개를 젓는다. 이 도령의 입가에 웃음이 머문다.

"그럼, 반달이냐?"

"도련님, 오늘 밤 초승달도 아닌데, 푸른 하늘에 돋은 밝은 달이 어찌 저입니까?"

"그럼 너는 무엇이냐? 날 홀려 먹는 불여우냐? 네 어머니 너를 낳고 곱게 길러 내어 나를 홀려 먹으려고 그렇게 생긴 것이냐? 하하, 사랑, 사랑, 사랑이야. 내 간간 내 사랑이야! 춘향아, 무엇을 먹으려느냐? 생밤, 익은 밤을 먹으려느냐? 둥글둥글 수박 꼭지를 잘 드는 칼로 뚝 떼어 내고, 강릉 흰 꿀을 듬뿍 부어 은수저, 대나무 젓가락으로 붉은 점 한 점을 먹으려느냐?"

"아니, 그것도 나는 싫어요!"

"그러면 무엇을 먹으려느냐? 시금털털한 개살구를 먹으려느냐?"

"아니, 그것도 나는 싫어요!"

이 도령은 어린아이 투정 부리듯, 이것도 싫다 저것도 싫다 하며 등으로 파고드는 춘향이 귀엽기만 하다.

"그러면 무엇을 먹으려느냐? 돼지를 잡아 주랴? 개를 잡아 주랴? 좋다! 그럼 나를 통째로 먹으려느냐?"

"어머, 도련님, 제가 언제 사람 잡아 먹는 것 보았소?"

춘향의 재간을 따를 길 없는 이 도령이 너털웃음을 짓는다.

"허어, 도저히 너를 못 당하겠구나. 어화 둥둥 내 사랑아! 춘향아! 그만 내리려무나. 세상에 공짜는 없는 법! 내가 너를 업었으니, 이번엔 네가 나를 업어야지."

"아이, 도련님은 기운이 세어서 저를 업었지만, 저는 기운이 없어 못 업어요."

춘향의 새초롬한 미소에 이 도령의 목소리가 더욱 부드러워진다.

"업는 요령을 내가 알려 주마. 네가 나를 완전히 업으려 하지 말고 발이 땅에 닿을 듯 말 듯하게 해서 뒤로 젖힌 듯이 업어 다오."

못 이기는 척 도련님을 업고 툭 추어 놓으니 대중이 틀렸구나!

"아이고 잡스러워라!"

"이리 흔들 저리 흔들 내가 네 등에 업혀서 노니 네 마음이 어떠하냐? 나도 너를 업고 좋은 말을 하였으니, 너도 나를 업고 좋은 말을 하여야지."

"좋지요. 들으시오.

조선 세종 때의 황희 정승을 업은 듯, 신라의 정치가 이사부를 업은 듯,

가슴속에 큰 계략을 품고 나라의 기둥 같은 큰 신하가 되어 이름이 온 나라에 알려진 충신들을 생각해 보니,

사육신을 업은 듯, 생육신을 업은 듯, 해 선생, 달 선생, 고운 최치원 선생을 업은 듯, 임진왜란 의병장이었던 제봉1을 업은 듯, 광해군 때 장수 요동백2을 업은 듯, 송강 정철을 업은 듯, 충무공 이순신 장군을 업은 듯, 우암 송시열, 퇴계 이황, 율곡 이이, 사계 김장생, 명재 윤증을 업은 듯,

내 서방이지, 내 서방. 알뜰 간간 내 서방. 진사 급제한 후에 직부주서3, 한림학사 두루 임명된 후, 부승지, 좌승지, 도승지로 승진하여 팔도 방백 지낸 후, 중앙 관직으로 대사성, 판서, 좌상, 우상, 영상, 규장각 벼슬을 맡으며 높은 자리 앉을 내 서방,

알뜰 간간 내 서방이지.

호호, 어때요?"

제 손수 문질렀구나.

---

1 **제봉** : 임진왜란 때 의병장으로 활동한 고경명
2 **요동백** : 광해군 때 명나라의 요청으로 만주에 출정하여 전사한 김응하 장군
3 **직부주서** : 과거 급제한 뒤에 바로 임명된 승정원의 정7품 벼슬

'에구, 이거 벌써부터 바가지 긁네. 열공해라 이거지?'

이 도령은 얼른 말머리를 다른 데로 돌렸다.

"춘향아, 우리 말놀음이나 하여 볼까?"

이 도령은 이미 말놀음을 많이 하여 본 듯하였다.

이 도령의 속을 훤히 꿰뚫은 춘향은 이 도령이 귀엽다는 생각마저 들었다.

"도련님도, 우스워라. 말놀음이 또 뭐예요?"

"하하, 쉽단다. 너와 내가 벗은 김에 너는 온 방바닥을 기어 다녀라. 나는 네 엉덩이에 딱 붙어서 네 허리를 잔뜩 끼고, 볼기짝을 내 손바닥으로 탁 치면서, '이랴' 하거든 너는 '흐흥'거리며 한쪽 발로만 물러서며 뛰어라. 힘차게 뛰면 탈 승 자(乘字) 노래가 나온단다."

이 도령이 춘향이의 엉덩이를 툭 치며 소리를 한다.

"타고 놀자, 타고 놀자. 치우천왕[1]은 큰 안개를 피우며 황제 헌원씨[2]를 탁록 들에서 사로잡아 승리의 노래를 울리면서 지남거[3] 전차를 높이 탔고, 하우씨는 구 년간의 홍수를 다스릴 때 수레를 높이 탔고, 적송자는 구름을 타고, 여동빈은 백로를 타고, 이적선은 고래를

---

1 **치우천왕** : 환인이 다스리던 환국의 뒤를 이어 환웅천왕이 건국했다고 하는 배달국 (倍達國)의 제14대 천왕
2 **헌원씨** : 중국 고대 전설상의 임금
3 **지남거** : 황제가 만든 전차. 항상 남쪽을 가리키게 만들어 방향을 찾았다고 한다.

타고, 맹호연은 나귀를 타고, 신선 태을선인은 학을 타고, 대국 천자는 코끼리를 타고, 우리 임금은 화려한 연1을 타고, 삼정승은 평교자2를 타고, 육판서는 초헌3을 타고, 훈련대장은 수레를 타고, 각 읍 수령들은 독교4를 타고, 남원 부사는 별연5을 타고, 해가 지는 강가의 어부들은 조각배를 탔으나, 나는 탈것이 없으니 이 깊은 밤에 춘향이 배를 넌짓 타고 홑이불로 돛을 달아 내 힘으로 노를 저어 오목섬에 들어가되, 순풍에 음양수(陰陽水)를 시름없이 건너갈 때에, 말을 삼아 탈 양이면 걸음걸음이 없겠느냐? 마부는 내가 되어, 네 뒤를 넌지시 잡을 테니, 조금 거칠게 뚜벅뚜벅 걸어라! 기총마(騎聰馬) 뛰듯 뛰어라!"

온갖 장난을 다 하고 보니, 이런 좋은 구경이 또 있겠는가! 이팔, 이팔 둘이 만나 맺은 마음, 깊고 깊게 새기니 세월 가는 줄 모른다.

---

1 **연(輦)** : 임금이 타는 수레
2 **평교자** : 종1품 이상의 관원이 타는 가마
3 **초헌** : 종2품 이상이 타는 외바퀴의 높은 승교. 승교는 조그만 집 모양 탈것으로 두 사람 또는 네 사람이 메고 다닌다.
4 **독교** : 말 한 마리가 끄는 가마
5 **별연** : 임금이 타는 연과는 다르게 만든 수레

5. 거울을 받고 헤어지는 춘향이

이 도령은 아버지를 따라 서울로 가야 하기에 춘향과 헤어져야 했다. 춘향은 헤어
지면서 이 도령이 자기를 잊지 않고 다시 찾아오겠다는 다짐을 받으려고 한다. 옥
신각신하면서, 거울을 받고 장원 급제하여 자기를 찾아오겠다는 대답을 받아 내는
과정이 재미있다.

이 도령은 춘향에게 흠뻑 빠졌다. 어쩌다가 낮에라
도 부친이 자리를 비우면 춘향이 집으로 달려갔다.
이렇게 밤낮 없이 출입하니 어찌 좁은 남원 바닥에서 이들의 소문이 나
지 않겠는가. 사또의 귀에도 이 소문이 들어갔다. 아들이 바람난 것을
모르지 않았지만, 사또는 다 큰 아들이라 대놓고 금지할 수도 없었다.
다만 아들이 너무 색을 밝히다가 병이라도 날까 싶어 주야로 염려할 뿐
이었다.

그때 남원 부사가 백성을 잘 다스린다는 말을 들은 임금이 그에게 한
양으로 올라오라는 명을 내렸다.

한양의 동부승지1로 발령을 받은 사또는 마침 잘되었다 싶어 얼른 이 도령을 불러들였다.

"아버님! 소자이옵니다."

"들어오너라."

이 도령과 마주한 사또의 표정이 심상치 않았다. 수염을 쓰다듬던 사또가 한참 뜸을 들이다가 말문을 열었다.

"몽룡아, 우리 집에 경사가 났구나."

"예?"

"서울에서 동부승지 교지2가 내려왔단다."

"아버님, 그럼 한양으로 올라가시는 겁니까? 승진을 축하드리옵니다!"

"허허, 고맙구나. 그래서 말인데, 나는 여기 일을 정리하고 마무리 지은 후 천천히 올라갈 테니, 너는 내일 당장 어머니를 모시고 먼저 한양으로 올라가거라."

분명히 기쁜 일이었으나, 춘향이를 생각하니 갑자기 이 도령의 가슴이 답답하고 두 눈이 캄캄하여 흑백을 분간할 수 없었다. 이 도령은 형세가 워낙 급해서, 되든지 못 되든지 아버지께 사정이나 한번 하여 보기로 했다. 그래서 잔기침을 억지로 하며 어렵게 말을 꺼냈다.

---

1 **동부승지** : 승정원의 정3품 벼슬
2 **교지** : 정4품 이상의 벼슬을 임명할 때 주는 사령장

"소자가 캑, 남원 와서 캑, 춘정을 캑, 못 이기어 캑."

'아들을 아는 것은 아비만 한 이가 없다.'고 했던가. 아들의 생각을 간파한 사또가 크게 호령을 내렸다.

"이놈! 지방 관장으로 시골 와서 자식 버린단 말이 남들 이야긴 줄 알았더니, 내 자식이 그럴 줄이야. 이놈아! 글공부하라고 데려왔지 누가 밤낮으로 몹쓸 장난, 계집질이나 하라더냐! 서울에 이 소문이라도 나면 넌 급제는 고사하고 혼인길부터 막힐 거다! 올라가라면 올라갈 것이지, 무슨 말이 그리 많으냐. 네가 더 할 말이 있느냐! 에라, 이놈 보기도 싫다!"

"아버지……."

엄하게 명령을 내리는 부친에게 더 이상 말도 꺼내지 못한 채 돌아서는 이 도령의 발걸음이 무거웠다.

'어머니라면 우리를 이해해 주시지 않으실까.'

이 도령은 한 가닥 기대를 품고 대부인을 찾아갔다.

"어머니, 소자입니다."

"그래, 들어오너라."

방으로 들어간 이 도령은 다짜고짜 어머니를 붙잡고 울며 매달렸다.

"어머님! 소자, 죽을 것 같습니다!"

"아니, 왜 그러니?"

"실은 제게 춘향이라는 사랑하는 사람이 있는데, 아버님께서 내일 당장 서울로 올라가라고 하시니 어찌해야 할지 모르겠습니다."

"이게 무슨 소리야?"

"어머님! 춘향이도 데려가고 싶습니다."

"못난 놈! 계집 하나 때문에 이리 찔찔거린단 말이냐! 듣기 싫다! 당장 나가거라!"

"어머님!"

어머니라면 이해해 주지 않을까 했으나 이 도령은 꾸중만 실컷 듣고 나왔다.

'이제 어찌하나?'

이 도령은 눈물을 훔치며 춘향의 집으로 향했다. 양반 체면에 길가에서 소리 내어 울 수도 없고, 이 도령은 속이 두부장¹ 끓는 듯했다.

겨우 춘향의 집에 당도한 이 도령은 참았던 울음을 터뜨리며 춘향에게 달려갔다.

"어푸어푸, 어허!"

춘향이 깜짝 놀라 방문을 열고 왈칵 뛰어나왔다.

"서방님, 무슨 일입니까? 사또께 꾸중이라도 들으셨나요? 아니면 오다가 나쁜 일이라도? 서울에서 무슨 기별이 왔다더니, 혹 누가 돌아가시기라도 했어요? 점잖으신 도련님이 왜 그러세요?"

춘향은 가만히 다가가 도련님 목을 담쑥 안고 자신의 치맛자락으로

---

1 **두부장** : 두부를 주재료로 하여 고추장이나 새우젓국을 넣고 끓인 찌개. 두부찌개.

이 도령의 눈물을 닦아 주었다.

"울지 마세요, 서방님."

본래 울음이라는 것이 말리는 사람이 있으면 더 우는 법, 이 도령은 기막힌 심정을 모두 토해 낼 듯 더 큰 소리로 울었다. 급기야 춘향이가 이 도령에게 화를 내었다.

"도련님! 우는 얼굴 보기 싫소! 그만 울고 이유를 말하라니까요!"

그제야 이 도령이 울음을 삼키면서 말을 꺼냈다.

"사또께서 동부승지로 승진하셨단다."

말이 끝나자마자 춘향의 얼굴이 환하게 밝아졌다.

"서방님! 이런 경사가 또 어디 있소! 그런데 왜 우세요?"

"그게 말이다. 너를 버려두고 가게 되었으니, 내가 속이 상해서……."

"에이, 난 또 뭐라고. 그럼 남원 땅에 평생 사실 생각이셨어요? 도련님, 걱정 마세요. 제가 어찌 도련님과 같이 가기를 바라겠습니까? 도련님이 먼저 올라가시면 저는 여기서 정리할 것 다 정리한 후, 뒤따라 올라갈 것이니 너무 걱정 마세요. 내 말대로 하면 문제없을 거예요. 제가 올라가더라도 도련님 큰집으로 가서 살 수는 없을 것이니, 다만 큰집 가까이에 저희는 방 두엇 되는 조그마한 집 하나면 충분해요. 눈치 봐서 하나 구해 두세요. 우리 두 식구 올라가더라도 우리는 충분히 먹고살 수 있어요."

춘향의 말을 들으니 이 도령의 가슴이 더 답답해 왔다.

"그게 말이다, 춘향이! 아까 너를 사또와 어머니께 말씀드렸다가 꾸중만 들었단다. 양반의 자식이 아비 따라 먼 곳까지 내려와서 기생과 놀아났다고 화만 내시더구나. 이 소문이 퍼지면 과거는 고사하고 조정에 나가 벼슬도 못 한다니, 어쩔 수 없이 너와 이별할 수밖에 없겠구나.”

이게 무슨 소린가? 갑자기 춘향 얼굴빛이 달라졌다. 머리를 마구 흔들고 입을 씰룩대며 붉으락푸르락 눈을 치켜떴다. 눈썹이 꼿꼿해지면서 코가 발심발심하며, 이를 뽀드득 뽀드득 갈았다. 온몸을 수수 잎 털듯 파르르 떨며, 매가 꿩을 채듯 털썩 주저앉아 기어이 울음보를 터뜨렸다.

“허허! 이게 무슨 말이오?”

춘향은 치맛자락도 와드득 좌르륵 찢으며, 머리도 와드득 쥐어뜯어 싹싹 비벼 이 도령 앞에 내어던졌다.

“무엇이 어쩌고 어째요? 다 필요 없어!”

춘향이는 거울을 내던지고, 장신구와 세간살이를 손에 잡히는 대로 방문 밖으로 탕탕 내던졌다. 방문이라도 부서질 듯, 깨어지는 소리가 요란했다. 발도 동동 굴러 손바닥을 치고 돌아앉아 혼자 탄식하면서 울었다.

“아이고! 서방 없는 내가 세간살이는 무엇 하며, 누구 보라고 화장을 하겠어! 몹쓸 년의 팔자로다! 이팔청춘 젊은것이 이별할 줄 어찌 모르고, 거짓말에 속았구나! 아이고, 나는 망했네, 망했어. 아이고, 내가 미쳤지. 미쳤어!”

울고불고하던 춘향이 이내 돌아앉아 다른 사람이 되어 천연스럽게 말했다.

"여보, 도련님! 이제 막 하신 말씀 참말이오, 농담이오? 우리 둘이 처음 만나 백년언약 맺을 때에 대부인과 사또께옵서 시키시던 일입니까? 광한루서 잠깐 보고 우리 집에 찾아오셔서, 나에게 하신 말씀, 입으로 맹세하는 것이 마음으로 맹세함만 같지 못하고, 마음으로 맹세함이 맹세를 실천함만 같지 못하다고 말하지 않으셨어요? 내 그 말을 정녕 믿었더니 이제 가실 때는 툭 떼어 버리시니, 이팔청춘 젊은것이 낭군 없이 어이 살꼬! 애고애고, 내 신세야! 모지도다 모지도다, 도련님이 모지도다. 독하도다 독하도다, 서울 양반 독하도다!

여보, 도련님! 춘향 몸이 천하다고 함부로 버리셔도 그만인 줄 알지 마시오. 춘향이가 먹지도 못하고, 잠도 자지 못하면 며칠이나 살 듯하오. 내가 죽게 되면 내 혼이 원통한 귀신이 될 것이니, 그것이 도련님께 재앙이 되지 않겠소. 사람 대접을 그리하지 마시오. 애고애고 설운지고!"

춘향의 그 곱던 모습은 어디로 갔는지 영 딴사람같이 변했다. 춘향이 울음소리가 방 건너 춘향 어미에게까지 들렸다. 아무것도 모르는 춘향 어미는 사랑싸움인 줄 알 뿐이었다.

"저것들이 또 사랑싸움질이구나! 거참, 아니꼽다. 눈에 쌍가래톳[1] 설 일 많으니, 보기에 아니꼽구나!"

그러나 춘향이 울음소리는 좀처럼 줄어들지 않으니, 이를 이상히 여

---

1 **쌍가래톳** : 양쪽 허벅다리에 선 멍울. 여기서는 눈에 선 가래톳으로 아니꼽다는 뜻으로 쓰임.

긴 춘향 어미가 딸의 방으로 건너왔다.

"아니! 이게 무슨 일이냐?"

놀란 춘향 어미가 방 안을 휘둘러보는데 살림살이는 마당에 던져져 있고, 춘향의 몰골이 말이 아니었다. 평생 기생으로 살아서 눈치 하나 빠른 춘향 어미, 이별임을 직감했다.

"허어, 동네 사람 다 들어 보오! 오늘로 우리 집에 사람 둘이 죽습니다!"

춘향 어미는 두 칸 마루에 성큼 올라 방문을 두드리며 우르르 달려들어 춘향이에게 주먹질을 했다.

"이년아, 이년아! 썩 죽어라! 살아서 쓸데없다! 너 죽은 시체라도 저 양반이 지고 가게 어서 죽어라! 저 양반이 올라가면 누구 속을 썩이려고! 이년아, 이년아! 그러게 내가 뭐라고 했느냐! 도도한 마음먹지 말고, 우리처럼 평범한 사람을 골라서 보통 집으로 시집을 갔으면 너도 좋고 나도 좋제. 그리 잘난 체를 하면서 고르고 고르더니 잘되었구나! 잘되었어!"

두 손바닥으로 마룻바닥을 탕탕 치며 통곡하던 춘향 어미가 이제는 이 도령에게 달려들었다.

"말 좀 해 보세요. 내 딸 춘향이 버리고 간다니 무슨 죄로 그러는 거요? 우리 춘향이가 도련님 모신 지가 거의 일 년이 다 되었는데 행동이 그르던가? 예절이 그르던가? 바느질을 못해? 언어가 불순해? 행실이 음란하던가? 도대체 무슨 잘못을 저질렀다고 이러는 거요? 그 어린것을 밤낮으로 데리고 놀며 평생을 함께하자고 하더니, 끝에 가서는 이렇게 버리시니 우린 어찌 살라고 하는 거요?

꽃이 한번 떨어지면 어느 나비가 다시 찾아올까? 백옥 같은 내 딸 춘향이, 꽃같이 예쁜 몸도 세월이 지나면 두 번 다시 돌아오지 않는데, 이제 와서 어쩌라고 헌신짝 버리듯 하는 거요! 도련님 가 버리면 우리 춘향이, 뼈에 사무친 그리움과 원망은 어찌하라고! 긴 한숨, 흐르는 눈물로 외로운 베개 적시며 매일 밤을 울다 보면 병이 날 테고, 그러다 원통하게 죽기라도 하면 어쩔 거요.

늙은 내가 딸 잃고 사위 잃고 태백산 갈가마귀가 게 발을 물어다 아무 데나 던지듯, 의지할 곳 없는 외로운 이 몸이 누구를 믿고 살라는 말이오? 이게 어디 사람이 할 짓이오? 양반 사위는 다 이런 거요? 애고 서럽다! 몇 사람 신세 망치려고 아니 데려가는 거요. 도련님은 대가리가 둘 돋았소? 애고 무서워라. 어찌 이럴 수가 있나!"

화를 내다 못해 이 도령의 멱살을 잡고 달려드는 춘향 어미, 저러다 사또가 알면 큰일 나겠다. 당황한 이 도령, 움켜잡힌 멱살을 풀려 애쓰며 어렵게 말했다.

"장모! 춘향이만 데려가면 그만두겠나?"

"장모는 무슨 장모! 그래, 귀한 양반 사위야! 나도 이판사판이다! 네가 춘향일 안 데려가고 견디나 보자!"

땀범벅이 된 이 도령이 힘겹게 춘향 어미의 손에서 겨우 벗어났다.

"장모, 너무 거세게 몰아세우지 말고, 여기 앉아서 내 말 좀 들어 뵈요. 춘향이를 데려간대도 가마나 쌍가마로 태워 가자니 분명히 들킬 테고, 어쩌겠소. 한 가지 방법이 있긴 있어도 그게 양반 망신, 우리 선조 양반이 모두 망신이 되는 일이라서 말이야."

양반, 선조를 따지는 것을 보아하니, 이 도령은 아직도 정신을 못 차렸나 보다. 춘향 어미가 눈꼬리를 희번덕거리며 추켜 올리니 그제야 조용해 말을 이었다.

"그 방법이라는 것이, 내일 길을 떠날 때, 내 행차 뒤에 조상들의 위폐를 모신 신주[1]가 나올 테니 그것을 내가 모시겠네. 무슨 말인지 알겠소?"

"그래서? 내가 그걸 어찌 알겠나!"

이 도령의 말에 월매는 '흥' 하고 콧방귀를 뀌었다. 이 도령의 이마에서 삐질삐질 식은땀이 흘렀다.

"장모, 정신 차리고, 잘 들으세요. 사당에 모셔져 있는 신주를 내 옷소매에 넣고, 춘향이를 신주를 모시는 작은 가마에 태워 가겠다는 말이오"

이 도령을 물끄러미 바라보던 춘향은 그제야 애잔한 마음이 들었다. 자기 신세가 어쩌다 이렇게 되었는지, 밀려드는 서글픔에 춘향은 울음을 그치고 어미를 바라보며 입을 열었다.

"됐어요. 어머니! 도련님 너무 조르지 마세요. 우리 모녀 평생 신세

---

1 **신주(神主)** : 죽은 사람의 위패. 대개 밤나무로 만드는데, 길이는 여덟 치, 폭은 두 치가량이고, 위는 둥글고 아래는 모지게 생겼다.

도련님의 손에 달렸으니 알아서 하라고 당부나 하세요! 이번에는 어쩔 수 없이 이별해야 할 것 같아요."

담담하게 사태를 마무리하려는 춘향과 달리 월매는 애가 탔다.

"춘향아, 이 어미가 왜 이러겠니? 하도 답답해서 그런다. 아이고, 내 팔자야!"

"어머닌 건넌방으로 가 계세요. 우리 둘이 해결할게요. 그나저나 내 일이면 어쩔 수 없이 이별이니. 애고애고, 내 신세야!"

냉정을 되찾으려고 노력하는 춘향이도 자신의 마음을 어쩌지 못하고 갈팡질팡했다. 퉁퉁 부은 눈이 붉어지며 다시 눈물이 흐른다. 자기들 둘이 문제를 해결하겠다는 말에, 그런 딸을 더는 못 보겠는지 월매는 방을 나갔다.

한참이 지난 뒤, 겨우 진정된 듯 춘향이 이 도령에게 말했다.

"도련님!"

이 도령이 멀거니 춘향을 바라보았다. 춘향의 두 눈엔 다시 눈물이 고였다.

"우리 정말 이별해야 하나요?"

"……."

이 도령은 말을 잇지 못한 채, 입술을 지그시 깨물며 울음을 삼켰다. 춘향은 이 도령의 낯에다 다정하게 얼굴을 비볐다. 그리고 호소하듯 이야기했다.

"서방님! 사내대장부의 말이 어찌 그리 가볍습니까. 백년해로하자던 「불망기」는 다 거짓말이었어요? 자, 여기 「불망기」요! 아직 먹물도 다 마르지 않았는데 세상에 이별이라니. 사또 승진은 경사지만 이별이라니요. 날카로운 칼이라도 갈아서 자결이라도 하고 싶지만 늙은 어미를 누가 모실지 걱정이고, 나귀 다리 거머잡고 서울로 따라가기라도 하고 싶지만 사또님 생각에 그리 못 하고. 이제 이별은 당연하겠지요? 이별보다 더 슬픈 것은 굽이굽이 사무친 마음속의 깊은 걱정, 잊을 망(忘) 자 뿐입니다. 암, 잊어야지요.

남원에서 한바탕 손을 털고 가신 후에 팔자 좋은 도련님은 서울에서 정식 부인을 얻고, 장원 급제하여 높은 벼슬을 하며 부자로 사시고 즐기실 때에 보이는 것은 천하의 아름다운 여자들이겠죠? 거기다 신나는 노래 들으면 천 리 남원의 천한 춘향을 손톱만큼이라도 생각하시겠어요?

도련님 가시면 의복 단장 모두 폐지하고 독수공방 보내는 세월, 일 년 사계절 오는 대로 수심이겠죠. 봄바람에 배꽃과 오얏꽃이 피고 비단 창문 앞에 소쩍새 밤새도록 슬피 울면 내 속이 다 타서 녹고, 녹음이 우거진 여름이 되어 창밖에 앵두꽃이 붉어 가면 나 혼자 좋아하는 우리 낭군 꿈속에라도 보고 싶을 텐데, 원앙새 새긴 베개에 혼자 비껴 간신히 잠들었다 꾀꼬리 우는 소리에 놀라 깨면 천 리나 떨어진 한양에 갈 수도 없는 이내 신세. 아이고, 가을비에 오동나무 잎 떨어질 때, 기러기 우는 소리 행여 발에 편지 맸나, 급등루 바라보면 임의 소식 아니 오고 옥같이 아름다운 귀밑머리가 하얗게 세어 갈수록 동짓날 기나긴 밤 어떻게 보내야 할지.

모든 산에 새가 끊어지고 모든 길에 다니는 사람이 없을 때, 모난 베개와 비단 이불에 누구와 함께 잘 수 있나요. 적막한 빈방에 외로이 등불만 대하고 혼자 앉아 당신 생각만 하면, 싸리문에 짖는 개 소리에도 놀라겠죠. 금년에나 편지 올까 명년에나 당신 오실까, 기다리고 기다리다가 아주 소식 없어서 참다못해 자결하면 난 원한 맺힌 귀신밖에 더 되겠습니까? 서방님, 이제 어찌해야 합니까?"

이 말을 모두 새겨들은 이 도령도 측은한 마음을 가눌 길이 없었다. 이 도령은 두루마기 소매 끝으로 춘향의 눈물을 닦아 주면서 말했다.

"울지 마라, 울지 마라. 네 설움이 그러할진대, 내 마음인들 어떻겠니. 우리는 이미 머리 묶은 부부로서 어찌 잊을 길이 있겠는가. 내가 장원 급제하여 반드시 너를 찾아오마. 네가 그토록 걱정한다면, 내 약속을 어기지 않겠다는 증거로 이것을 주마."

말을 마친 후, 이 도령는 비단으로 만든 주머니를 풀어 거울을 꺼냈다. 그는 춘향의 손에 거울을 꼭 쥐여 주며 자신의 손을 포개어 덮었다.

"대장부 평생 품은 마음, 이 거울 빛과 같이 늘 맑고 깨끗하여 몇 해가 지나도 내 마음 절대 변치 않을 것이니, 이 거울을 깊이깊이 간직하고 내 생각이 날 때마다 날 본 듯이 꺼내 봐라."

춘향이가 거울을 받고는, 이 도령이 자신을 진심으로 아끼고 사랑하는 마음을 알게 되었다. 춘향은 사랑하기에 믿고, 믿기에 더욱 그리워지는 그 마음이 아팠다.

춘향은 자기가 끼고 있던 옥지환[1]을 한 짝 빼어 이 도령에게 주었다.

"여자의 곧은 절개가 이 하얀 옥에 흠이 없는 것 같다지요. 제 마음 일편단심[2]의 증표로 이걸 받아 주세요."

어느새 춘향 어미가 술상을 가지고 들어왔다. 미워도 사위였다. 그리고 그 둘의 마음을 잘 알기에 감쌀 수밖에 없는 어미였다.

"춘향아, 이 술을 네가 부어 이별주로 권하여라."

춘향이가 술을 한 잔 가득 부어 드리니 도련님이 울먹이며 마셨다.

보고 있어 봐야 마음만 아플 뿐, 월매는 조용히 자리를 뜬다. 춘향 어미가 나가자, 둘이 서로 마주 앉아 앞으로의 일을 생각하니 정신이 아득하고 한숨만 나왔다.

춘향이와 이 도령은 서로 얼굴을 대보고, 손발도 만져 본다.

"도련님, 이제 가면 언제 다시 만날 수 있을까요? 오늘 밤이 마지막이니 서러운 제 마음이라도 들어주세요."

이 도령은 안쓰러움에 잠기는 목소리를 다잡으며 춘향의 어깨를 감싸 안았다.

"그래, 다 말하여라."

"날 볼 날이 몇 밤이오? 오늘 밤이 마지막이니, 나의 서러운 사정 들

---

1 **옥지환** : 옥으로 만든 가락지
2 **일편단심(一片丹心)** : 한 조각의 붉은 마음이라는 뜻으로, 진심에서 우러나오는 변치 아니하는 마음을 이르는 말

어 보세요. 나이 거의 육십이 다 된 우리 어머니, 일가친척도 전혀 없고, 다만 외동딸 나 하나뿐입니다. 도련님께 의지하여 편히 살기를 바랐더니, 세상이 시기하고 귀신이 방해해서 이 지경이 되었군요. 애고, 내 신세야!

도련님 올라가면 나는 누구를 믿고 삽니까? 천 갈래 만 갈래 나의 슬픔, 밤낮으로 어찌합니까. 배꽃, 복숭아꽃 활짝 피면 임 생각나는 외로움은 어찌하고, 국화, 단풍 짙어지면 나의 외로운 절개는 어찌합니까? 홀로 긴긴 밤을 어떻게 보내야 하는지. 한숨과 눈물뿐이니 조용한 달 밝은 밤 두견새 울면 그 외로움을 어찌합니까? 사계절 아름다운 경치만 봐도 서러울 것이니, 애고애고!"

말을 마친 춘향이 더욱 슬피 울었다. 이 도령은 측은한 마음에 춘향의 어깨를 다독였다.

"옛글에 '먼 길 떠난 임 가신 관산 길이 몇 겹이나 되는가?'[1] 했으니, 전쟁에 출정한 병사들과 고향 푸른 못에서 연을 캐던 여인들도 부부 사이 정이 두터웠으나 어쩔 수 없이 헤어져 그리운 심정을 달랬단다.

우리도 지금 어쩔 수 없이 헤어지지만, 내가 장원 급제하여 너를 다시 찾을 날까지 기다려라. 그러니 내가 올라간 뒤에 창가에 달이 밝거든 멀리 있는 내 생각으로 근심하지 말거라! 너를 두고 가는 나도 하루하루가

---

1 **먼 길 떠난 임 가신 관산 길이 몇 겹이나 되는가** : 정객관산로기중(征客關山路幾重)은 왕발의 「채련곡」에서 차용한 것임.

편하겠느냐? 낸들 어찌 네게 무심하겠니. 울지 마라, 울지 마라!"

그러자 춘향이 더욱 서럽게 울었다.

"도련님, 한양 올라가시면 사방에 여자들이 있고, 곳곳에 풍악 소리 울릴 텐데. 여자 좋아하는 도련님이 밤낮으로 그들과 어울려 놀 때, 먼 곳에 있는 나를 손톱만큼이나 생각할까요?"

이 도령은 당치 않은 소리라는 듯 고개를 저었다.

"춘향아! 한양성 남북촌에 옥 같은 미녀가 많다지만 안방 깊은 곳에서 정을 나눈 사람은 너밖에 없으니, 내 어찌 너를 잊겠느냐."

이별을 마주한 두 남녀는 다짐에 다짐을 하며, 날이 새는 줄도 몰랐다.

아침이 밝아 올 무렵, 헐레벌떡 누군가 뛰어오니, 이 도령을 모시고 갈 훈령 사령이었다.

"도련님! 빨리 갑시다! 안에서 야단났습니다! 사또께서 도련님을 찾으셔서 잠시 친구에게 작별 인사하러 가셨다고 하였습니다요. 더 찾으시기 전에 어서 가야 합니다!"

이 도령은 말없이 춘향을 바라보다 훈령 사령 쪽으로 몸을 돌렸다.

"말은 대령하였느냐?"

"예, 어서 타세요."

이제 영영 이별인가. 춘향은 말을 향해 걸어가는 이 도령의 다리를 부여잡았다.

"날 죽이고 가면 가지, 이대로는 못 갑니다!"

악을 쓰던 춘향이가 기절하여 쓰러졌다. 멀리서 지켜보던 춘향 어미가 놀라서 뛰어왔다.

"아이고! 아가! 정신 차려라! 향단아! 약, 아니 물, 물을 가져와라! 춘향아, 늙은 어미는 어찌하라고 이러느냐."

춘향이를 끌어안은 춘향 어미는 원망 어린 눈으로 이 도령을 쳐다보았다.

"여보시오, 이 도령! 남의 귀한 자식을 이 지경으로 만들다니! 불쌍한 우리 춘향이 죽으면 나는 누굴 믿고 산단 말이오!"

놀라기는 이 도령도 마찬가지였다. 까무러친 춘향의 모습에 이 도령의 가슴이 먹먹해졌다.

"춘향아, 정신 차려라. 이러다 영영 나를 못 보려고 그러냐? 세상에 이별이 많으나 반드시 만날 때가 있을 거다! 비록 지금은 이별하지만 내가 올라가서 장원 급제 출세하여 너를 데려갈 것이니, 울지 말고 기다려라! 춘향아. 나를 다시 보려거든 아프지 말고 너무 서러워하지도 말고, 부디 몸성히 잘 있거라!"

다시 데려가겠다는 말에 힘을 얻어 겨우 몸을 일으킨 춘향이 향단이에게 술을 가져오라고 일렀다. 눈물을 흘리며 잔에 술을 가득 따른 춘향이 이 도령에게 잔을 건넸다.

"도련님, 장원 급제하시면 꼭 그 약속을 지켜야 합니다."

춘향은 재차 다짐을 받는다.

"그럼, 남자가 한 입으로 두말을 하겠느냐?"

"이게 제 손으로 드리는 마지막 술이오니 잡수세요. 그리고 올라가시는 길에 내가 준비한 도시락 가져다가 묵으시는 역에서 날 보듯이 잡수세요. 향단아, 도시락과 술병을 내오너라."

이 도령은 술잔을 받아 마시고, 도시락과 술병을 받아 넣었다.

"한양 가시는 길에, 강가 가로수 푸르고 푸르거든 멀리서 도련님을 그리워하는 나를 생각하세요. 봄은 좋은 계절이지만, 혹시 비라도 내리면 말 위에서 피곤하여 병이 날까 걱정입니다. 흐린 날에는 일찍 주무시고, 비바람 부는 날에는 늦게 출발하세요. 부디부디 천금같이 귀한 몸 편안히 보전하세요. 서울 가시는 길에 부디 평안히 가시옵고, 종종 편지나 하여 주세요."

"춘향아, 걱정 마라. 요지연의 서왕모가 파랑새로 소식을 전하였다는데, 파랑새는 없더라도 오고 가는 사람이야 없겠느냐. 슬퍼 말고 기다려라."

드디어 이 도령이 말에 올라탔다.

"가네, 가네. 가신다던 그 말, 거짓말 같았는데. 우리 도련님 말을 타고 가시는구나!"

울먹이며 말하던 춘향이가 마부를 불렀다.

"마부야, 내가 문밖에 나설 수가 없구나. 도련님께 한 말씀이라도 드릴 수 있도록 우리 도련님 타신 말을 잠깐이라도 붙들어 다오."

이 도령을 바라보는 춘향의 마음이 스산해졌다.

"도련님, 이제 가시면 언제 오시나요? 사계절 소식 끊어질 절(絶), 보내나니 아주 영절(永絶)[1]이구나. 푸른 대나무, 푸른 소나무, 논개의 높은 충절(忠節)[2], 천산의 조비절(鳥飛絶)[3]이라고 했으니, 많은 산에 새가 날아다니는 것조차 끊어졌네. 병으로 누우니 인사절(人事絶), 죽절(竹節), 송절(松節), 봄·여름·가을·겨울 사시절(四時節), 끊어지니 단절(斷切), 분절(分節), 훼절(毀節)[4], 도련님은 날 버리고 박절(迫切)[5]하게 가시니 속절(俗節)[6] 없는 나의 정절(貞節), 독수공방 수절(守節)할 때 어느 때에 파절(破節)할까! 첩의 이야기 슬픈 고절(苦節)[7], 밤낮으로 생각을 아니함이 없으니 미절(未絶)[8]하네. 도련님, 부디 소식을 끊지 마세요."

마디마디 애절함에 사무치던 춘향이가 마침내 대문 앞에 거꾸러졌다. 그리고 가녀린 두 손길로 땅바닥을 꽝꽝 내리쳤다.

"애고! 애고! 내 신세야! 누런 먼지는 흩어지며 바람은 쓸쓸하고, 깃

---

1 **영절** : 소식이나 관계 따위가 영원히 끊어져 아주 없어짐.
2 **충절** : 충성스러운 절개
3 **조비절** : 새가 나는 것이 끊어짐. 적막함.
4 **훼절** : 절개나 지조를 깨트림.
5 **박절** : 인정이 없고 매몰스러움.
6 **속절** : '속절없다'의 어근. '없다'와 결합하여 아무리 하여도 어쩔 도리가 없다는 뜻으로 쓰임.
7 **고절** : 가혹한 시련 속에서 홀로 외롭고 굳게 지키는 절개
8 **미절** : 끊어짐이 없음.

발은 빛이 없고, 햇빛은 희미하구나! 애고! 달리는 말에 채찍질하며 야속히 가시더라도 가는 듯이 빨리 오세요!"

말을 마친 춘향이가 엎어지며 자빠진다. 이런 춘향을 뒤로한 이 도령의 심정이야 오죽할까. 이 도령도 눈물을 훔치며 다시 만날 날을 약속한 뒤 말에 채찍질을 가했다. 이 도령이 탄 말은 빠르게 멀어져 갔다. 춘향은 점점 작아지는 이 도령의 모습이 마치 광풍에 흩날리는 조각구름처럼 느껴졌다.

시간이 약이라고 하나 그러기엔 상처가 너무 컸다. 춘향은 힘없이 방으로 들어왔다.

"향단아! 이불을 깔고 문을 닫아라! 이제 살아서 만나기 어려운 도련님, 꿈에서라도 만나야겠구나. 옛말에 '꿈에 보이는 임은 믿을 수 없다.'지만, 꿈이 아니면 어디서 만날 수 있을까? 꿈아, 꿈아, 오너라. 그리워도 보지 못하는 내 심정, 누가 알아주겠니. 미친 듯한 내 마음은 이런저런 걱정으로 잡을 길이 없고, 자나 누우나, 먹으나 깨나, 임 못 보아 가슴만 답답하구나! 도련님 얼굴, 고운 소리 눈에 선선 귀에 쟁쟁, 보고 싶다, 보고 싶어. 도련님 얼굴 보고 싶다. 듣고 싶다, 듣고 싶어. 임의 소리 듣고 싶다.

내 무슨 죄가 있어 우리 둘이 서로 그리움을 안고서도 만나지 못하는가? 잊지 말자! 처음 맹세 잊지 말자! 함께 백년가약 맺은 맹세 잊지 말자! 세상일이 힘들어도 사랑하는 마음은 깊고 깊은 물처럼 흐르고, 높고 높은 산이 되어 무너지지 않으리.

107

아! 세상이 시기하여 하루아침에 낭군과 이별하고, 온갖 시름과 원한이 가득하여 슬픔만 가득하네. 옥 같은 얼굴, 구름 같은 귀밑머리 헛되이 늙으니 해와 달이 무정하구나. 달 밝은 밤은 어찌 그리 느리게 새며, 해는 어찌 이리 늦게 가는가! 이 그리움을 아시면 임도 나를 그리워하시겠지. 홀로 누워 다만 한숨만 벗이 되고, 굽이굽이 마음속에서는 솟아나는 것이 눈물뿐이구나! 눈물이 모여 바다 되고, 한숨지어 푸른 바람이 되면 조각배를 만들어 타고 한양 계신 낭군을 찾고 싶으나 그렇게 못하는 이내 신세. 근심 담긴 달 밝은 때, 정성 다해 빌고 나면, 임을 느끼지만 이 또한 꿈이구나. 하늘 높이 걸린 달, 두견새 울음소리는 임 계신 곳 비추련만, 마음속 시름은 나 혼자뿐이구나.

밤은 깊고 깜빡깜빡 비치는 게 창밖의 반딧불이구나! 밤은 깊어 가는데, 행여 임이 오실까? 누웠어도 잠이 오지 않는구나. 옛말에 '흥겨운 일이 다하면 슬픔이 오고, 고생 끝에 즐거움이 온다.'고 했으나, 임을 기다린 지 오래이나 굽이굽이 맺힌 것은 그리움의 한이구나.

하느님, 부디 우리 서로 다시 만나게 해 주세요! 다 하지 못한 사랑, 다시 만나 백발이 되도록 이별 없이 살게 해 주세요! 푸른 물, 푸른 산아, 우리 임 초췌한 행색 애달프게 이별한 후 소식조차 끊어졌네. 서방님도 나를 그리워하실까?"

눈이 퉁퉁 부은 춘향이는 하늘을 우러르며 눈물로 세월을 보냈다.

춘향의 울음소리를 들었는가? 한양으로 올라가는 이 도령, 머무는 숙소마다 잠을 못 이루었다.

'춘향아, 보고 싶다. 밤낮으로 널 잊지 못하는 이 마음, 널 남겨 두고 그리워하는 내 마음, 조금만 기다려라. 우린 곧 만날 수 있을 거야.'

서울로 올라간 이 도령! 그리움이 커질수록 마음을 굳게 먹는 이 도령! 이를 악물고 공부에 매진한다. 장원 급제하여 춘향과의 약속을 지키기 위해.

5. 거울을 받고 헤어지는 춘향이

6. 변학도에게 맞서는 춘향이

남원의 신임 사또로 부임한 변학도는 멀리서부터 춘향의 이름을 듣고 그녀를 취하고자 한다. 춘향을 취하려는 변학도와 이를 정당한 논리로 반박하는 춘향의 모습이 치열하다. 춘향은 목숨을 걸고 수청을 거절한다. 만약 수청을 든다면 양반의 부인이 되고자 하는 그녀의 꿈이 깨어지기 때문이다. 이런 점들을 살피면서 작품을 감상하면 재미가 배가된다.

　　　　　　　　수십 일 지난 후, 남원에 새 사또가 부임했다. 신관 사또로 말하자면 자하골 변학도라는 양반인데, 학도(學徒)라는 이름처럼 글재주가 넉넉하고 인물이 훤칠하며 풍채도 활달했다. 또한 풍류를 좋아하고 바람기도 다분했다. 다만 성격이 괴팍하고1 고집이 세어 가끔 실성한 듯 앞뒤 안 가리고 행동하여 잘못된 결정을 내리는 일도 더러 있어 덕을 잃기도 하였다.

---

1 **괴팍하다** : 까다롭고 별나다.

신관 사또 부임하기 전날, 이방을 비롯한 남원 고을의 사령[1]들이 변학도를 모시러 한양으로 올라가 인사를 했다. 인사를 받은 변학도는 먼저 이방[2]을 찾았다. 신관 사또의 부름에 남원골 이방이 앞으로 나섰다.

"남원골 이방 대령하였습니다요."

근엄한 표정의 신관 사또가 이방을 내려다보았다.

"그사이 너의 고을에 별일은 없었느냐?"

"예. 아무 일 없습니다요."

자신이 앞으로 다스릴 고을이라 그런가? 신관 사또인 변 사또의 얼굴빛이 근엄하다.

"거, 듣자 하니 남원 고을 관아의 노비들 중에 미녀가 많다며?"

겉으로 번드르르한 물음에 속으로 흐물거리는 무엇이 있음을 눈치챈 이방이 당황했다.

"예? 아, 그러하옵니다."

"그래? 거 뭐냐. 그렇지, 춘향이! 네 고을에 춘향이란 계집이 매우 아름다운 여자라지?"

"예? 그, 그러하옵니다."

"그래, 잘 있느냐?"

---

1 **사령** : 조선 시대에, 각 관아에서 심부름하던 사람
2 **이방** : 조선 시대에, 각 지방 관아에 속한 육방(六房) 가운데 인사 관계의 실무를 맡아 보던 부서의 관리. 요즘의 비서격이다.

"누구 말이신지?"

"춘향이 말이다."

"예, 잘 있지요."

사또는 이방의 대답에 흐뭇한 미소를 지었다.

"남원이 여기서 몇 리나 되지?"

"육백삼십 리이옵니다."

"그래? 그럼 빨리 길을 나서야겠구나. 어서 떠날 준비를 하라!"

마음이 바쁜 변 사또, 뒤돌아선 이방의 얼굴이 똥 밟은 표정이다.

'우리 고을에 일 났다!'

햇살이 따사롭게 좋은 날, 신관 변 사또의 행렬이 남원을 향했다. 구름 같은 가마 행렬에 사령들은 좌우로 떡하니 쫙 늘어섰다. 좌우에는 부축하는 종들이 진한 빛깔의 주름 잡힌 의복을 입고, 군복 띠를 엇비슷이 둘러맸다. 그리고 통영갓¹을 이마에 깊숙이 눌러쓰고, 방망이를 휘두르며 소리를 질러 댔다.

"에라! 물러서라! 신관 사또 행차시다!"

잡인의 출입을 막는 소리가 지극히 엄숙했다. 좌우 하인들이 긴 말고삐를 잡고 힘을 썼다. 심부름꾼인 통인 둘이 둥근 갓을 쓰고 뒤를 따랐다.

---

1 **통영갓** : 경상남도 통영 지방에서 만든 갓. 품질이 좋고 테가 넓은 것이 특징이다.

전주에 이르러 조선 태조를 모신 경기전1 객사에 들러 부임 인사를 드리고, 병마절도사를 잠깐 뵙고, 좁은 목 썩 내달아 전주에서 임실로 넘어가는 큰 고개인 만마관 노구바위를 넘으며 임실을 지났다.

이리저리 행차 소리가 요란한데, 취타2 풍악 소리 성안에 진동하고, 거문고, 가야금, 당비파, 북, 장구, 해금, 대평소, 피리 소리가 멀리까지 울려 퍼졌다. 광한루에 도착한 변 사또는 옷을 갈아입고 뚜껑 없는 작은 가마를 타고 관아로 들어갔다. 제 딴에는 백성들에게 엄숙하게 보이려고 눈을 크게 부릅떴다.

변 사또는 관사에 도착하여 신관 사또 부임식을 마치고, 부임을 축하하는 축하연도 잘 받았다. 부임 초라 업무를 파악하느라 여러 가지 일로 빠르게 며칠이 지나갔다.

"사또, 행수3 문안드립니다."

"그래, 그래."

우두머리 행수의 인사를 받는 변 사또의 마음은 항상 즐거웠다.

"오늘은 호장4에게 기생들을 불러 하나하나 점검하게 하라!"

변 사또의 명령을 받아든 호장이 기생 명부를 들고 차례차례 이름을

---

1 **경기전** : 조선을 건국한 태조 이성계의 영정을 봉안한 곳으로, 태종 10년인 1410년 창건되었다.
2 **취타(吹打)** : 관악기를 불고 타악기를 침.
3 **행수** : 한 무리의 우두머리
4 **호장** : 요즘의 면장에 해당한다.

6. 변학도에게 맞서는 춘향이

부르자, 요염한 기생들이 하나둘 나타나 한 일(一) 자 그리듯 줄을 섰다.

"비온 뒤 동산 같은 명월이."

비단 치맛자락을 올려 버들같이 가는 허리에 딱 붙인 명월이가 아장 아장 들어온다.

"봉황이 짝을 잃고 벽오동에 깃들이니 산과 물, 날짐승의 기를 받아 굶어 죽어도 좁쌀을 쪼지 않는 굳은 절개 채봉이!"

비단 치마를 두른 허리, 맵시 있게 걷어 안고 예쁜 걸음새를 바르게 옮겨 걸으며 채봉이가 들어온다.

"깨끗한 연꽃은 절개를 고치지 않는다 했으니, 어여쁘고 고운 태도 연심이!"

비단 버선, 수놓은 신발을 끌면서 가만가만 연심이가 들어온다.

"옥같이 밝은 달 명옥이!"

연꽃무늬 치마 고운 태도로 행동이 진중한 명옥이가 들어온다.

"구름은 맑고 바람은 가벼운 한낮에 버들가지에 앉은 꾀꼬리 같은 앵앵이!"

붉은 치맛자락을 가슴에 딱 붙이고 앵앵이가 들어온다.

이제까지 기생들의 얼굴을 죽 둘러보던 변 사또는 심드렁한 표정으로 짜증이 난 듯 말했다.

"빨리 부르라!"

"예."

변 사또의 분부에 호장의 말이 빨라졌다.

"광한전 높은 집에 복숭아를 바치던 고운 선비 반겨 보니 계향이!"

"소나무 아래 아이에게 묻노라. 선생 소식, 겹겹 청산의 운심이!"

"달나라 궁궐에 높이 올라 계수나무를 꺾어 애절이!"

"술집이 어디인지 묻노니, 목동이 가리키는 곳에 행화!"

"아미산 달이 반쯤 보이는 가을에 그 그림자는 한강의 강물에 흐르니, 강선이!"

변 사또는 더 이상 말하기도 귀찮은 듯, 오른손을 펴서 좌우로 흔들었다. 가만히 살펴보니 더 빨리 부르라는 신호 같았다.

변 사또의 분부를 받은 호장은 이마에 땀이 맺히도록 쉴 새 없이 기생의 이름을 불렀다.

"거문고 타고 나니 탄금이, 홍연이, 금낭이."

"양대선, 월중선, 화중선."

"금선이, 금옥이, 금련이."

"농옥이, 난옥이, 홍옥이."

"바람맞은 낙춘이!"

호장이 마지막으로 기생 낙춘이를 부르니 잔뜩 맵시를 부린 낙춘이가 들어온다. 낙춘이의 모양새를 확인한 변 사또의 입이 쩌억 벌어졌다. 낙춘이의 얼굴을 유심히 살펴보니 화장을 한 것 같은데, 이마빡에서 시작하여 귀 뒤까지 파 젖히고 분으로 붉게 단장하였다. 화장품 값 아까운 줄 모르고 성벽에 회칠하듯 반죽하여 온 얼굴에 칠을 하였다. 키는 껑충하니 장승만 한 것이 치맛자락을 훨씬 올려 턱 밑에 딱 붙이고, 논에서 껑충껑충 걷는 고니의 걸음걸이처럼 찔뚝거리며 껑충껑충 엉금엉금 들어온다.

변 사또가 보기에는 이 기생도 저 기생도 마음에 들지 않았다. 오직 춘향이의 이름이 나올까 하고 기다리던 변 사또는 이상하다는 듯 호장을 불렀다.

"기생을 다 부른 것이냐? 왜 춘향이는 안 부르느냐? 퇴기냐?"

"사또! 춘향 어미는 기생이었으나, 춘향은 기생이 아닙니다."

"춘향이가 기생이 아니라면 어찌 소문이 그리 멀리까지 났느냐?"

"근본은 기생의 딸이지만, 그 어미 월매가 돈으로 다른 여자종을 사서 춘향이 대신 기생으로 넣었기에, 지금은 기생 명부에 빠져 있습니다."

변 사또는 이 말을 듣고 이마를 찡그렸다.

"이놈아, 근본이 기생이면 기생이지, 다른 종을 사서 빠졌다고 새사람이 되느냐? 얼른 가서 불러오너라."

그러나 호장도 호락호락하지 않았다.

"춘향으로 말하자면, 성품과 미색이 뛰어나서 집안 좋은 양반들과 재주꾼 한량들, 그리고 내려오신 수령마다 구경코자 했답니다. 하나 춘향어미가 듣지를 않아 양반 상하는 물론하고 한 가족 같은 소인들도 일년에 한 번 얼굴이라도 볼까 말까, 말 한마디 할까 말까 만나기가 어렵습니다. 더구나 하늘이 정한 연분인지 전에 계시던 사또의 아들 이 도련님과 백년가약을 맺었으며, 도련님 가실 때에 다시 데려가마 당부하였으니 춘향이도 그리 알고 수절하고 있습니다."

호장의 말을 가만히 듣고 있던 변 사또가 버럭 화를 내었다.

"이놈! 무식한 상놈도 안 하는 짓을 양반이 하다니! 어떤 양반이 부모 허락도 없이 기생첩을 얻어 살자 하겠느냐? 이놈! 다시는 내 앞에서 그런 말을 입 밖에도 내지 마라! 내가 저 하나를 못 보겠느냐. 기생의 딸이면 기생이지! 잔말 말고, 어서 가서 불러오라!"

춘향을 불러오라는 변 사또의 명령에 이방은 곤란한 듯 꾸물거렸다.

"사또, 아까 호장이 말씀드린 것처럼, 춘향이는 이제 기생도 아니고 먼젓번 사또 자제 도련님과 언약을 한 사이인데, 같은 양반의 도리로 어찌 부르라고 하십니까? 공연히 사또의 이미지에 금이 갈까 두렵습니다."

말리고자 한 말이지만, 이 말이 변 사또를 더욱 화나게 했다.

"무슨 말이 그리 많은가. 당장 춘향이를 데려오지 못하면, 너희들 모두 엄벌을 받을 것이니 빨리 대령시키지 못할까!"

드디어 일이 났다. 놀란 이방과 호방이 법석을 떨고, 각 청 두목들이 놀라서 넋을 잃었다. 어쩔 수 없이 하급 병사인 사령들이 춘향이 집으로 나서며 한탄했다.

"김 번수[1]야, 이 번수야. 이런 별일이 또 있을까? 불쌍한 춘향이 그 정절이 가련하구나! 하나 우리도 살아야지. 어서 가자! 춘향이 데리러 가자!"

사령들이 춘향의 집 앞에 당도하였다.

---

1 **번수** : 대궐이나 마을에 번을 들어 묵으면서 밤을 지키는 사람

밤낮으로 이 도령을 생각하며, 눈물 마를 날이 없는 춘향은 사령들이 오는지도 모르고 울고 있었다. 그 맑고 고운 목소리가, 날마다 울어서 슬프고 원한 맺힌 소리가 되어 듣는 이들의 가슴을 울렸다. 거기다가 임을 그리워하는 서러운 심정에 제대로 먹지도 못하고, 제대로 자지도 못하니 피골[1]이 상접[2]하고 기운도 쇠잔하였다.

"갈까 보다, 갈까 보다! 임을 따라 갈까 보다! 천 리라도 갈까 보다! 만 리라도 갈까 보다! 비바람도 쉬어 넘고, 해동청[3], 보라매[4]도 쉬어 넘는 동설령 고개라도, 서방님이 날 찾으시면 신발 벗어 손에 쥐고 단숨에 넘어가리! 한양 계신 우리 낭군이 아직도 나를 생각하고 계실까? 혹여 나를 아주 잊으시고 다른 사람과 사귀지는 않으실까?"

춘향의 서글픈 울음소리에 사령들의 마음도 슬퍼졌다.

한 사령이 탄식하며 말했다.

"불쌍한 춘향이! 아무리 바람둥이라도 저런 춘향의 마음을 모르면 사람도 아니야."

사령들은 마음이 무거워졌다. 그래도 우두머리 사령은 어쩔 수 없다는 듯 침울한 분위기를 깨며 소리쳤다.

"이리 오너라!"

---

1 **피골(皮骨)** : 살가죽과 뼈
2 **상접(相接)** : 서로 한데 닿거나 붙음.
3 **해동청** : 사나운 송골매
4 **보라매** : 새끼를 잡아 길들여서 사냥에 쓰는 매

외치는 소리에 놀란 춘향이 문틈으로 밖을 내다보았다.

'사령들이 오셨구나! 아차차, 잊었네! 오늘이 신관 사또 부임한 지 사흘이니 기생 점고[1]하는 날이구나! 이를 어째, 무슨 야단이라도 났나? 아니면 도련님 소식이라도 가지고 왔나?'

춘향은 서둘러 사령들을 맞이했다.

"허허, 번수님네, 어서 오세요. 정말 오랜만에 뵙는군요. 이번 신관 사또 부임 잔치는 잘 되었는지요? 이번 사또는 어떤 분이신가요? 혹시 옛 사또 댁에 가 보셨는지요? 가셨다면 도련님 편지 한 장이라도 가지고 오셨나요? 내가 전에 도련님을 모시는 동안 도련님의 성질이 남달라서 그동안 번수님네를 모른 체하기는 했어도 마음조차 없었겠습니까? 어서 안으로 들어오세요."

춘향은 사령, 김 번수, 이 번수와 여러 번수들을 제 방에 앉힌 후 향단이를 불렀다.

"향단아, 술상을 들여라!"

"아니 뭘 술상까지……. 허허."

춘향이가 반갑게 맞아 주고 술상까지 차려 주니, 사령들은 잠시 임무를 잊고 말았다.

얼마나 마셨을까. 기분 좋아 한 잔, 춘향의 신세를 안타까워하며 한 잔, 쉴 새 없이 마시다 보니 어느덧 사령들의 얼굴에 벌겋게 단풍이 들

---

1 **점고(點考)** : 명부에 하나하나 점을 적어 가며 사람의 수효를 조사함.

었다. 그리고 자신들의 임무가 무엇인지조차 가물가물해졌다.

술상을 물린 춘향이 그들에게 돈 닷 냥을 내어 놓았다.

"여러 번수님네, 가시다가 술이나 더 사드시고 가세요."

"이게 뭔가?"

"몇 푼 안 되니 받아 주세요."

"돈? 당치 않네. 우리가 돈 바라고 왔겠는가?"

거절하는 말을 건네던 사령이 조심스럽게 곁눈질을 하여 엽전 수를 헤아린다.

'어디 보자. 그런데 숫자가 맞나?'

사령들의 속내를 모를 리 없는 춘향이 은근하게 말했다.

"짝이 맞도록 이미 맞춰 놓았습니다. 다만, 돌아가시면 신관 사또께 말씀 좀 잘 해 주세요."

"오냐. 걱정 말거라."

돈을 받아 옆에 차고 갈 지(之) 자로 비틀거리며 관아로 돌아가는 사령들, 과연 신관 사또를 설득할 수 있을까?

사령들이 돌아간 후 조금 조용해지나 했는데, 며칠 후 변 사또의 명을 받은 행수 기생이 춘향을 찾아왔다. 행수 기생은 기생의 우두머리다. 춘향을 마주한 행수 기생이 두 손바닥을 딱딱 치면서 매정스럽게 말했다.

"춘향아, 오늘 내기 행수로서 한마디 하겠다. 물론 네 마음을 모르지는 않지만, 너로 인해 온 관내가 시끄럽다. 솔직히 말해서 너만 한 정절은 나도 있고, 너만 한 수절은 나도 해 봤어. 춘향아! 보잘것없는 너 하나 때문에 우리가 얼마나 힘든지 아니? 성난 사또가 날마다 육방[1]이며 각 청 두목들을 괴롭히니 우리만 죽어난다. 어쩔 수 없다. 춘향아! 어서 나와 함께 가자!"

춘향의 일로 변 사또에게 어지간히 괴롭힘을 당한 모양이었다. 행수 기생의 따가운 말이 춘향의 마음을 할퀴었다.

"행수 형님! 너무하십니다. 형님은 처음부터 행수였나요? 나라고 항상 이렇게만 있겠습니까? 정말 너무하십니다."

그냥 가만히 당하고 있을 춘향이 아니었다. 이마를 찡그리던 행수 기생이 깊은 한숨을 내쉬면서 말했다.

"하지만 춘향아, 이대로 가다가는 우리 모두 다 죽게 생겼으니 난들 어쩔 수가 없네."

춘향은 행수 기생의 처지가 이해되지 않는 것도 아니었기에, 이내 결심한 듯 치맛자락을 움켜잡았다.

"알았어요. 모두 나 때문이라니 가지요, 가. 사람이 한번 죽지 두 번 죽나요. 알았어요. 내가 가지요."

---

1 **육방** : 조선 시대에 각 지방 관아에 둔 여섯 부서. 이방(吏房), 호방(戶房), 예방(禮房), 병방(兵房), 형방(刑房), 공방(工房)을 이른다.

6. 변학도에게 맞서는 춘향이

춘향은 행수 기생을 따라 이리 비틀, 저리 비틀 관청의 관사 안으로 들어섰다. 춘향을 발견한 이방이 변 사또에게 아뢰었다.

"사또, 춘향이 대령하였습니다요!"

잠시 낮잠을 자던 변 사또, 춘향이 왔다는 소리에 깜짝 놀라 버선발로 뛰쳐나왔다.

"어디 보자! 오호! 춘향이가 분명하구나! 그래, 어서 마루 위로 오르거라!"

변 사또는 춘향을 자기 집무실로 안내했다. 춘향은 집무실로 들어가 무릎을 거두고 단정히 앉았다.

"이방! 안에 가서 회계 나리님을 오시라고 해라!"

"예."

이방은 회계 생원[1]을 부르러 갔다. 변 사또는 무슨 생각을 하는지 입맛을 다셨다.

상방[2]으로 회계 생원이 들어섰다. 변 사또가 회계 생원을 반기며 춘향을 소개했다.

"이보게. 저게 춘향일세!"

"오호! 정말 예쁘군요. 사또께서 서울 계실 때부터 '춘향, 춘향' 하시더니, 정말 대단한 미인이군요!"

---

1 **생원** : 조선 시대에 소과(小科)인 생원과에 합격한 사람
2 **상방(上房)** : 관아의 우두머리기 기처하는 방

"그렇지? 자네가 중매하겠나?"

마음 급해진 변 사또가 회계 생원을 재촉한다. 수절하는 춘향에게 중매라니, 변 사또 흑심이 짙어도 너무 짙다. 그러나 변 사또의 속내를 훤히 꿰뚫고 있는 회계 생원이 한술 더 뜬다.

"사또께서 처음부터 춘향이를 그냥 부르시지 말고 중매쟁이를 보내어 불러왔으면 좋았을 걸 그랬습니다. 일이 좀 이상하게 되었지만, 이왕 춘향이도 왔으니 그냥 혼사를 시작하죠. 뭐."

회계 생원이 말을 마치자, 기다렸다는 듯 변 사또가 춘향을 쳐다보았다.

"춘향아! 들었느냐? 오늘부터 몸단장 깨끗이 하고 내 수청1을 들도록 해라!"

이게 무슨 벼락 맞을 소리인가? 춘향이의 얼굴이 일그러졌다.

"사또! 분부는 황송하나, 이년은 한 지아비만을 섬기오니 사또의 분부는 시행하지 못하겠습니다."

타고난 외모와 권세 덕분에 여자에게 거절이라곤 받아 본 일이 없는 변 사또, 그는 춘향의 말이 그저 한번 튕겨 보는 소리로만 들렸다.

"그래, 네 마음 잘 안다. 네가 진정한 열녀야! 네 정절 굳은 마음 어찌 그리 어여쁘냐. 당연한 말이야. 그러나 춘향아! 내 말 좀 잘 들어 봐라.

---

1 **수청(守廳)** : 높은 벼슬아치가 시키는 대로 심부름을 하는 일. 여기서는 기생이 지방 수령에게 몸을 바치는 것을 말한다.

이 도령은 서울 사대부의 자제로서 이미 장원 급제해서 좋은 집안의 사위가 됐을 거야. 그리고 지금쯤 서울에서 잘나가는 기생들을 데리고 봄이면 봄놀이, 밤이면 밤놀이를 할 건데, 잠깐 장난삼아 만난 널 기억이나 하겠느냐?

네 정절은 칭찬할 만해도, 이 도령 한 사람에게 절개를 지키면서 허송세월하다가 쭈그렁 할망구가 되면 불쌍한 건 너야, 너! 게다가 네가 아무리 수절해도 누가 너를 열녀라고 인정해 주고 표창하겠느냐? 그건 그렇다 치고, 네 고을 관장을 택하는 것이 옳으냐, 아니면 그 오지도 않을 아이놈을 택하는 것이 옳으냐? 네가 말 좀 해 봐라. 이제 너도 나에게 재가¹하여 날 위해 수절하면, 논개의 충절과 같을 테니 의복 단장 고이하고, 오늘부터 수청 들라."

사또는 제 딴에 진정으로 말했다. 그러나 춘향에겐 자신의 자존심을 긁는 말로만 들렸다. 사람의 마음을 얻자면 말 한마디가 중요하건만, 변 사또는 춘향을 잘못짚어도 한참 잘못짚었다.

"사또, 충신은 두 임금을 섬기지 아니하고, 열녀는 두 남편을 섬기지 않는다 했습니다. 이를 본받고자 하는 제게 수청을 들라고 하시는 것은 저더러 죽으라고 하시는 것과 같습니다. 부디 청을 거두어 주십시오."

두 눈을 똑바로 뜨고 조금도 흔들리지 않으며 조목조목 말하는 춘향

---

1 **재가(再嫁)** : 한 번 결혼했던 여자가 남편과 사별하거나 이혼한 후 다시 결혼함.

의 모습에 변 사또의 괴팍한 성격이 슬슬 고개를 들었다.

눈치 빠른 회계 생원이 춘향을 나무랐다.

"이런 발칙한 년을 보았나! 하루살이 같은 천한 신분인 주제에 사또의 청을 거절하다니. 너 같은 기생에게 무슨 수절이 있으며, 무슨 정절이 있느냐? 옛날 사또의 아들은 되고, 현재 사또님은 안 된다니. 너희 같은 천한 기생들에게 '충성스러운 열사'가 맞기나 하냐?"

회계 생원의 말 한마디, 한마디가 날카로운 칼이 되어 춘향의 가슴을 찌른다. 이를 악물고 분을 참던 춘향이 입을 열었다.

"충효, 열녀에도 상하가 있습니까? 기생한테는 충효, 열녀가 없다고요? 황해도 기생 농선이는 임 향한 일편단심으로 동선령[1]에서 죽었고, 진주 기생 논개는 왜군의 적장을 죽인 우리나라 충렬로서 충렬문에 모셔 놓고 제사까지 올립니다. 이뿐인 줄 아십니까? 청주 기생 화월이는 삼층각에 올랐고, 평양 기생 월선이는 충렬문에 들었으며, 안동 기생 일지홍은 살아서 열녀문[2]을 지은 후에 정1품의 아내로 정경부인이 되었습니다. 그러니 기생이라고 너무 업신여기지 마세요!"

"이, 이년이!"

얼굴이 시뻘게진 회계 생원을 뒤로하고, 이제 춘향은 변 사또에게 대

---

1 **동선령** : 황해도 봉산에 있는 재
2 **열녀문** : 조선 시대에 남편을 위해 절개를 지키거나 희생적인 삶을 산 여인을 기리고자 세운 기념문

들 듯이 말했다.

"사또! 소녀 이 도련님을 만날 때 하늘과 땅을 두고 굳게 맹세하였습니다. 그러므로 그 어떤 것도 이 약속을 깨지 못합니다. 어떤 사람의 말솜씨로도 저의 마음을 바꿀 수 없으며, 아무리 높은 분의 권세로도 이 소녀의 마음을 굴복시킬 수 없습니다. 기산의 허유가 요임금의 천거를 거절[1]했듯이, 수양산의 백이, 숙제 두 사람은 굶어 죽더라도 주나라 곡식을 먹지 않았듯이, 제 마음 또한 그 절개와 같습니다. 비록 신분은 천한 계집이오나 어찌 절개라는 것을 모르겠습니까? 사람의 첩이 되어 사랑하는 지아비를 버리고 가정을 버리는 것은 벼슬하는 관리들이 나라를 망치고 임금을 배신하는 것과 같사오니, 제발 청을 거두어 주십시오."

"이, 이년! 사또인 나에게까지!"

꽤 잘 참는다 싶었는데, 드디어 사또의 분노가 폭발했다.

"이년! 반역죄는 죽음을 면치 못하고 관리를 조롱하는 죄 또한 그 벌이 무거우니, 사또의 명을 거역하는 죄는 엄한 형벌로 다스려 귀양을 보낸다는 것을 모르느냐! 이년! 죽더라도 서러워 마라!"

천둥같이 화를 내는 변 사또의 서슬이 퍼렇다. 그렇다고 고분고분 고개 숙일 춘향이가 아니었다.

---

1 **기산의 허유가 요임금의 천거를 거절** : 기산에서 은거하였던 허유가 요임금이 자기 대신 천하를 다스리라는 것을 마다하였음.

"사또! 그럼 유부녀를 겁탈하는 것은 죄가 아닙니까?"

"뭐라?"

춘향은 그냥 듣고만 있지 않았다. 변 사또는 헉하고 말문이 막혔다. 옹골차게 한마디를 내뱉은 춘향은 잡아먹을 듯 변 사또를 노려봤다. 변 사또는 기가 막혀 어찌나 분이 났는지, 길길이 날뛰다가 관이 벗겨지고 상투를 묶은 끈이 탁 풀렸다. 급기야 목까지 변해 쉰 소리로 고래고래 소리쳤다.

"여봐라! 이년을 당장 끌어내라!"

"예!"

사또의 명령이 떨어지기 무섭게 심부름꾼인 통인이 달려들어 춘향의 머리채를 잡고 주르르 끄집어내었다. 춘향은 있는 힘을 다해 통인의 팔을 밀쳤다.

"놓아라!"

이번엔 사내종인 급창이 달려들어 춘향을 끌고 나갔다.

"요년! 요년이! 사또 앞에서 그런 말을 하고도 살아남기를 바라?"

급창과 통인이 대뜰 아래로 춘향을 내쳤다. 호랑이같이 사나운 군노[1] 사령이 달려들어 뱃사공이 닻줄 감듯 춘향의 흑단 같은 머리채를 휘휘 칭칭 감아쥐고 땅바닥에 내동댕이쳤다. 불쌍한 춘향이, 백옥 같은 고운 몸이 죽 늘어져 육자배기로 엎어지니 그 모습이 육(六) 자 모양이

---

1 **군노(軍奴)** : 예전에 군대에 관한 일을 맡아보던 관청에 속하여 있는 종

다. 좌우 나졸들이 늘어서며 능장1, 곤장2, 형장3 등 온갖 몽둥이를 들고 나타났다.

"형리4 대령이요!"

"여봐라! 저년을 형틀에 올려 매고 정강이를 부수고 죽도록 쳐라."

화가 난 사또는 분을 참지 못하고 몸을 벌벌 떨며, 기가 막힌 듯 허푸 허푸거리며 소리쳤다.

옥쇄장이가 춘향을 형틀에 올려 매었다. 형장, 태장, 곤장 등 온갖 몽둥이를 듬뿍 안아다가 형틀 아래 좌르륵 내려놓으니 서로 부딪치는 소리가 요란했다. 사령 하나가 등심 좋고 빳빳하여 잘 부러지지 않을 몽둥이를 골라잡고 오른쪽 어깨에 메며 형장을 짚고는 사또의 명령을 기다렸다.

"여봐라! 저년의 사정을 봐주며 살살 때리는 자는 가만두지 않을 것이니 매우 치라!"

사또의 명령이 떨어지자 집장사령5이 말했다.

"사또의 분부가 지엄하니 있는 힘껏 쳐라! 이년! 움직이지 마라! 만

---

1 **능장** : 밤에 순찰을 돌 때에 쓰던 기구. 150cm 정도의 나무 막대의 끝에 쇳조각 따위를 달아 소리가 나게 하였다.
2 **곤장** : 예전에 죄인의 볼기를 치던 형구. 버드나무로 넓적하고 길게 만들었다.
3 **형장** : 예전에 죄인을 신문할 때에 쓰던 몽둥이
4 **형리** : 지방 관아의 형방에 속한 구실아치
5 **집장사령** : 형벌을 집행하는 일을 맡아하던 사람

일 움직이면 뼈다귀가 부러질 것이다!"

곤장을 때리는 소리가 하나요, 둘이요, 사방으로 울려 퍼진다. 그러나 어찌 이것이 춘향의 잘못인가. 사또의 눈을 피해 집장사령이 춘향에게 가만히 속삭였다.

"한두 대만 견디소. 우리도 어쩔 수가 없네. 다리를 이리 틀고, 저리 틀어 많이 상하지 않도록 조심하오."

말을 마친 집장사령과 다른 사령들은 사또가 보는 앞이라 어쩌지도 못하고 큰 소리로 외쳤다.

"매우 쳐라!"

"때려라!"

"딱!"

부러진 몽둥이가 푸르르 날아 공중에서 빙빙 돌아 대뜰 아래에 굴러떨어졌다. 춘향은 아픈 것을 참으려고 이를 북북 갈며 고개만 빙빙 돌렸다.

"아이고!"

곤장, 태장 칠 때는 사령이 서서 하나둘 세지만, 형장부터는 법에 정한 벌이라 형리와 통인이 닭쌈을 하는 모양으로 마주 엎드려, 하나를 치면 하나 긋고, 둘을 치면 둘을 그으니, 무식하고 돈 없는 놈이 담벼락에 술값을 긋듯 한 일(一) 자로 그어 놓았다.

몸도 아프고 마음도 아픈 춘향이 스스로 설움에 겨운지 엉엉 울면서 중얼거렸다.

"일편단심 굳은 마음, 이리하면 변하리오."

춘향의 비명 소리가 관아를 넘어 온 고을에 울려 퍼지니 남원에 사는 사람들이 남녀노소 구분 없이 모두 몰려와 구경했다. 좌우에 모인 한량[1]들은 혀를 찼다.

"모질다, 모질어. 우리 고을 원님이 모질구나! 저런 벌을 내리다니. 세상에! 매질하는 것 좀 봐. 저 집장사령들 잘 기억해 둡시다. 저놈들 관청 밖에 나오면 돌이라도 던져야지!"

춘향의 모습을 보고 그 비명 소리를 듣는 사람치고 눈물을 흘리지 않는 사람이 없었다.

"딱!"

두 번째 매질에 춘향은 있는 힘을 다해 힘껏 외쳤다.

"이부[2]를 섬기지 않는다고, 이 조치는 당치 않소."

"딱!"

세 번째 매질이다. 춘향은 아픔을 삼키고 울먹이며 소리쳤다.

"삼종지례[3]는 중하기로, 삼가 본받았소."

"딱!"

네 번째 매질이다. 춘향의 심지가 보통이 아니다.

"사지를 찢더라도, 사또의 처분이요."

---

1 **한량(閑良)** : 일정한 벼슬이 없이 놀고먹는 말단 양반 계층
2 **이부(二夫)** : 두 남편
3 **삼종지례(三從之禮)** : 여자가 따라야 할 세 가지 도리로, 어렸을 때는 아버지를, 시집가서는 남편을, 남편을 여읜 뒤에는 아들을 중심으로 살아감.

"딱!"

다섯 번째 매질이니 차마 보기가 힘들다. 춘향은 행여 정신을 놓칠까 더 큰 소리로 외쳤다.

"오장을 갈라 주면 오죽이나 좋으리까."

"딱!"

여섯 번째 매질이다. 춘향은 커져 가는 아픔을 참기 위해 이를 꽉 물고 더 크게 외쳤다.

"육방 하인에게 물어보오, 죽이면 될 터인가."

"딱!"

일곱 번째 매질이다. 깔깔한 입안에 비릿한 피비린내가 번졌다. 춘향의 외침 소리가 거칠어졌다.

"칠사¹에 없는 일로, 이것이 무엇이오."

"딱!"

여덟 번째 매질이다. 쉼 없이 눈물이 흘렀다. 춘향은 울음을 삼키며 대들듯이 소리쳤다.

"팔자 좋은 춘향이, 팔도 지역 수령 중에 제일 명관을 만났구나!"

"딱!"

아홉 번째 매질이다. 춘향은 온몸의 감각이 마비된 듯했다. 이제 남은 것은 악에 받치는 마음뿐이었다.

---

1 **칠사(七事)** : 수령이 해야 할 일곱 가지 일

"구곡간장1 굽이 썩어 이 내 눈물 되었구나!"

"딱!"

열 번째 매질이다. 춘향은 넘어갈 듯 거친 숨소리로 한마디 한마디를 어렵게 토해 냈다.

"십벌지목2이란 말 믿지 마오. 십(十)은 아니 줄 것이오."

열 대를 때리고는 그만둘 줄 알았건만, 열다섯째 매질이다.

"딱!"

춘향은 가물거리는 정신을 되잡고자 입술을 깨물었다. 이 도령이 사무치게 그리웠다.

"십오야 보름달은 구름 속에 묻혀 있고, 서울 계신 우리 낭군은 삼청동에 묻혔으니. 달아, 달아, 보이느냐, 임 계신 곳! 나는 어찌 못 보는가!"

옥 같은 춘향의 몸은 어디 갔나? 온몸에 피가 흐르고 눈물범벅이었다. 피눈물을 흘리던 춘향이 독하게 마음을 다잡으며 다시 외쳤다.

"소녀에게 이리 매질만 할 게 아니라 차라리 능지처참3하여 아주 박살을 내 죽이시오! 내 죽으면 새가 되어 달 밝은 밤, 잠든 우리 도련님 꿈에서라도 깨우고 싶소!"

---

1 **구곡간장(九曲肝腸)** : 굽이굽이 서린 창자라는 뜻으로, 깊은 마음속 또는 시름이 쌓인 마음속을 비유적으로 이르는 말

2 **십벌지목(十伐之木)** : 열 번 찍어 안 넘어가는 나무는 없다.

3 **능지처참(凌遲處斬)** : 대역죄를 범한 자에게 과하던 극형. 죄인을 죽인 뒤 시신의 머리, 몸, 팔, 다리를 토막 쳐서 각시에 돌려 보이는 형벌이다.

힘겹게 말을 마친 춘향은 급기야 정신을 잃고 혼절했다. 춘향의 고운 마음을 모르는 사람이 어디 있겠는가.

"더는 못 하겠소. 사람의 자식이라면 못할 짓이요."

매질을 하던 사령들이 눈시울을 적시며 돌아섰다. 좌우에 구경하는 사람과 형벌을 지켜보던 관리들도 눈시울을 붉히며 고개를 돌렸다.

"에구, 더 이상은 못할 짓이다. 춘향의 정절이 저리 대단할 줄이야. 춘향인 하늘이 내린 열녀야."

남녀노소 구분 없이 서로 눈물을 훔치며 돌아서니, 변 사또의 마음도 편치 않았다. 그러나 사또 자존심에 그만둘 수도 없는 일이었다.

"이년! 사또인 내 말을 거역하고 맞서서 좋은 것이 무엇이냐? 이후에 또 거절하겠느냐?"

정신을 잃었다가 깨어나기를 반복하던 춘향이 마지막 힘을 다해 발악하듯 말했다.

"사또! 들으시오! 여자가 한을 품으면 오뉴월에도 서리가 내린다는데, 내가 귀신이 되어 떠돌아다니다가 이 사실을 임금께 아뢰면 사또인들 무사할 줄 압니까? 차라리 날 죽이시오!"

춘향은 피를 토하듯 가슴에 담은 말을 쏟아 냈다. 변 사또의 얼굴이 잿빛으로 일그러졌다.

"허, 저년이! 더는 말 못할 년이로다! 당장 저년에게 큰칼을 씌워 하옥하라!"

가엾은 춘향, 그 인생이 기구하다.

7. 꿈을 꾸는 춘향이

춘향은 변학도의 수청 요구를 거절하자 감옥에 갇히게 된다. 그녀는 이제 이 도령이 장원 급제하여 그녀를 찾아오기만을 기다린다. 그녀의 그런 기대가 꿈으로 되어 나타난다. 그녀의 꿈을 분석하면서 읽어 보면 재미있다.

춘향은 정신을 잃고 쓰러져, 감옥을 지키는 옥사장의 등에 업혀 나왔다. 모진 매질로 초죽음이 된 춘향이 업혀 나오자, 관청 밖에서 이를 지켜보던 기생들이 우르르 몰려들었다.

"애고! 춘향아, 정신 차려!"

"세상에! 불쌍해서 어떻게 해……."

기생들은 큰칼을 목에 쓴 춘향의 팔과 다리를 쓰다듬으며 눈물을 흘렸다. 이때 키가 크고 속이 없는 낙춘이가 들어왔다.

"얼씨구절씨구 좋을시고! 우리 남원에도 열녀문이 생기겠구나! 애고, 불쌍한 춘향이!"

슬퍼하는 건지 좋아하는 건지, 매 맞은 사람만 불쌍하다.

기생들이 웅성거리는 사이, 저 멀리서 한 여인이 허겁지겁 달려왔다.

"아이고! 춘향아! 이게 웬일이냐?"

춘향 어미 월매였다. 월매는 털썩 주저앉아 춘향의 목을 끌어안고 통곡을 했다.

"애고! 이게 웬일이냐! 무슨 죄를 지었다고 이렇게 때린 거요! 여보시오! 이방님! 사령님들! 우리 춘향이가 무슨 죄를 지었소?

하나뿐인 외동딸 밤낮으로 책 읽으며, 나에게 하는 말이 '어머니, 아들 없다고 서러워 마세요. 제사는 외손자에게 받으면 되지요.' 하며 어미에게 지극 정성 다하는 효녀였는데, 이게 무슨 짓인가! 자식 사랑하는 마음에 신분의 높고 낮음이 어디 있는가! 김 번수야! 이 번수야! 사또의 명령이 무서워 이렇게 심하게 때렸느냐? 애고! 어디 보자! 눈처럼 희고 얼음처럼 고운 두 다리에 연지 같은 피가 맺혔구나!

좋은 집안에 태어났으면 이런 고생은 안 했을 텐데……. 기생 월매의 딸로 태어나서 이런 고생을 하는구나! 아이고! 내 딸, 춘향아!"

자지러질듯 울부짖던 월매가 향단이를 불렀다.

"향단아! 문밖에 가서 심부름꾼 둘만 사오너라! 서울로 급하게 소식을 전해야겠다!"

서울로 소식을 보낸다는 말에 춘향이가 겨우 정신을 차리며 어미에게 더듬더듬 겨우 말을 이었다.

"어머니…… 그러지 마세요. 만일 이 소식이 도련님께 전해지면…… 위에 어른들을 모신 도련님이…… 어쩌시지도 못하고 걱정만 하실 겁니다. 그러다가 혹 병이라도 나시면…… 어떻게 해요……. 그런 말씀 마시고…… 그냥 옥으로 갑시다."

"애고, 불쌍한 것!"

월매는 복받치는 슬픔을 참으며 춘향을 부축하고 옥으로 향했다. 옥사장의 등에 업힌 춘향이가 감옥으로 들어갔다. 춘향이 목에 찬 큰칼을 향단이 받쳐 들고, 춘향 어미가 그 뒤를 따라 들어갔다. 감옥 안을 살펴보니 부서진 대나무 창살 틈으로 찬바람이 들어온다. 벽은 낡아 거의 무너졌으며, 너무 더럽고 누추하여 벼룩과 빈대가 온몸을 기어 다닐 듯했다. 춘향은 서러운 마음을 못 이겨 길게 탄식하며 나직한 목소리로 「장탄가(長嘆歌)」를 읊조렸다.

"내 죄가 무엇인가? 나라의 곡식을 훔쳐 먹지도 않았는데 왜 이런 매질인가? 살인죄도 아닌데 왜 목에 칼을 씌우며, 발에 족쇄를 채우는가? 반역죄도 아니고 삼강오륜을 어긴 죄인도 아닌데 왜 팔다리를 묶는가? 나쁜 짓을 한 도적도 아닌데 이게 웬일인가?

한강 물을 벼룻물 삼고 푸른 하늘을 종이 삼아 나의 설움을 옥황상제에게 알리고 싶구나. 낭군이 그리워 가슴이 답답하니 가슴에 불이 붙네! 한숨은 바람 되어 붙은 불을 더 붙이니 속절없이 나 죽겠네! 홀로 서 있는 저 국화는 높은 절개 거룩하다. 눈 속의 푸른 소나무는 높은 절개를 지켰구나. 푸른 솔은 나와 같고, 누런 국화는 낭군 같네.

뿌리느니 눈물이오, 적시느니 한숨이라. 한숨을 푸른 바람으로 삼고 눈물을 가는 비로 삼아 푸른 바람이 가는 비를 몰아다가 임의 잠을 깨우는구나! 견우직녀가 칠석날에 상봉할 때 은하수로 막혔지만 때를 놓친 적이 없었는데, 우리 낭군 계신 곳에 무슨 물이 막혔는지 소식조차 못 듣는가! 살아 이리 그리운데 죽는다고 잊을 수 있겠는가?

차라리 이 몸 죽어 빈산에 두견새 되어 달 밝은 밤 배꽃 아래 슬피 울면 낭군 귀에 들리겠지. 푸른 강에 원앙새 되어 짝을 부르고 다니며 임에게 보이고 싶구나! 봄에 나비 되어 향기 묻은 두 날개로 봄빛을 자랑하며 낭군 옷에 붙고 싶구나! 맑은 하늘에 밝은 달이 되어 밤이 되면 돋아 올라 밝고 밝은 빛을 임의 얼굴에 비추고 싶구나! 이내 속을 썩이는 피로, 임의 얼굴을 그려 내어 방문 앞에 걸어 두고 들며 나며 보고 싶구나!

수절·정절 절대가인 참혹하게 되었구나! 무늬 좋은 형산 백옥 진흙 속에 묻힌 듯, 향기로운 난초가 잡풀 사이에 섞인 듯, 오동나무 속에 놀던 봉황이 가시덤불 속에 갇힌 듯, 자고로 옛 어른들도 무죄하고 괴로움을 당하시니, 요·순·우·탕 임금들도 걸·주의 포악으로 감옥에 갇혔다가 도로 놓여 성군이 되시고, 덕으로 나라를 다스리던 주문왕도 상주의 해를 입어 감옥에 갇혔다가 도로 놓여 성군이 되었다네. 공자님도 양화의 화를 입어 광야에 갇혔다가 도로 놓여 크게 되었네. 이런 일들을 보면 죄 없는 나도 살아나서 세상 구경을 다시 하려나?

답답하고 원통하다! 날 살릴 사람 누가 있을까? 서울 계신 우리 낭군 벼슬하여 내려오면 죽어 가는 내 목숨을 살리실까? 여름 구름은 기이한 봉우리도 많다더니, 산이 높아 못 오시나? 금강산 상상봉이 평지 되면 오시려나? 병풍에 그린 누런 닭이 두 날개를 툭툭 치며 새벽에 날 새라고 울거든 오시려나? 애고, 애고. 내 신세야!"

대나무로 만든 창문을 열어젖히니 밝은 달이 방 안을 비춘다. 홀로 앉은 춘향이 갑갑한 마음에 달을 바라보며 중얼거린다.

"달아, 너는 보이느냐? 임 계신 곳 밝게 비추어라! 나도 볼 수 있게! 우리 임이 누웠는지 앉았는지, 보이는 대로 말해 주어 나의 수심1 풀어 다오."

모진 매질에 지치고, 그리움과 서러움으로 울다 지친 춘향은 겨우 잠이 들었다. 그녀는 꿈속에서 감옥 창가에 앵두꽃이 어지럽게 떨어지고, 단장하던 몸거울의 한복판이 깨어지고, 문 위에는 보기 흉악한 허수아비가 매달려 있는 것을 보았다. 무서워 잠이 깬 그녀는 그것이 꿈인지 생시인지 알 수 없었다.

'내가 죽을 꿈인가?'

꿈자리가 뒤숭숭한 춘향은 걱정으로 밤을 지새웠다.

새벽이 되니 궂은비가 퍼붓고, 도깨비 삑삑, 밤새 소리 붓붓, 문풍지는 펄렁펄렁, 귀신이 우는데 몰매 맞아 죽은 귀신, 형장 맞아 죽은 귀신, 목을 매달아 죽은 귀신, 사방에서 귀신 곡하는 소리로 가득하다. 방 안이며 추녀 끝이며 마루 아래에서도 귀신 소리가 들리니 처음에는 두려운 마음에 춘향은 잠들기가 어려웠다. 그러나 이런 일도 여러 번 겪게

---

1 **수심(愁心)** : 걱정거리가 있어서 애가 탐.

되니, 이제 춘향은 그런 소리에 익숙해져 겁도 나지 않았다. 춘향은 그 소리를 굿할 때 나는 궁상스럽고 처량한 소리라 생각하며 들었다.

"이 몹쓸 귀신들아! 나를 잡아가더라도 너무 재촉하지 마라! 옴급급 여율령 사바하[1]!"

춘향이 너무 다급한 나머지 평소에 하지 않던 불경 주문을 외우며 마음을 안정시키려고 했다.

때마침 옥 밖에서 멀리 한 봉사가 지나가는 소리가 들렸다.

"점을 보시오. 문복[2]하오."

서울 봉사 같았으면 '문수[3]하오'할 텐데, 시골 봉사라 그런지 '문복 하오.'라고 외쳤다. 그 소리를 들은 춘향이 옥 창살 밖에서 옥바라지를 하고 있는 어미를 불렀다.

"어머니, 저 봉사 좀 불러 주세요!"

춘향의 부탁에 춘향 어미가 서둘러 봉사를 부르러 나갔다.

"여보시오! 거기 가는 봉사님!"

"이게 누군가? 목소리를 듣자 하니. 음."

"춘향 어미요."

"그렇군. 그런데 왜 나를 찾나?"

---

1 **옴급급 여율령 사바하** : 불교 주문(呪文)의 일종
2 **문복(問卜)** : 점쟁이에게 길흉(吉凶)을 물음.
3 **문수(問數)** : 문복과 같은 말로, 점쟁이에게 길흉을 물음.

"우리 춘향이가 옥중에 있는데, 봉사님을 찾습니다."

"날 찾는다니 의외로군. 좋소, 갑시다."

봉사가 옥으로 가는데, 춘향 어미가 봉사의 지팡이를 잡고 길을 인도 했다.

"봉사님, 이리 오시오! 이것은 돌다리요, 이것은 개천이오. 조심하여 건너세요."

봉사가 앞에 있는 개천을 뛰어 볼까 하는 마음에 벼르다가 뛰었는데, 멀리 뛴다는 것이 그만 물 한가운데에 빠지고 말았다.

풍덩!

봉사는 개천에서 기어 나오려고 짚는다는 게 실수로 개똥을 짚었다.

"이크! 똥이구나!"

더러움을 씻는다고 손을 휘휘 내뿌린다는 것이 도리어 모진 돌에 부 딪치니 어찌나 아프던지 눈물이 났다.

"애고애고, 내 팔자야! 작은 개천 하나 못 건너고 이 봉변을 당하니 누구를 원망하고 누구를 탓하랴! 세상을 보지 못하는 내 신세, 밤낮을 알 수 있나. 사계절을 알 수 있나. 봄이 되어 온갖 꽃이 피어도 알 수가 있나. 가을이 되어 노란 국화가 피어도 알 수가 있나. 부모도 처자도 친 구도 볼 수 없네. 세상천지 모르고 캄캄한 밤중같이 지내다가 이 지경이 되었구나! 이것이 내 잘못인가? 개천이 잘못인가? 애고애고!"

"애고, 봉사님! 그만 울고 어서 갑시다!"

춘향 어미가 봉사를 위로하며 걸음을 재촉했다.

옥에 도착하니, 춘향이 봉사를 반겼다.

"봉사님, 어서 오세요!"

"음성을 들으니 춘향 각시인가?"

"예. 그러하옵니다."

"내가 진작 와서 자네를 한 번 만났어야 하는데, 못 오다가 이제야 왔으니 미안하네."

"무슨 그런 말씀을 하세요. 괜찮습니다. 요즘 건강은 어떠세요?"

"내 염려는 말게. 그건 그렇고 나를 왜 불렀는가?"

"예. 다름이 아니라 간밤에 꿈을 꾸었는데, 아무래도 흉몽인 것 같으니 꿈풀이도 하고, 우리 서방님이 언제쯤 나를 찾을지 알고 싶어 청했습니다."

"그렇군. 알았네."

춘향의 말을 들은 봉사가 하늘을 향해 빌었다.

"어디 보자. 비옵니다, 비옵니다. 전라도 남원부에 열녀 성춘향이 몇 월 며칠에 옥에서 풀려나며, 서울 삼청동 사는 이몽룡은 며칠 몇 시에 남원에 내려옵니까? 엎드려 비오니 모든 신들께서 밝게 알려 주소서."

봉사는 점대인 산통[1]을 철겅철겅 흔들면서 점을 쳤다.

"어디 보자! 일이삼사오륙칠, 허허. 좋다! 좋은 점괘로다! 물고기가 노닐되 그물을 피했으니 작은 것이 쌓여서 큰 것이 이루어지는 괘다. 옛

---

1 **산통** : 맹인이 점을 칠 때 쓰는, 산가지를 넣은 통

날 태조 이성계가 벼슬할 때 이 괘를 얻어 출세하여 고향으로 돌아갔으니, 참으로 좋은 괘로구나! 자네 서방님이 벼슬하고 머지않아 내려와서 자네의 평생 한을 풀어 주겠구먼! 걱정 마소! 좋다! 좋아!"

춘향의 파리한 얼굴에 엷은 화색이 돌았다.

"정말이오? 그렇다면 얼마나 좋을까. 봉사님, 간밤의 꿈도 좀 풀이해 주세요."

"어디 자세히 말해 보소."

"화장하던 거울이 깨어져 보이고, 창 앞에 앵두꽃이 떨어져 보이고, 문 위에 허수아비 매달려 보였으며, 태산이 무너지고 물이 마르니, 혹시 내가 죽을 꿈입니까?"

춘향의 말을 듣고 한참 생각하던 봉사가 크게 웃으며 말했다.

"하하, 그 꿈 정말 좋소! 꽃이 떨어지니 열매를 맺을 것이오, 거울이 깨어지니 어찌 소리가 없겠는가? 꽃나무는 목(木) 자로다. 나무 목 아래에 열매인 아들 자(子)하면 오얏 이(李) 자가 분명하다. 거울이 깨어지니, 옛날에 중국의 서덕언이라는 사람이 깨어진 거울을 가지고서 옛 연분을 찾았다네. 허수아비라 하는 것은 떨어진 옷과 떨어진 모자를 쓴 것이니, 이가 성을 가진 사람이 옛 연분을 찾으려고 거지 차림으로 올 꿈이라. 문 위에 허수아비 매달렸으니 많은 사람들이 우러러볼 것이며, 헌옷을 입었으나 사람마다 무서워하지. 그 꿈 참 좋다. 쌍가마를 탈 꿈이로세! 걱정 마소! 고생 끝이 보이네."

봉사가 꿈풀이를 하는데, 긴장의 끈을 놓지 못하던 춘향은 잃었던 미소를 희미하게나마 찾을 수 있었다. 그런데 봉사의 꿈풀이가 끝나기 무섭게 까마귀가 감방의 담장 위에 앉더니 '까옥까옥' 하고 울었다. 불길한 생각에 춘향은 손을 휘휘 저으며 까마귀를 쫓는 시늉을 하였다.

"방정맞은 까마귀야, 나를 잡아가더라도 너무 급히 조르지 말거라!"

춘향의 말소리에 봉사가 춘향에게 말했다.

"가만있어 보자. 그 까마귀가 까옥까옥하고 울었지?"

"예, 그래요."

"좋다! 좋아! '가' 자는 아름다울 '가(佳)' 자요, '옥' 자는 집 '옥(屋)' 자라. 아름다운 집이란 뜻이니, 집안에 즐겁고 좋은 일이 생겨서 평생에 맺힌 한을 풀어 줄 것이니 조금도 걱정 마라. 지금은 내 점친 값을 천 냥을 준대도 받아가지 않을 것이나, 나중에 귀하게 되면 부디 괄시 말게! 나는 이만 돌아가네."

봉사의 희망찬 꿈풀이로 춘향은 조금이나마 마음이 가벼워졌다.

"예, 고맙습니다. 나중에 또 뵙겠습니다."

봉사를 보낸 춘향은 봉사의 꿈풀이가 참말이길 빌어 본다. 그러나 주변을 돌아보니 한탄과 걱정만 쌓일 뿐이다.

8. 암행어사 출두야

드디어 이 도령이 춘향과의 약속대로 암행어사가 되어 그녀를 구하러 나타난다. 이 도령이 그녀를 구하기 전에 그녀의 마음을 떠보는 장면과 암행어사 출두 장면에서 이제까지의 모든 일들이 시원하게 풀림을 알게 된다. 독자들도 춘향과 함께 시원함을 느낄 것이다.

한양으로 간 이 도령은 어떻게 지냈을까? 밤낮으로 『시경』과 『서경』 등 사서삼경과 여러 학자들의 책들을 읽으며 공부에 매진했다. 열심히 공부한 덕분에 문장으로는 최치원에 견줄 만하고, 글씨로는 한석봉에 견줄 만했다.

그때 나라에 경사가 있어서 '태평과'라는 과거 시험이 열렸는데, 이 도령은 비장한 마음으로 시험장에 들어갔다. 다른 선비들도 모두 제각기 비장한 얼굴들이었다. 임금이 행차하자, 모두 엎드려 절을 했다.

동시에 궁중 국악원에서 풍악이 맑고 우아하게 울리니 앵무새가 춤을 춘다.

대제학[1]이 등장하여 임금이 내린 과거 제목을 뽑아내자, 도승지[2]가 조심스럽게 이를 붉은 휘장 위에 걸어 놓았다.

'춘당대의 봄빛은 예나 지금이나 같구나.'[3]

이 도령이 과거 제목을 유심히 바라보니, 평소에 자주 생각하던 글귀였다. 종이를 펼치고 뜻풀이를 생각했다. 용을 새긴 벼루에 먹을 갈아 족제비 털로 만들어 속에 심을 박지 아니한 당황모 무심필로 먹물을 듬뿍 찍은 뒤 최치원과 같은 글 솜씨로 한석봉의 글씨체를 본받아 한 자 한 자 힘 있게 써 내려갔다.

감독관이 답안지를 받아들고는 특히 잘된 글귀에는 붉은 먹으로 점을 찍고, 잘된 구절에는 동그라미를 그렸다. 그런데 특히 한 답안지를 보더니, 글귀마다 점을 찍고, 구절마다 동그라미를 그려 댔다. 가만히 보니 바로 이 도령이 제출한 답안지였다.

이 도령이 쓴 글씨를 살펴보니 용이 날아오르는 듯 필체가 살아서 움직이고, 평평한 모래톱에 날아 내리는 기러기처럼 필체가 가볍고 날렵하다. 과연 장원 급제다!

임금이 이 몽룡을 불러 술을 석 잔 권한 후 장원 급제의 휘장이 내려

---

1 **대제학** : 조선 시대, 홍문관과 예문관의 으뜸 벼슬. 정이품 벼슬
2 **도승지** : 조선 시대, 승정원에 있던 여섯 승지 중 수석 승지. 왕명을 전달하거나 신하들이 왕에게 올리는 글을 상달하는 일을 맡아 하였다.
3 **춘당대의 봄빛은 예나 지금이나 같구나** : 춘당춘색(春塘春色)이 고금동(古今同)이라. 춘당대는 창경궁 안에 있음.

졌다. 그리고 이 도령의 머리에는 종이꽃으로 만든 어사화가, 몸에는 연두색 예복이 걸쳐졌다. 허리에는 문관이 매는, 학을 수놓은 허리띠를 매니 제법 준수한 모습이 살아났다.

이 도령은 사흘간 은사, 선배, 친척 등을 방문하며 잔치를 연 후에, 조상들의 사당에도 인사를 올렸다. 이와 같이 한 후에 돌아와 임금께 절을 하니, 임금이 이 도령을 친히 불렀다.

"경의 재주가 우리나라에서 으뜸이구나!"

임금의 칭찬을 받으니, 이 도령의 기분이 날아갈 듯하였다. 이 도령은 더욱 겸손히 고개를 숙였다. 이 도령의 기쁜 마음은 어느새 춘향을 떠올리고 있었다.

임금은 이 도령에게 명을 내렸다.

"경을 전라도 어사로 임명한다."

때가 왔다! 이 도령이 드디어 그의 평생소원이었던 남원에 어사로 가게 된 것이다.

'춘향아! 기다려라, 내가 곧 가마!'

이 도령은 어사가 입는 관복을 입고, 마패를 받았다. 임금에게 하직하고 집으로 돌아온 이 도령, 그 모습이 깊은 산중의 호랑이처럼 늠름하였다. 놀기 좋아하고 춘향과 헤어지기 싫어 마음 아파하던 소년이 어느새 듬직한 대장부가 되어 있었다. 이제는 이 도령이 아니라 '이 어사'라고 불러야겠다.

이 어사가 부모에게 하직 인사를 하고 전라도로 향하는데, 남대문 밖에 나가 서리1·중방·역졸 등 부하들을 거느리고 말을 잡아타고 달렸다. 이 마을 저 마을을 지나 수원도 지나고 떡전거리, 진개울, 중미를 지났다. 진위읍에 도착하여 점심을 먹고는 김제역에서 말을 갈아타고 다시 달려 여산읍에 숙소를 정했다.

이튿날 이 어사가 부하들을 불러 입단속을 지시했다.

"전라도의 첫 번째 마을이 여산이다. 나라의 일을 거행하는 사람에게는 막중한 책임이 있는 법! 책임 있게 행동하지 않으면, 죽음을 면키 어려울 것이다!"

이몽룡 어사의 말에서 지엄함과 단호함이 흘렀다. 이 어사는 부하들에게 각기 가야 할 마을과 맡아야 할 임무를 정해 주었다. 그들은 모두 지역을 나누어 전라도를 순행하고 난 뒤, 정해진 날에 남원으로 대령하도록 하였다.

부하들을 보낸 이 어사가 혼자 남원으로 들어갈 행장을 차렸다. 어사의 첫째 임무는 자신의 신분을 속이고, 고을의 형편을 살피는 것!

이 어사는 사람들의 눈을 속이기 위해 모자 없는 헌 갓에 실로 얽은 줄을 총총 매고, 낡은 천으로 갓끈을 달아 썼다. 헌 망건을 쓰고, 헌옷을 입고는 무명실 띠를 가슴에 둘러맸다. 그리고 살만 남은 헌 부채에 솔방울로 장식하여 햇빛을 가리고 걸어서 길을 떠났다. 어느덧 남원 서문을 지나 남문에 올라 사방을 둘러보니 예전에 보았던 아름다운 경치가 한

---

1 **서리** : 어떤 조직에 결원이 생겼을 때, 그 직위의 직무를 대리함.

눈에 들어왔다.

'남원아! 내가 왔다! 이몽룡이 돌아왔다!'

이 어사는 마을로 내려가는 길에 흥겹게 「농부가」를 부르며 논을 매는 농부들을 만났다.

"어여로 상사뒤요. 온 세상이 태평하니 도덕 높은 우리 임금의 덕이라! 어여로 상사뒤요. 이 농사를 지어 내어 나라에 세금 내고 남은 곡식으로 부모님과 처자를 먹여 보세. 어여로 상사뒤요. 높은 벼슬자리 좋은 호강도 이 농사만 하오리까. 어여로 상사뒤요. 남쪽 밭, 북쪽 밭 열심히 경작하여 배부르게 먹어 보자. 어여로 상사뒤요."

지팡이를 짚고 서서 이를 구경하던 이 어사가 농부들에게 큰 소리로 말했다.

"농사가 풍년이군!"

웃으며 돌아서던 이 어사가 한편을 바라보니, 늙은이들이 끼리끼리 모여 서서 흙 속에 나뭇등걸이 많은 등걸밭을 일구고 있었다. 늙은 농부들은 갈대로 엮어 만든 삿갓을 쓰고 쇠스랑을 양손에 들어 「백발가」를 부르고 있었다.

"진정하러[1] 가세! 진정하러 가세! 하느님 앞에 진정하면 무슨 말을 하실까. 늙은이는 죽지 말고, 젊은 사람 늙지 말게. 하느님 앞에 진정하

---

1 **진정하다** : 사정을 진술하여 보살펴 줄 것을 청하다.

세! 원수로다, 원수로다. 백발이 원수로다! 오는 백발 막으려고 오른손에 도끼 들고, 왼손에 가시 들고 오는 백발 뚜드리며 가는 홍안[1] 걸어당겨 푸른 실로 결박하고 단단히 졸라매되, 가는 홍안 절로 가고, 백발은 시시때때로 돌아와 귀밑에 주름살 잡히고 검은 머리 백발 되니 인생이 덧없이 늙어 가는구나. 무정한 게 세월일세. 슬프다. 아름다운 사계절의 경치도 눈이 어둡고 귀가 먹어, 볼 수도 없고 들을 수도 없으니 어쩔 수 없는 일이로세. 슬프다! 우리 벗님은 어디로 가셨는고! 가을 되어 단풍잎 떨어지고 새벽하늘 별 지듯이 하나둘 스러지니 가는 곳이 어디인가? 어여로 가래로 흙이나 떠 옮기자. 아마도 우리 인생은 한바탕 꿈인가 하노라!"

노래를 마친 한 농부가 담배를 피우러 밭두렁에서 나왔다. 곱돌[2]을 깎아 만든 담뱃대를 넌지시 들어 꽁무니를 더듬더니, 가죽 쌈지 빼어 놓고 침을 뱉어 엄지손가락으로 자빠지게 담배를 비비어 단단히 쑤셔 넣었다. 그리고 짚불을 뒤져 놓고, 화로에 푹 찔러 담뱃불을 붙였다. 담뱃대가 빡빡하면 쥐새끼 소리가 나는데, 늙은 농부의 양 볼이 오목오목 들어갔다 나오기를 반복한다. 콧구멍이 발심발심, 연기가 홀홀 나게 피어 물고 있는데, 이 어사가 다가갔다.

---

1 **홍안(紅顔)** : 젊어서 혈색이 좋은 얼굴을 이르는 말
2 **곱돌** : 기름 같은 광택이 있고 만지면 양초처럼 매끈매끈한 암석과 광물을 통틀어 이르는 말

"이보게, 말 좀 물어보겠네."

농부가 이 어사를 살펴보니, 양반이긴 한 것 같으나 행색이 초라한 젊은 놈이 처음부터 반말이다. 기분이 상한 늙은 농부도 반말로 대꾸했다.

"무슨 말?"

"이 고을 춘향이가 사또의 수청을 들어 뇌물을 많이 받아먹고 백성들을 괴롭힌다는 말이 사실인가?"

"뭐여? 너 어디서 굴러먹다가 온 녀석이냐!"

늙은 농부는 버럭 성을 내며 이 어사를 노려보았다. 이 어사는 심드렁히 대꾸했다.

"내가 어디서 왔든지 상관 말고"

초라한 양반 나부랭이의 거슬리는 행동에 늙은 농부는 거칠게 으름장을 놓았다.

"상관 말라니? 넌 귀도 없고, 눈도 없냐? 지금 춘향이는 사또의 수청을 아니 든다 하여 모진 매질을 당하고 감옥에 갇혀 있는데! 뭐? 수청을 들어? 미친놈! 세상에 그런 열녀는 없을 게야. 옥같이 고운 춘향이에게 자네 같은 거지가 더러운 이야기를 하다니! 너 같은 놈은 밥도 못 얻어먹고 굶어 뒈질 거야! 한양 간 이 도령인지 삼 도령인지, 그놈의 자식은 소식 하나 없으니, 나쁜 놈! 그런 놈은 벼슬도 못 할 거야. 흥! 내 거시기만도 못한 놈이지!"

농부의 입에서 자신을 향한 원망 어린 욕설이 나오자 이 어사도 민망한 생각이 들었다. 하지만 아무것노 보르는 적 농부를 나무렸다.

"말이 너무 심한 거 아닌가?"

"심하기는 뭐가 심한가? 자네가 엉뚱한 말을 하니까 그렇지!"

"허허, 망신일세. 자, 농부네들 일이나 하시오."

농부와 헤어진 이 어사가 마을의 모퉁이를 돌아들었다. 멀리서 아이 하나가 오는 것이 보이는데, 막대 하나를 질질 끌면서 시조인지, 노래인지 모를 무언가를 중얼거리고 있었다.

"오늘이 며칠인가? 천 리 길 한양성을 며칠 걸려 올라가랴? 빠른 말이 있으면 오늘로 가련만. 불쌍하다! 춘향이는 이 서방을 생각하며 옥중에 갇히어서 목숨이 경각에 달렸으니 불쌍하다! 몹쓸 양반 이 서방은 한번 간 후 소식을 뚝 끊었으니, 양반의 도리는 그러한가?"

아이의 사설을 유심히 듣던 이 어사가 말을 건넸다.

"얘, 어디 가니?"

"한양 가요."

"무슨 일로 가니?"

"춘향 아씨 편지 전하러 옛 사또 댁을 찾아가오."

이 어사는 춘향의 편지라는 말에 반가운 마음이 들었다.

"그래? 어디 그 편지 좀 보자꾸나."

"그 양반 철모르는 양반이네."

"무슨 소린가?"

"글쎄, 들어 보세요. 남의 편지도 보기 어렵거든, 하물며 남의 부녀자 편지를 보잔다 말이오?"

신분을 드러낼 수 없는 이 어사, 교묘한 말로 아이의 마음을 달래 본다.

"얘, 네가 모르는구나. 옛말에 '행인이 길 떠나기에 앞서 편지를 다시 한 번 열어 본다'[1]는 말이 있으니, 좀 보면 어떠하냐?'"

"그 양반 몰골은 흉악하지만, 말은 제법 잘하시네. 좋아요. 그럼 빨리 보고 주세요."

"호래자식[2]이군."

그러곤 아이가 준 편지를 열어 보니, 춘향이 혈서로 쓴 사연이 기구하였다.

한번 이별하신 후에 소식이 없으니, 그간 도련님 건강하시고 부모님도 잘 계시고 편안하신지요?

천한 춘향이는 형장의 몽둥이로 심히 매를 맞고 목숨이 위태한 지경에 이르렀습니다. 요즘 들어 자주 흉한 꿈을 꾸는 것을 보니 저승문이 가까운 듯합니다. 소녀, 목숨이 죽을 지경에 이르렀으나, 비록 만 번 죽더라도 열녀는 두 지아비를 섬기지 않는 법이니 이를 따르고자 합니다. 소녀의 살고 죽음과 제 어미의 앞일을 알 수 없으니, 부디 서

---

1 **행인이 길 떠나기에 앞서 편지를 다시 한 번 열어 본다** : 행인(行人)이 임발우재봉 (臨發又開封). 정적의 「추사」라는 시에 나오는 구절로, 행인이 길을 떠날 때, 다시 편지를 열어 본다.

2 **호래자식** : 막되게 자라 교양이나 버릇이 없는 사람을 얕잡아 이르는 말

방님께서 이를 깊이 헤아려 주시기 바랍니다.

 지난해 어느 때에 임이 첩과 이별하였던가.
 이미 겨울이 지나고 또 가을이 왔구나.
 깊은 밤에 바람은 거칠고 비는 눈같이 오는데,
 무슨 까닭으로 나는 남원 옥중의 죄인이 되었는가.

 피로 쓴 편지를 다 읽은 이몽룡 어사의 눈에 눈물이 방울방울 떨어졌다. 아이는 이상한 듯 이 어사를 쳐다보았다.
 "남의 편지를 보고 울긴 왜 울어요? 이런, 눈물 때문에 편지가 젖어서 찢어지잖아요! 그 편지 한 장 값이 열닷 냥이오. 편지 값 물어내오!"
 이 어사는 당황한 빛을 감추려고 일부러 너스레를 떨었다.
 "울기는. 남의 편지라도 슬픈 사연을 보니 자연히 눈물이 나는구나. 얘야, 사실 이 도령은 내 어릴 적 친구야. 서울에서 같이 내려오다가 잠시 친척집에 갔어. 내일 남원에서 만나자고 약속했으니, 너도 나를 따라갔다가 내일 이 도령을 만나렴!"
 "뭐 서울이 그리 가까운 줄 아세요? 헛소리 말고, 편지나 이리 줘요!"
 편지를 놓고 두 사람이 옥신각신하였다. 아이가 이 어사의 옷 앞자락을 잡고 실랑이를 했다. 그때 이 어사는 앞자락 속에 명주 끈을 허리에 둘렀는데, 거기에 접시처럼 생긴 것이 달린 것을 아이가 보았다.
 "이게 뭐요? 허억! 마패!"

너무 놀라 털썩 주저앉았다. 이 어사는 손으로 아이 입을 막으며 주위를 두리번거렸다.

"이놈! 조용해! 만일 천기를 누설했다가는 목숨을 보전하지 못할 것이다!"

"……."

하얗게 겁에 질린 아이는 말없이 고개를 끄덕였다.

아이에게 비밀을 단단히 당부한 이 어사는 마을로 들어가 광한루와 오작교를 찾아갔다. 산도 보던 산이요, 물도 보던 물이니 얼마나 반가운가.

이 어사는 남문 밖으로 나갔다.

"광한루야, 잘 있었느냐? 오작교야, 잘 있었느냐?"

옛 추억에 잠겨 있던 이 어사가 오작교 다리를 지나는데, 밑에서 빨래하는 여인들의 이야기 소리가 들렸다.

"아이고, 불쌍해. 춘향이가 정말 불쌍하더라고. 우리 고을 사또도 너무 독한 것 같아. 절개 높은 춘향이를 힘으로 겁탈하려고 하다니. 그럼 뭐해, 춘향이는 죽는 것도 무서워하지 않는다는데. 에구, 나쁜 놈! 이 도령도 정말 무정한 놈이야."

'춘향아……'

빨래하던 여인들의 말을 마음에 새긴 채, 이 어사는 천천히 춘향의 집으로 향했다.

어느새 해는 벌써 서산에 지고, 황혼이 찾아왔다.

"컹컹!"

누렁이가 문빗장 앞에서 기운 없이 졸다가 이 어사를 몰라보고 짖어 댔다.

"허허, 요 개야, 짖지 마라. 주인 같은 손님이다. 주인은 어디 가고 너만 나를 반기느냐?"

중문을 열고 들어가니 자신의 손으로 쓴 글자, 충성 충(忠) 자가 쓸쓸하게 걸려 있었다. 가운데 중(中) 자는 어디 갔는지 잘 보이지 않고, 마음 심(心) 자만 덩그러니 남아 동남풍에 펄럭이고 있었다. 적막한 집 안으로 걸음을 옮기니, 솥에 미음을 끓이고 있는 춘향 어미의 모습이 보였다.

"애고, 애고! 내 신세야! 모질기도 하지! 이 서방 이놈! 내 딸을 아주 잊은 건지……. 소식도 없고. 아이구, 속 터져!"

이어 부엌에서 나온 춘향 어미는 흰머리를 감아 빗고, 정화수 한 그릇을 떠서 단 아래에 받쳐 놓고 땅에 엎드려 온갖 신들을 부르며 기도했다.

"천지지신 일월성신 팔부신장 토지지신 동두칠성 남두칠성 북두칠성 살피소서.

사해용왕 천지후토 제불제천 비나이다. 서울 계신 도련님이 이번에 장원 급제하여 전라 감사하시거나, 전라 어사하여 가지고 옥중의 내 딸 살려 주길 바라나이다."

이를 바라보던 이 어사, 착잡한 생각에 젖어들었다.

'장모! 내가 벼슬한 것이 조상님의 돌보심인 줄 알았는데, 이제 보니 우리 장모의 정성 덕이었구나.'

빌기를 마친 춘향 어미가 담배 한 대를 입에 물고 쪽마루에 걸터앉았다. 그녀는 답답한 마음에 담배를 깊이 빨았다. 이런 사정을 모르는 척, 이 어사가 능글맞은 모습으로 들어갔다.

"계시오?"

"누구요?"

"나요!"

"나라니? 누구요?"

"나, 이 서방."

"이 서방? 아, 이풍헌 아들 이 서방?"

"허허, 장모 벌써 치매요? 나를 모르겠는가? 나요, 나."

"누구신지?"

춘향 어미는 담뱃대를 내려놓으며 이 어사의 얼굴을 자세히 바라보았다.

"사위는 백년손님이라는데, 어찌 나를 모르실까?"

눈을 크게 뜨고 바라보던 춘향 어미가 그제야 이몽룡을 알아보았다.

"이게 웬일이야! 어디 갔다가 이제 오는가! 바람 따라 구름 속에 싸여 왔나? 춘향이 소식 듣고 살리려 왔구나! 어서, 어서 들어가세!"

춘향 어미는 반가운 마음에 이 어사의 손을 잡고 방 안으로 들어갔다.

그러나 촛불을 켜고 이 어사의 행색을 자세히 살펴보니, 거지 중의 상거지 차림이니 기가 막힐 뿐이었다.

"이게 웬일이야?"

"웬일은? 다 내 잘못이지. 한양에 올라가서 아버님 벼슬길도 끊어지고, 재산도 다 날렸네. 그나마 지금 아버진 서당에서 아이들을 가르치는 훈장 일을 하시고, 어머닌 친정으로 가셨지. 식구들도 모두 이리저리 흩어졌어. 나는 춘향이에게 내려와 돈푼이나 얻어 갈까 했는데, 여기도 형편이 말이 아니구먼. 괜히 왔나 보네."

똥 밟은 표정의 춘향 어미, 입이 쩌억 벌어졌다.

"무정한 이 사람아! 이별 후에 소식도 없더니 이게 무슨 소리야! 잘되기를 바랐더니 이제는 다 틀려먹었구나! 이제 쏘아 놓은 화살이요, 엎질러진 물이 되었으니, 누굴 원망하고 누굴 탓하겠나. 아이고, 불쌍한 춘향이가 이제 꼼짝없이 죽게 생겼구나. 그러나저러나 내 딸 춘향이는 어쩔 텐가?"

춘향 어미는 홧김에 이 어사에게 달려들어 코를 물어뜯으려고 했다. 이 어사는 한 발 뒤로 물러나며 더욱 능청스럽게 말했다.

"허허, 내 탓이지 코 탓인가? 장모가 나를 몰라보네. 하늘이 무심해도 언젠가는 바람에 구름도 나고 천둥도 칠 날이 있을 것이네."

"허어, 양반이 잘못되니 못된 말만 배웠네. 세상에, 지 마누라가 죽어가는 데도 눈 하나 깜짝하지 않는 저런 인간이 어디 있나."

춘향 어미는 이 어사를 물어뜯을 듯이 발악하며, 거친 말을 내뱉었다.

그러나 이 어사는 한술 더 떠서 방바닥에 벌렁 드러누우며 배를 쓰다듬었다.

"아, 배고파 죽겠네. 장모, 나 밥 한 술만 줘요!"

춘향 어미에게 이 어사처럼 미운 놈이 또 있을까.

"밥 없네!"

화난 춘향 어미가 꽥 소리를 질렀다. 때마침 밖에서 들어오던 향단이가 이몽룡을 알아보고 반겼다.

"아이고! 서방님! 오셨군요! 먼 길에 평안히 오셨나요? 대감님과 대부인은 모두 안녕하신지요?"

"오냐, 향단이가 고생이 많구나."

"제가 무슨 고생을 합니까. 고생이야 작은아씨께서 하고 계시죠."

향단이는 춘향의 생각에 눈시울을 적신다.

"서방님, 시장하시죠?"

서둘러 부엌으로 들어간 향단이는 더운밥이 없기에 급한 대로 찬밥 한 그릇을 담았다. 그리고 상 위에 풋고추, 절인 김치를 올려놓고, 단간장에 냉수를 가득 떠서 밥상을 차려 왔다.

"더운 진지를 준비할 동안에 우선 시장기나 달래세요."

"고맙구나."

이 어사가 웃으며 밥상을 반겼다.

"밥아! 너 본 지 오래구나!"

이 어사는 여러 가지 반찬을 밥그릇에 모으더니 숟가락도 들지 않고 허겁지겁 손으로 뒤적이며 마파람에 게 눈 감추듯 밥 한 그릇을 뚝딱 해치웠다. 춘향 어미가 이렇게 밥을 먹는 이 어사를 마치 동네 거지 보듯 하며 한마디 했다.

"얼씨구. 밥 먹는 건 아주 선수구나!"

이 어사를 바라보며 춘향을 생각하던 향단이가 서글프게 흐느꼈다.

"어쩌나, 어째. 우리 아씨는 이제 어쩌나."

밥을 다 먹은 이 어사가 향단이를 달래며 말했다.

"향단아, 울지 마라. 춘향이가 설마 죽기야 하겠느냐? 행실이 고우면 사는 날이 있느니라."

말이나 못하면 밉지나 않지, 이몽룡이 하는 말마다 춘향 어미의 억장이 무너졌다.

"꼴에 자존심은, 대체 자네는 왜 그 모양인가?"

월매가 언성을 높였으나, 눈치 빠른 향단이 월매를 만류했다.

"아이고, 마님. 왜 그러시오. 서방님! 우리 마님이 홧김에 하시는 말씀이니 맘 상하지 마세요."

이 어사가 말했다.

"장모, 나 춘향이 좀 봐야겠네."

이튿날 쇠북 소리가 울리자, 향단이는 춘향이에게 줄 미음과 등을 들고 앞서 걸었다. 그 뒤를 이 어사와 춘향 어미가 따라갔다.

그날 새벽, 춘향은 비몽사몽간에 이 도령을 본 것 같았다. 이 도령이 머리에는 금관, 몸에는 붉은 옷을 입고 환하게 웃는 모습이었다.

"춘향아!"

이런저런 생각에 잠겨 있던 춘향은 밖에서 부르는 소리에 깜짝 놀랐다.

"이게 무슨 소린가? 이 목소리는? 이게 꿈인가 생신가?"

"춘향아!"

이 어사가 여러 번 춘향을 불렀으나 대답이 없었다. 이에 춘향 어미는 행여 춘향이 놀라서 기절이나 하지 않을까 하여 앞장서서 딸에게 다가갔다.

"춘향아."

"어머니? 어찌 오셨소? 몹쓸 딸자식 때문에 마음 아파하시다가 혹시 병이라도 나시면 어쩌려고 또 오셨어요. 이젠 오시지 말라고 했잖아요."

"춘향아, 내 걱정 말고, 지금부터 정신 바짝 차리고 들어라. 왔다!"

"예? 오다니 누가 와요?"

"그저 왔다."

"갑갑하여 죽겠소. 어머니! 빨리 말해 줘요. 꿈에 임을 보았는데, 혹시 서방님에게서 소식 왔소? 언제 오신단 소식 왔소? 벼슬하고 내려온단 소문이 왔소? 애고, 답답하여라."

"너의 서방인지 남방인지 거지 하나가 한양에서 내려왔다."

어미의 말에 놀란 춘향이 재차 물었다.

"아니, 뭐라고요? 서방님이 오시다니, 꿈에서만 보던 임을 살아서 본다는 말입니까?"

춘향의 말이 끝나기가 무섭게 옥 밖에서 이몽룡이 춘향에게 손을 내밀었다.

"춘향아!"

"애고! 이게 누구시오? 꿈인가요, 생신가요? 살아서 서방님 얼굴을 다시 보다니, 이제 죽어도 한이 없어요. 그사이 어찌 그리 무정하게 소식도 없었어요? 서방님과 이별한 후, 자나 깨나 보고 싶었어요. 내 신세 이리되어 매에 맞아 죽게 생겼는데, 이제 서방님이 날 살리러 오신 거죠?"

한참을 이렇게 반기며 이몽룡의 차림새를 살펴보던 춘향이 당황한 듯 이몽룡을 한심하게 다시 쳐다보았다.

이 어사는 머쓱한 웃음을 지었다.

"그게 말이야……."

"서방님! 그러고 보니, 옷차림이 왜 이러세요? 무슨 일이 있으셨소? 애고, 나 죽는 것은 서럽지 않으나, 서방님이 이게 무슨 일이오? 일부러 장난으로 이런 거죠. 말 좀 해 보세요."

"춘향아, 걱정하지 마라! 사람이 그렇게 쉽게 죽진 않는단다. 아마, 괜찮을 거야."

이 어사의 행색에 놀란 춘향이 기어들어 가는 소리로 혼자 흐느꼈다.

"한양 가신 서방님을 칠 년 가뭄에 비 기다리는 것처럼 기다렸는데, 이게 무슨 일이오? 심은 나무가 꺾어지고, 공든 탑이 무너졌네! 가련하다. 이 내 신세, 지지리 복도 없는 년, 하릴없이 되었구나."

춘향은 거의 쓰러져서 손바닥으로 땅을 치며 소리 내어 통곡을 했다.

그렇게 한동안 울고불고하던 춘향이 이제는 모든 것을 단념한 듯 울음을 멈추었다. 그리고 어머니를 조용히 불렀다.

"어머님! 그래도 내 서방님인데…… 어쩌나, 이게 내 유언이라 생각하고 들어주세요. 나 입던 비단 겉옷을 내다 팔아 한산 모시로 바꾸어 색깔이 고운 도포를 만들어 서방님 입히세요. 긴 치마도 팔아다가 서방님 갓과 망건, 신발을 사드리고, 함 속에 들어 있는 비녀와 옥가락지 다 팔아다가 서방님 좋은 속옷도 챙겨 주세요. 곧 죽을 년이 세간살이를 둔들 무엇 하겠습니까? 용장, 봉장 빼닫이를 되는대로 팔아다가 맛있는 음식도 챙겨 드리고, 나 죽거든 날 본 듯이 대접해 주세요."

이어서 춘향은 이 도령을 향해 말을 이었다.

"서방님! 내 말을 마지막이라 생각하시고, 잘 들어주세요. 내일이 본관 사또의 생신이니, 술자리에서 말들이 나면 나를 끌어내어 매질할 것이니, 매 맞은 다리에 상처가 생기면 팔다리를 제대로 놀릴 수 있겠습니까? 산발되어 흐트러진 머리 이렁저렁 걷어 얹고, 이리 비틀 저리 비틀 들어가서 매 맞아 죽거든, 심부름꾼 시켜서 둘러업어 우리 둘이 처음 만나 놀던 부용당의 조용한 곳에 뉘어 놓고 서방님이 손수 관에 넣어 주세요.

나의 영혼을 위하여 입은 옷은 벗기지 말고 양지 끝에 묻었다가, 서방님이 뒤에 혹시 벼슬을 하시어 귀하게 되시면 함경도 육진 지방에서 나는 고운 베로 다시 옷을 갈아입혀서 조촐한 상여 위에 덩그렇게 실은 후, 앞 남산, 뒤 남산 다 버려두고 한양으로 올려다가 서방님 집안 대대로 내려오는 선산의 끄트머리에 묻어 주세요. 그리고 비석에 '절개를 지키다 원통하게 죽은 춘향의 묘'라고만 새겨 주세요."

춘향은 유언을 남기듯 어미와 이 도령에게 당부했다. 월매는 가슴이 미어질듯 저려 왔다.

"아이고, 내 딸, 불쌍한 것……."

춘향은 자신을 쓰다듬는 어미의 손에서 안쓰러움을 느꼈다.

"불쌍한 어머니! 나를 보내고 재산을 다 날리고 거지 신세가 되어 이집 저집 구걸하시다가 돌아가시기라도 하면, 지리산 갈가마귀 두 날개를 딱 벌리고 두둥실 날아들어 두 눈을 다 파먹은들 어느 자식 있어 거둬 주겠소! 애고, 애고."

안타까운 눈으로 이를 쳐다보던 이 어사가 춘향을 위로하는 말을 했다.

"춘향아, 울지 마라. 하늘이 무너져도 솟아날 구멍이 있다잖아. 네가 나를 어찌 알고 이렇듯이 서러워하느냐?"

"서방님……."

기다리고 기다리던 임이었다. 이몽룡을 향한 원망도 춘향에겐 깊은 그리움이었다. 춘향의 눈에서 굵은 눈물이 흘러내렸다.

이들이 모두 돌아가고 홀로 옥에 남겨진 춘향은 다시금 자신의 신세를 한탄하며 흐느껴 울었다.

"하늘이 사람을 공평하게 내시었다는데, 내 신세는 무슨 죄로 이팔청춘에 임을 보내고 모진 목숨 살아남아 이런 고생을 하고 있나? 기다리고 기다리던 서방님도 거지 신세가 되었으니, 이제는 다 끝났구나. 다

끝났어! 앞으로 어떻게 될까? 애고, 내 팔자야. 내 신세가 가련하다. 내가 죽어 황천에 간들 여러 왕들 앞에 무슨 이야기를 하랴. 애고애고."

춘향이도 춘향 어미도 그 누구도 이몽룡의 정체를 눈치채지 못했다. 그러나 이 어사가 조심을 하였어도, 떠도는 소문까지 막을 수는 없는 법. 고을마다 암행어사가 떴다는 소문이 무성했다. 이에 사또의 생일잔치를 준비하는 이방과 군관들은 모든 말과 행동을 조심했다.

드디어 변 사또의 생일 잔칫날이 밝았다. 초대된 주변 고을의 수령들이 들어왔다. 운봉, 구례, 곡성, 순창, 옥과, 진안, 장수의 원님들이 차례로 모여들었다. 아무것도 모르는 변 사또는 부하들에게 호기 있게 명령을 내렸다.

"여봐라! 음식상, 다과상을 풍성하게 차려 올려라! 관노를 시켜서 큰 소를 잡게 하고, 노래하고 춤추는 사람들은 대기하고, 잡무를 담당하는 하인들을 불러 햇볕을 가리는 천막을 쳐라! 그리고 사령들은 잡인들의 출입을 금하라!"

요란한 사또의 분부가 끝나자, 갖가지 요란한 깃발들이 공중에 나부끼고, 붉은 옷, 푸른 옷을 차려입은 기생들이 얇고 가벼운 비단 적삼 사이로 손을 들어 올리며 흥겹게 춤을 추었다.

"지화자! 좋다!"

둥덩, 둥덩실.

풍악 소리가 거리 곳곳에 울려 퍼지니, 암행어사 이몽룡의 심기가 불편했다. 거지 차림의 이몽룡이 문밖에서 외쳤다.

"여봐라! 사령들아! 너의 원님에게 여쭈어라! 먼 곳에서 온 걸인이 좋은 잔치를 만났기에 술 한 잔 얻어먹자 한다고 여쭈어라!"

사령들이 보기엔 이 어사의 모양새가 우스워 보였다.

"너도 양반이냐? 거지 주제에! 사또께서 보시면 큰일 나니 썩 물러가라!"

사령들이 이 어사를 밖으로 밀치는데, 때마침 운봉이 이 광경을 보고 사또에게 청했다.

"사또 저 거지가 옷은 남루하나 양반의 후손인 듯하니, 끝자리에 앉히고 술잔이나 먹여 보내는 것이 어떻겠소?"

"음, 운봉의 뜻이 그렇다면……."

이를 본 이몽룡이 회심의 미소를 지으며 속으로 생각했다.

'오냐! 딱 걸렸구나!'

"저 양반 들어오시게 하라."

잔치에 참석하게 된 이 어사, 단정히 앉아 좌우를 살펴보았다. 사또와 모든 수령 앞에 펼쳐진 다담상¹에는 기름진 음식이 넘쳐났다. 그러나 자기가 받은 상을 보니, 다 낡은 밥상에 닥나무로 만든 젓가락, 콩나물, 깍두기, 막걸리 한 사발이 전부였다. 이몽룡은 상을 발로 탁 차서 내던졌다. 그리고 운봉이 있는 곳으로 가서 갈비 한쪽을 손으로 들었다.

---

1 **다담상** : 손님을 대접하기 위해 차와 과자 따위의 음식을 차린 상

"갈비 한 대 먹겠소."

"한 대 아니라 이것 다라도 잡수시오."

이 어사의 갑작스런 행동에 놀란 운봉은 어쩔 수 없다는 듯 이몽룡에게 갈비 그릇을 통째 건네주었다. 그러고는 어색한 분위기를 바꾸기 위해 다른 수령들에게 말했다.

"잔치의 흥을 돋울 겸, 시나 한 수씩 지어 보면 어떻겠습니까?"

모두들 흔쾌히 좋다고 대답했다.

운봉이 운을 내니, '높을 고(高) 자, 기름 고(膏) 자' 두 자를 내어 놓았다. 하나, 둘 차례로 운을 내니, 이 어사도 끼어들었다.

"걸인도 어려서 배운 것이 있소. 이런 좋은 잔치에서 술과 안주를 실컷 얻어먹고 그냥 가기 염치없으니, 나도 한 수 지어 바치리다."

운봉은 할 수 없이 붓을 주었다. 붓을 들고 잠시 생각에 잠겼던 이 어사, 백성들과 변 사또의 횡포를 생각하며 한 자, 한 자 써 내려갔다.

금준미주(金樽美酒)는 천인혈(千人血)이요
금 술잔의 좋은 술은 백성들의 피요.

옥반가효(玉盤佳肴)는 만성고(萬姓膏)라
옥쟁반의 맛있는 안주는 백성들의 기름이라.

촉루낙시(燭淚落時) 민루락(民淚落)이요
촛농이 떨어질 때, 백성들의 눈물도 떨어지고

가성고처(歌聲高處) 원성고(怨聲高)라
노랫소리 높은 곳에, 원망 소리 높도다!

이 어사가 지은 시의 의미를 안목이 있는 사람이라면 이해하겠지만, 변 사또는 눈앞의 즐거움에 마음이 빼앗겨 그 깊은 뜻을 어찌 짐작이나 할까. 다만 눈치 빠른 운봉만이 글의 속뜻을 눈치챘다.

'아뿔사, 일이 났다!'

시를 짓고 나서, 이 어사는 하직하고 나갔다.

운봉은 서둘러 돌아갈 준비를 했다. 술에 취한 변 사또, 아무것도 모른 채 운봉을 불렀다.

"아니, 운봉 벌써 가시려고?"

"아니, 잠시 뒷간¹에 다녀오겠습니다."

변 사또는 이미 술이 취해 제정신이 아니었다.

"허허, 그리하오. 여봐라! 잔치도 무르익었으니, 춘향이를 급히 불러 올리라."

그때, 암행어사 이몽룡이 담 밖으로 서리에게 신호를 보냈다.

서리, 중방이 달같이 둥근 마패를 높이 들고 소리쳤다.

"암행어사 출두²야!"

---

1 뒷간 : 대소변을 볼 수 있도록 만들어 놓은 시설
2 출두(出頭) : 어떤 곳에 몸소 나감. 출도(出道)라고도 함.

우렁차고 절도 있는 소리에 강산이 무너지고, 천지가 뒤집히는 듯했다. 그 소리와 함께 외날로 뜬 망건, 무늬 없는 비단 싸개, 패랭이 모자를 눌러쓰고 육모 방망이와 채찍을 손에 든 역졸들이 여기저기서 우르르 몰려나왔다.

"암행어사 출두야!"

크게 외치는 소리에 강산이 흔들리고 천지가 요동쳤다.

"암행어사 출두야!"

"출두야!"

"출도야!"

남문·북문·동문·서문, 사방에서 천둥 같은 소리가 울렸다. 사방이 진동하고 도망가던 사람들마다 역졸들의 몽둥이와 채찍에 꼼짝을 못 하고 잡혔다.

"애고고, 내 머리. 아야야."

"애고, 나 죽는다!"

좌수 별감은 넋을 잃고, 이방 호장은 정신을 잃었다. 도망가는 수령들의 거동을 살펴보니, 도장 궤를 잃고 약과 들고, 병부1 잃고 송편 들고, 탕건2 잃고 둥근 술통을 쓰고, 갓 잃고 소반3을 쓰고, 칼집 쥐고 오줌

---

1 **병부** : 조선 시대에 군대를 동원하는 표지로 쓰던 동글납작한 나무패
2 **탕건** : 예전에 벼슬아치가 갓 아래 받쳐 쓰던 관
3 **소반** : 짧은 발이 달린 작은 상

누고, 부서지니 거문고요, 깨지나니 북과 장구였다.

사또는 똥을 싸고 멍석 구멍의 생쥐가 눈을 뜨듯하고, 정신없이 관아로 숨어들어 갔다.

"춥다! 추워! 문 들어온다, 바람 닫아라! 물 마르다, 목 들여라!"

서리 역졸들이 달려들어 휘닥딱 사또를 잡아 오니 변 사또도 이제 끝이구나. 겁에 질린 변 사또, 힘이 풀려 털썩 주저앉았다.

"애고, 나 죽네!"

변 사또를 꿇어앉힌 암행어사가 근엄하게 소리쳤다.

"본관¹을 봉고파직²하라!"

암행어사는 변학도를 파면시키고, 이어 부정한 관리들을 차례대로 벌한 뒤에 부하들에게 다른 임무를 내렸다.

"옥에 갇힌 죄인들을 다 끌어내라!"

죄수들과 함께 춘향이도 끌려 나오는데, 암행어사 이몽룡이 모르는 척하며 형리에게 물었다.

"저 계집은 누구냐?"

형리가 대답했다.

---

1 **본관** : 고을의 수령을 이르던 말
2 **봉고파직(封庫罷職)** : 어사나 감사가 못된 짓을 많이 한 고을의 원을 파면하고 관가의 창고를 봉하여 잠금.

"기생 월매의 딸이온데, 사또의 명령을 거역한 죄로 감옥에 갇혔습니다."

"무슨 죄인가?"

"본관 사또의 수청을 들라고 했으나 절개를 지키겠다며 수청 들기를 거절한 춘향이라고 합니다."

"허어, 그래?"

암행어사 이몽룡이 춘향을 내려다보았다. 이 어사는 자신의 신분을 감추기 위해 부채로 얼굴을 반쯤 가린 채 일부러 우악스러운 어조로 말했다.

"너 같은 년이 수절을 한다고 관리의 말을 어겼다니, 죽어 마땅하구나. 그러면 내 수청도 거절하겠느냐?"

춘향은 암행어사의 말에 기가 막혔다. 암행어사도 변 사또와 다를 바가 없다는 생각에 춘향은 차갑고 매몰스럽게 대꾸했다.

"내려오는 관리마다 하나같이 명관이로구나! 암행어사 들으시오! 층암절벽1 높은 바위가 바람 분다고 무너지며, 소나무·대나무 푸른빛이 눈이 온다고 변합니까? 헛소리하지 말고 어서 빨리 나를 죽이시오!"

말을 마친 춘향이 향단이를 불렀다.

"향단아, 서방님이 어디 계신지 찾아봐라. 어젯밤에 꼭 오신다고 했는데…… 어디 가셨나? 아직 못 오신 건가? 나 죽는 줄도 모르시는가?"

암행어사 이몽룡이 남몰래 흐뭇한 미소를 지었다.

---

1 **층암절벽** : 여러 층의 힘한 바위로 된 낭떠러지

"춘향아! 얼굴을 들어 나를 봐라."

부드럽고 살가운 음성은 목이 메도록 그리워하던 목소리였다. 춘향은 의아한 생각에 고개를 들어 암행어사를 올려다봤다. 이게 누구인가? 거지 차림으로 왔던 낭군이 어사가 되어 뚜렷이 앉아 있으니, 춘향은 반은 웃고 반은 운다.

"어머, 세상에! 우리 낭군이 어사가 되다니! 얼씨구나, 좋을시고! 어사 낭군 좋을시고! 남원 고을에 가을 되어 떨어지게 되었더니, 객사에 봄이 들어 오얏꽃과 봄바람이 날 살리는구나! 꿈이냐, 생시냐? 꿈을 깰까 염려로다!"

춘향의 두 눈에서 주르르 눈물이 떨어졌다. 부르트고 파리했던[1] 입술은 어느새 가느다란 미소로 떨리고 있었다.

이 소식을 듣고, 어느새 달려온 춘향 어미가 덩실덩실 춤을 추며 즐거워하는 말을 이었다.

"우리 딸 대단하다! 이제는 살았어요! 아이고! 우리 사위 최고다, 최고야!"

세상의 그 누구인들 춘향을 칭찬하지 않을 사람이 없었으니, 고난 끝에 열매를 맺은 것이었다. 남원에 큰 경사가 났다고 사람들이 모두 덩실덩실 춤을 추었다.

암행어사 이몽룡이 남원의 모든 일을 마치고 한양으로 돌아가게 되

---

1 **파리하다** : 여위고 핏기가 없어 해쓱하다.

었다. 춘향도 어머니, 향단이와 함께 가게 되었다. 춘향이 귀하게 되어 고향과 이별하게 되니, 한편 기쁘고 한편 슬펐다. 기쁨, 사랑, 그리움을 모두 함께했던 곳, 춘향은 다정한 눈길로 남원을 바라다보았다.

"내 어린 시절 놀고 자던 부용당아, 너 부디 잘 있거라. 광한루 오작교며 영주각도 잘 있거라. 봄풀은 해마다 푸르겠지만 한번 가면 다시 돌아올 수 없겠네. 이제 다시는 오지 못하는구나."

춘향은 애정 어린 눈길로 고향과 이별한다. 이제 춘향이도 가는구나. 춘향은 마을 사람들에게 마지막 인사를 했다.

"모두들 건강하세요. 다시 보기 어려우니 모두 잘 지내세요!"

춘향은 마중 나온 사람들에게 환한 미소를 지으며 발걸음을 돌렸다.

그 후 이들은 어떻게 되었을까? 해피 엔딩?

그 속 이야기를 들어 보니, 어사 이몽룡은 여러 고을을 두루 돌며 백성들을 살핀 후에 서울로 돌아가 임금께 보고했다. 육조의 판서, 참판, 참의들이 들어와 임무 완수의 결과를 점검하였다.

이들의 이야기를 들은 임금께서 이 어사를 크게 칭찬하시고 이조 참의 대사성으로 임명하시었다. 그리고 이 어사에게 춘향과의 그간 이야기를 듣고는, 춘향을 정렬부인(貞烈夫人)[1]으로 봉하셨다. 이몽룡은 임금께 감사의 절을 한 후, 부모를 뵙게 되니, 부모 또한 이 둘의 결혼을

---

1 **정렬부인(貞烈夫人)** : 조선 시대에 정조와 지조를 굳게 지킨 부인에게 내리던 칭호

인정하고 축하해 주었다. 오랜 기다림의 아름다운 승리였다.

천한 신분이라고 무시 받던 춘향이, 드디어 양반의 부인이 되었다. 춘향이 꿈을 이루었다. 이몽룡은 이판, 호판, 좌우 영상을 다 지내고 벼슬에서 물러난 후에 정렬부인인 춘향과 더불어 백 년을 함께 누렸다고 한다.

춘향이 삼남 이녀의 자식을 낳았다. 이들은 모두 총명하여 그 부친인 이몽룡을 앞지르고, 대대손손 높은 벼슬에 올랐다고 한다.

작품 해설

『춘향전』 꼼꼼히 들여다보기

『춘향전』이란?

『춘향전』은 성춘향과 이몽룡의 지극히 순수한 사랑 이야기이다. 너무도 유명한 얘기라서 한국 사람이라면 모르는 사람이 없을 것이다. 이 작품은 단지 유명한 정도를 넘어 우리 고전 문학 가운데서 가장 뛰어난 백미(白眉)로 꼽히기도 하고, 더불어 외국어로 번역되어 해외에까지 널리 알려져 있다.

그러면 우리의 고전 『춘향전』은 왜, 무엇 때문에 그토록 오랫동안 여러 사람들에게서 사랑받아 왔을까? 이에는 필연적인 무슨 곡절이 숨어 있을 것이다.

보통 『춘향전』 하면, 성춘향과 이 도령의 사랑 얘기로만 생각한다. 사랑 얘기? 물론 맞는 말이다. 알다시피 이 작품의 줄거리는 두 사람이 온갖 고난을 물리치고 서로의 사랑을 맺어 가는 이야기이다. 그러나 이들이 사랑을 이루는 과정이란 어디까지나 겉으로 드러난 이야기일 뿐이다.

이 세상 모든 만물에는 겉과 속이 있는 법, 성춘향과 이몽룡이 사랑을 이루어 가는 겉 이야기 속에도 분명히 어떤 속 의미가 숨어 있다.

작가는 항상 겉으로 드러난 소재를 이용하여 보이지 않는 주제를 작품에 나타내고 있기 때문이다.

그렇다면, 이 작품의 속 의미, 즉 본래 의미는 무엇일까? 그 숨어 있는 본래의 의미를 하나하나 찾아보는 재미야말로 문학하는 사람만의 재미이고, 또 의무이기도 하다. 우리가 소설을 읽는 이유도 바로 여기에 있다.

이제 이 작품의 줄거리를 한번 훑어보는 것으로부터 이야기를 시작하기로 한다.

조선 숙종 시대, 남원 부사의 아들 이몽룡은 아버지의 임지를 따라 남원 고을에 내려왔다. 남원 부사라면 사또 또는 원님으로, 요즘 말로 하면 남원에서 가장 높은 관직인 남원 군수라 할 수 있다.

때는 봄날, 이몽룡은 오로지 방에 갇혀 공부만 하자니 짜증이 나던 차, 방탕한 마음이 생겨 관아의 하인 방자를 앞세우고 광한루 구경을 나섰다. 마침 단옷날이라, 날라리 흥겨운 가락과 함께 농악 놀이가 펼쳐지는 가운데 씨름판도 벌어지고 수풀 속에서는 처녀들의 그네놀이가 한창이었다.

바로 그 무리 속에서 해와 달같이 뛰어난 꽃미인을 발견한 몽룡! 그만 넋을 잃고 만다. 그녀가 누구인가. 퇴기 월매의 딸 춘향이라는 소리를 듣자, 이몽룡은 방자에게 당장 불러오라고 재촉한다. 이몽룡의 성화에 못 이긴 방자는 춘향에게 몽룡의 편지를 전하지만, 춘향은 '문왕구여상 황숙방공명(文王求呂尚, 皇叔訪孔明)'이라는 아리송한 답장만 전한다. 그 구체적인 뜻은 뒤에서 다시 보겠거니와, 대충 풀이하자면 즉 자기는 보통 여자가 아니니 서너 번은 찾아와야 만나 준다는 말이다.

사실 춘향은 일찍부터 양반의 부인이 될 야심을 품은 여자로서, 이날 광한루에 나가 치맛바람을 일으킨 것도 다 바람난 양반을 유혹할 속셈이었는데, 마침 이 도령이 이에 걸려든 것이다. 이런 춘향의 뜻을 알아챈 이몽룡은 야심한 밤을 틈타 춘향의 집을 찾아간다.

남자 다루는 데 이골이 난 월매와 춘향이는 세상 물정 모르는 백면서생 이 도령을 구워삶아 그녀를 본처같이 여기고, 그 마음 영원히 변치 않겠다는 「불망기(不忘記)」를 받아들고서야 비로소 몸을 허락한다. 그날 밤부터 이몽룡과 춘향의 사랑은 뜨겁게 달아오른다.

하지만 인생이란 좋은 일이 있으면 또 나쁜 일도 뒤따르기 마련이다. 갑자기 이몽룡의 아버지 이 사또가 승진하여 내직으로 가게 되니, 몽룡인들 도리 있나. 별수 없이 부모를 따라 한양으로 가게 된다. 월매는 발악하고, 춘향은 장원 급제하여 다시 찾아오겠다는 이몽룡의 약속만 믿고 눈물로 이별한다. 이로부터 춘향은 꿈에서만 이 도령을 만나본다.

여러 고을을 두루 거치는 동안 호색한으로 소문난 변학도는 남원골 춘향이 질색이란 소리를 듣고는 부임하자마자 수청 들기를 강요한다.

그러나 춘향은, 자신이 비록 기생의 자식이나 대비속신(代婢贖身 : 다른 사람을 사서 역을 대신시키고 풀려나는 것)하여 기생 명부에 올리지 않았으므로 기생일 수 없고, 구관 댁 도련님과 백년가약을 맺었으니 두 지아비를 섬길 수 없다고 버틴다. 이는 그녀가 이 도령의 부인이 되는 꿈을 결코 포기할 수 없었기 때문이다.

이에 변학도는 이몽룡이 돌아오지 않을 것이라며, 수절하는 춘향의 어리석음을 탓하고 자신의 소첩이 되어 노후 준비나 착실히 하라고 한다. 그러나 그의 말귀를 알아듣지 못하고 계속 수절만 고집하자, 불같이 화가 난 변학도는 춘향에게 관장의 명을 어긴 죄를 물어 형틀에 올려매고 모진 고문을 가한다.

그러나 어찌 춘향이 절개를 굽힐쏘냐. 옥에 갇힌 춘향은 변학도의 생일날이 자신의 제삿날이라는 처지를 한탄하며 오로지 이 도령이 내려와 자신을 구해 줄 희망만을 꿈꾸고 있었다.

마침내, 춘향의 꿈이 현실로 구체화된다. 즉 이 도령은 장원 급제한 후, 약속대로 전라 어사가 되어 남원으로 내려와 변학도를 봉고파직(封庫罷職)하고 춘향을 구하였기 때문이다.

이제 드디어 춘향은 양반의 부인이 되겠다는 그녀의 꿈을 이루게 되었다. 춘향이 만세다!

이런 이야기가 바로 『춘향전』이다.

아리송한 춘향이

『춘향전』의 주인공은 성춘향이다. 따라서 우리는 춘향이를 정확히 알아야만 이 작품을 제대로 이해하는 것이 된다. 왜냐하면 우리가 주인공 춘향을 어떻게 보느냐에 따라 작품의 구성이나 주제가 다르게 보일 수 있기 때문이다.

그런데 춘향이라는 존재가 꽤 아리송하다. 그래서인지 사람에 따라 그녀를 보는 관점이 사뭇 다르다. 그만큼 그녀는 복잡한 여자이다. 양파 같은 여자라고나 할까. 어쩌면 춘향의 매력이란 바로 여기에 있는 것이 아닐까. 이런 점을 생각하며 춘향이의 본래 모습을 한번 생각해 보기로 하자.

첫째는 춘향이가 기생이라는 주장이다. 춘향이는 기생의 딸이니까 기생이고, 기생이니까 이몽룡의 요구에 첫날밤부터 순순히 응했다는 것이다. 당시의 종모법(從母法)에 의하면 자식의 신분은 어머니를 따라간다. 그러므로 기생의 딸인 춘향이는 당연히 기생이다. 그녀가 첫날밤부터 이 도령과 놀아나는 진한 장면을 보면, 그녀는 당시의 기생보다 더했으면 더했지 조금도 모자랄 게 없다. 따라서 이 주장은 틀린 얘기가 아니다. 이 첫날밤 이야기는 뒤에 자세히 알아보도록 한다.

둘째는 춘향이 기생이 아니라는 주징이다. 『춘향진』의 판본은 약 100

여 종 이상에 달한다. 이들은 기본적인 줄거리가 같으나 부분적으로 조금씩 다른 이본(異本)들이다. 이들 사이에는 서로 다른 점이 많아서 그 중에는 춘향이의 아버지를 양반인 성 참판으로 설정한 판본도 있다. 춘향이의 아버지를 성 참판으로 보면 이야기는 조금 달라진다. 즉 당시의 신분제로 보면, 아버지가 양반이고 어머니가 기생이니까, 그녀는 양반의 서녀(庶女)로, 천민이 아닌 중인(中人)이 된다. 중인은 양반과 상놈의 중간으로, 반쪽 양반이다.

그래서 이몽룡과의 관계도 불평등한 복종 관계가 아니라 서로 평등한 관계로 대등한 사랑을 했다는 주장이 가능해진다. 특히 그녀가 변학도의 수청 요구에 목숨을 걸고 거부하면서 한 지아비만을 섬기겠다는 일부종사를 부르짖는 장면에서는 그 어디에서도 기생 냄새를 맡을 수 없다. 그러니 이런 주장도 가능하다.

셋째는 춘향이가 기생이면서 기생이 아니라는 주장이다. 이 말은 얼른 이해하기 힘들지만, 춘향이가 어떤 때는 기생처럼 행동하나 어떤 때는 기생이 아닌 것처럼 행동한다는 말이다. 첫날밤 이 도령 앞의 춘향이는 기생 같지만, 변학도 앞의 춘향이는 영락없는 열녀의 모습이다. 기생 춘향과 기생 아닌 춘향이 한 작품 안에서 서로 갈등한다는 것이다. 이 주장은 앞에서의 첫 번째와 두 번째 주장을 절충한 것으로 이해할 수 있다.

이와 같은 견해들은 소설 판본에 따라, 혹은 춘향의 출생담이나 평소의 언행에서, 이몽룡과의 만남과 이별의 과정에서, 또는 변학도와의 관계에서 서로 다르게 내릴 수 있는 해석이다. 그러나 첫째와 둘째 주장은 춘향이를 어느 한쪽면만 보고 분석했다는 비난을 면키 어렵다. 이에 반해, 세 번째 주장은 그녀의 양면을 분석했으니 그보나 진일보한 전면적 고찰이라 하겠다.

똑같은 춘향을 두고 이런 여러 주장들이 나오는 것을 보면 춘향이는 한마디로 말할 수 없을 만큼 신비한, 모나리자 같은 여자인 것만은 분명해 보인다. 심리학자 융이 말하기를, 가장 매력적인 여자는 우선 필수적으로 이른바 스핑크스 같은 신비한 성격을 지녀야 한다고 했다. 그래서 성격이 모호하고 복잡하며 쉽게 파악할 수 없어야 하나, 그렇다고 아무것도 없이 마냥 흐릿한 게 아니라 뭔가 희망에 가득 차 보이는 듯한 흐릿함, 모나리자가 말하는 침묵의 소리 같은 것이 있어야 한다고 했다.

이런 유형의 여성은 원숙한 동시에 풋풋하며, 어머니인 동시에 딸과 같은 느낌을 준다. 이런 여자야말로 어딘지 수상한 청순함, 천진스러움, 거기에 악의 없는 교활함까지 겹쳐 남성을 포근하게 만들어 주는 것이라고 말하고 있다. 춘향의 모습이 이런 매력적인 모습이 아닐까. 나는 실제 이런 여자를 만나 본 적은 없어서 잘 모르겠다.

한 사람의 참모습을 이해하려면, 겉도 중요하지만, 무엇보다 그 사람이 속으로 무슨 생각(꿈)을 품고 있는지 알아야 한다고 생각한다. 우리는 누구나 제 나름의 꿈을 꾸며 살아간다. 대통령이 되고 싶은 꿈, 돈을 많이 벌고 싶은 꿈, 애니메이션을 잘하고 싶은 꿈, 음악을 잘하고 싶은 꿈, 그저 건강하게 살고자 하는 꿈 등 크고 작은 하나씩의 소중한 꿈을 꾸면서 살아간다. 우리나라엔 대통령을 꿈꾸는 사람이 너무 많아서 문제지만 말이다.

어쨌거나 인간은 꿈을 먹고사는 존재이다. 그러나 대개의 사람들은 어지간히 가까운 사이가 아니면 자신의 진짜 생각, 즉 꿈을 숨기며 살아간다. 자신의 꿈을 이야기하기가 쑥스럽기 때문이다. 그래서 남의 진짜 속마음을 알아내기란 여간 어려운 일이 아니다. 춘향이도 마찬가지라고 생각한다. 춘향이를 제대로 이해하려면, 우선 그녀의 꿈이 무엇인지부터 알아야 할 것이다.

내 생각을 말하자면 춘향이는 분명 기생이었다. 하지만 그녀의 마음속에는 양반의 부인이 되고 싶어 하는 꿈을 품고 있었다고 본다. 그래서 춘향을 이렇게 정의하고 싶다.

"춘향은 현실적으로 기생이다. 그러나 그녀의 꿈은 양반의 부인이 되는 것이었다."

춘향이는 당시 기생의 딸이므로 현실적으로는 기생이다. 그러나 그녀는 평범한 기생이 아니었다. 양반이 되려는 다부진 꿈을 간직한, 꿈 많은 소녀였다. 이 점을 주목하지 않으면 자칫 작품의 핵심적 의미를 놓치게 된다.

그 시절에는 춘향이와 같은 신분인 기생들이 아주 많았다. 그런데 왜 유독 춘향만이 이런 꿈을 꾸게 되었을까? 그리고 그녀는 당시의 엄격한 신분제 사회에서 어떻게 자신의 꿈을 실현해 나갈 수 있었을까? 이제 이 수수께끼들을 하나하나 재미있게 풀어 나가 보기로 한다.

또한 춘향의 주변에는 많은 인물들이 있다. 이 도령과 그의 부모, 방자, 변학도, 향단이 그리고 그의 어미 월매 등이 그들이다. 이들을 가만히 살펴보면 춘향이가 꿈을 성취하는 데 도움을 주는 사람들이 있는가 하면, 어떤 이들은 오히려 훼방을 놓기도 한다. 춘향이는 자신을 도와주는 사람들의 도움에 힘입어 그를 방해하는 사람들의 훼방을 이겨 낸다. 춘향이는 강인한 여성이어서, 그 모든 고난을 극복한다. 이 과정을 따라가 보는 것이 바로 『춘향전』을 읽는 재미이다.

『춘향전』은 크게 보아 '서사 문학'이라는 장르에 속한다. 그리고 이 서사 문학의 요체는 한마디로 스토리라고 할 수 있다. 소설의 주제와 사상, 구성은 모두 스토리 안에 담겨 있으므로 스토리의 파악이야말로 소설 이해의 출발점이라 할 수 있다. 소설의 스토리를 살피면서 우리는 소설 내면의 동기나 심층적 구조 등 작품의 총체성과 관련된 요소를 찾게 된다. 그렇게 해서 이른바 플롯(plot)이 파악되며, 이 플롯이란 곧 단순한 이야기의 구성이 아니라 주제를 전달하기 위한 행동의 배열로써 그 주제를 효과적으로 구현해 나가려는 논리적인 의도인 것이다.

이렇듯 스토리의 이해에서부터 출발하여 그 작품에 대한 구조적이고 총체적인 이해가 이루어질 때, 작품의 주제는 스스로 밝혀지게 된다. 훌륭한 독자는 자기가 읽는 작품의 주제를 잘 찾아내는 사람이기도 하다. 동시에 문학 연구가의 주된 의무가 가장 풍요로운 주제를 선택하여 독자에게 제시하는 일이기도 하다.

춘향은 기생 신분으로, 양반의 부인이 되고자 하는 꿈을 꾼 여인이라고 했다. 그녀는 조선의 엄격한 신분 사회에서 모든 어려움을 물리치고 끝내 그 꿈을 실현시킨다. 크게 보면 이런 줄거리가 바로 판소리 「춘향가」인 것이다.

결국 『춘향전』에는 춘향이의 꿈, 즉 신분 상승의 욕구와 이를 허용하지 않으려는 엄격한 신분제의 현실이 서로 대립하며 갈등하고 있다. 이런 대립과 갈등이 작품의 박진감을 더하고 또한 작품에 생명력을 주는 것이다. 그러므로 본 작품의 주제를 일컬어 '양반의 부인이 되는 꿈의 실현'이라 하여도 크게 무리가 없을 것이다. 비록 동리 신재효본에는 춘향이 정실부인이 되지 못하고 소첩(小妾)이 되긴 하지만, 대부분의 다른 판본에서는 춘향이 이 도령의 정실이 되기 때문이다.

이제 춘향이가 이런 꿈을 꿀 수 있었던 연유부터 알아보자. 그런 다음 그녀에게 협조한 인물들과 방해한 인물들이 작품 전체의 구조에서 어떤 역할과 기능을 하는지 차례차례 살펴보도록 한다.

기생 딸이 어떻게 양반의 부인이 될 꿈을 꿀 수 있었을까

양반의 부인이 될 꿈을 꾼 기생의 딸 춘향. 우선 그녀는 왜 하필 양반이 되려고 했을까. 그야 어려운 질문이 아니다. 당시는 양반 사회였고, 다른 모든 사람들과 마찬가지로 춘향이 또한 당시 신분 계급 중에 양반이 가장 높고 이상적인 신분이라 여겼기 때문일 것이다.

그 시대에는 또 기생도 많았다. 춘향이도 그 기생 중의 하나였다. 그런데 왜 그 많은 기생 중에서 하필 춘향이만 이런 꿈을 꿀 수 있었던가? 이 비밀은 그녀의 출생담과 아이를 밸 징조의 꿈인 태몽(胎夢)에 어느 정도 숨겨 있다. 이런 점을 염두에 두고 그녀가 왜 양반의 부인이 될 꿈을 꾸게 되었는지 우선 알아보기로 한다.

첫째, 기생 생활을 그만둔 월매가 마흔이 넘은 후 뒤늦게 성 참판이라는 양반을 만나 춘향을 낳았다는 점이다.

월매는 젊어서는 삼남, 즉 충청도 경상도 전라도에서 유명한 관청의 기생이었다. 관기란 원래 고려 초기만 하더라도 궁중에서 음악이나 무용을 하던 여인들이었으나, 점차 지방 관청으로 보내져 수령을 위로하는 기생이 되었다. 당시만 하더라도 남자가 외지에서 벼슬을 하게 되면 식구들까지 데리고 가는 것이 아니라 대개 남자 혼자 주말부부(가능하지도 못했겠지만)로 갔기 때문에 이런 제도가 도입되었다고 본다.

이들 기생은 천인 대우를 받던 신분으로 어머니의 뒤를 이어 기생이 되는데, 태어나면 기생 명부에 등록해야 했다. 그런데 월매는 젊어서 뭇 남성들에게 인기가 있었던지라 여기저기서 화대로 많은 돈을 모았다. 그녀는 마흔이 넘은 퇴기로서 돈푼도 있고 적적하기도 해서 성가라 하는 몰락한 양반을 만났음을 짐작할 수 있다.

여기서 우리가 알게 되는 것은 춘향의 어머니는 기생이었지만, 최소한 그녀의 아버지는 비록 조선 후기의 몰락한 양반이긴 하였어도 명색은 양반이었다는 사실이다. 별 볼 일 없는 사연 같지만, 이야말로 춘향이로 하여금 양반의 부인이 될 꿈을 꿀 수 있는 실마리이다. 알든 모르든, 그리고 사회적 지위가 어떻든 아버지라는 존재는 자식이 더 넓은 세계로 나아갈 때 마땅히 거쳐야 하는 입문식의 사제(司祭)와 같은 존재이기 때문이다.

사람이 사회적으로 성장할 때 아버지란 존재는 거의 절대적인 영향을 끼친다. 특히 딸의 경우에는 더욱 그러하다. 주변에 성공한 여성들을 보라. 대개 그들의 아버지가 훌륭한 사람인 경우가 많다. 여기서 훌륭하다는 것은 돈이 많은 것과 다르다는 점을 알고 넘어가야 한다. 딸이 태어나서 제일 처음 만나는 남자가 아버지이다. 따라서 대개의 딸들은 자기 아버지를 이 세상에서 가장 이상적인 남자로 생각한다. 심리학적 용어로 말하면, 아버지가 딸의 이상적인 '아니무스(Animus)'상이 되는 것이다. 그래서 흔히 여자들이 자기 아버지와 비슷한 사람을 남편으로 택하는 경우가 많다. 남자의 경우는 이 반대로 보면 된다.

춘향이 양반 부인이 되고 싶다는 꿈을 품은 이유가 점차 분명해진다. 즉 그녀는 아버지와 같은 양반 남자를 가장 이상적인 남자로 생각했기 때문이다. 그래서 그녀는 현실적으로는 어머니 때문에 기생 신분이었지만, 그녀의 속마음에는 스스로 양반의 딸이라는 자부심과 긍지를 가지고 있었다. 그렇기에 그녀는 조선의 신분제 사회에 살면서도 기생인 천민으로서 양반의 부인이 되고자 하는 꿈을 꿀 수 있었던 것이다.

그러나 당시 신분제 사회에서 이런 그녀의 꿈이 쉽게 받아들여질 리 없었기에, 그녀는 양반이 되기 위해 당시의 신분제에 반기를 들 수밖에 없었던 것이다. 이 점은 반쪽짜리 양반이었던 홍길동과 마찬가지이다. 변학도와의 투쟁으로 요약되는 그녀의 저항은 심리학적으로 말하면 스스로의 자기(self) 발견이라 할 수 있다. 타고난 자기의 본래 모습을 발견한 것이다. 불교에서는 이를 견성(見性)이라고 한다. 춘향은 그녀가 본래 천민이 아니라 양반이라는 것을 발견했고, 그러므로 그녀는 양반이 되어야 했던 것이다.

천민 태생이나 본래의 자신인 양반으로 되돌아가기—이는 대단히 소망스럽기도 하고 매력적인 일이지만, 자기실현의 과정이란 무서운 시련을 동반하게 마련이다. 〈단군 신화〉의 곰이 사람이 되기 위해 쑥과 마늘을 먹으면서 어둠을 이겨 내는 고난을 겪어야 했듯, 춘향에게도 역시 고통이 따랐다. 변학도의 수청 요구가 그것이다. 그 고통을 이겨 내야만이 본래의 그녀, 즉 양반이 될 수 있다. 세상에 공짜는 없는 법이다.

우리는 춘향이가 양반의 부인이 될 꿈을 꿀 수 있었던 이유를 계속 추적하고 있는 중이다.

둘째, 춘향은 특별하게 태어났다는 점이다. 즉 월매가 목욕재계하고 지리산 각 사찰에 백일산제와 불공을 드리고, 그것도 모자라 최영 장군을 모신 사당에 향불을 켜고 축원을 드린 결과, 이런 지극한 정성에 하늘이 감동하여 춘향을 잉태하게 되었다고 한다.

우리는 이러한 춘향의 출생담을 통해서 춘향이 평범한 인물이 아니라, 하늘의 점지를 받고 태어난 신이한 인물임을 암시받게 된다. 또한 풍수설에 의하면 위대한 인물은 산천의 큰 정기를 타고난다고 하니, 지리산의 정기를 타고난 춘향이도 특별한 인물이 될 것임을 예감할 수 있다.

특히 조선 시대에는 자손이 제사를 받들어야 한다는 자손 봉제사의 관념이 있었다. 그렇기 때문에 제사 지낼 자식을, 특히 아들을 얻기 위하여 지극히 정성을 드리며 기도하는 방법이 많이 유행하였다. 당대 사람들은 생명의 점지는 인간이 아니라 신의 능력에 속한다고 보았으므로, 신의 마음을 움직여 자식을 얻으려고 지극한 정성을 드리며 자식을 얻게 해달라고 기도했던 것이다.

치성을 드리며 기도하는 방법에는 산신제(山神祭), 가내치성(家內致誠), 불공(佛供), 무공(巫供) 등이 있다. 산신제는 산에 가서 산신에게 빌며, 불공은 절에 가서 부처님께 빌며, 가내치성은 자기 집에서 정화수를 떠놓고 빌며, 무공은 무당에게 자기 대신 빌게 하는 것이다. 이렇게 정성을 들이면 응답이 온다고 믿었던 것이다.

이렇게 보면 춘향의 경우는 산신제와 불공과 무공을 동시에 들인 것이 된다. 따라서 그녀는 상징적 의미에서 보면 산신령의 딸, 부처님의 딸, 그리고 최영 장군의 딸이 되는 것이다. 이것은 그만큼 춘향이 특이한 존재라는 말로도 해석된다.

즉 춘향은 기생에게서 태어났으나 원래 그의 본향은 인간 세계가 아니라 신의 세계라는 말이다. 그녀는 신의 세계에서 왔으므로, 인물이 출중하고 능력이 뛰어났다. 따라서 우리는 그녀가 모든 어려움을 이겨 내고 끝내 자신의 꿈을 이루어 내리라는 것도 예상할 수 있게 된다.

셋째, 월매의 태몽이 예사롭지가 않았다.

월매는 선녀가 도화(桃花), 이화(李花) 두 가지를 두 손에 나누어 쥐고 하늘로부터 내려와 복숭아꽃을 내어 주며 이 꽃을 잘 가꾸어 배꽃에 접을 붙이면 말년에 좋은 일이 생길 것이라는 꿈을 꾸고 딸을 잉태한다.

도화, 즉 복숭아꽃은 여자를 상징하는 꽃이다. 복숭아 모양이 사랑 마크와 비슷하지 않은가. 그 꽃은 아름다운 여인에 비유되며, 그 과일을 먹으면 얼굴이 예뻐진다고 하였다. 『삼국유사』의 도화녀는 너무 아름다워서 당시 왕도 반할 정도였다. 또 복숭아는 그 형태가 여근(女根)에 비유되기도 한다. 그리고 도색(桃色), 즉 복숭앗빛은 핑크빛이라는 말로 남녀 간의 사랑을 은유적으로 표현한 것이다.

이 도화가 곧 성춘향을 가리킨다는 것은 말할 필요도 없다. 남은 것은 이화다. 이화는 이씨 성을 가진 이몽룡을 가리키는 것이다. 이화(梨花)는 배꽃으로, 희망과 건강을 상징한다. 그리고 배는 정의, 선한 정치, 정의로운 재판을 상징한다. 따라서 이화로 상징되는 이몽룡은 정의로운 사람으로, 앞으로 정의로운 재판을 벌일 것이며 나아가 선정을 베풀 것을 예견할 수 있다. 이 꿈대로 이 도령은 후일 의롭지 못한 변학도의 학정을 심판하고 선한 정치를 하게 된다.

또한 도화(桃花)를 이화(梨花)에 접붙이면 늙어서 좋으리라는 것은, 춘향이가 이몽룡과 결혼을 하게 되면 말년이 좋게 될 것을 암시하는 말이다. 초년고생은 있어도 말년 운은 좋으리라는 것이다.

여기서 보듯이 훌륭한 문학 작품일수록 그 속에 나오는 꽃 하나하나에도 다 제 나름의 깊은 의미를 지니고 있음을 엿볼 수 있다. 그래서 세상의 그 많은 꽃 중에서 왜 하필 이화와 도화를 선택했는지를 생각하면, 정말 이런 작품을 남긴 우리 선조들의 지혜에 입이 다물어지지 않을 뿐이다.

결국 춘향은 양반 아버지를 두고, 기생인 어머니가 산신령과 부처님과 최영 장군에게 치성을 드려 태어났다. 그러므로 그녀는 평범한 기생이 아니라 양반이 될 꿈을 꾸고, 동시에 이를 이룰 수 있는 신령한 존재라는 것이 그녀의 출생담에 담겨 있다 할 것이다. 또한 앞으로 이씨 성을 가진 사람과 결혼하여 말년에는 그녀의 모든 꿈을 이루고 행복하게 살게 될 것이라는 것을 그녀의 태몽에서 유추할 수 있게 된다.

주도면밀한 춘향이

그러나 춘향은 막연히 양반의 부인이 될 꿈만 꾸고 있던 몽상가가 아니었다. 그녀는 상당히 주도면밀한 여자였다. 그녀는 일곱 살 때부터 당시 양반 부녀자가 갖추어야 할 조건들을 하나하나 착실히 준비해 갔다. 곧 문장과 음악과 바느질과 음식 등이 그것이었다. 이것들은 당시 사대부 집안의 여자들이 갖추어야 할 필수 요건들이었다.

작품에서 그녀의 문장은 허난설헌이요, 필법은 신사임당이요, 음률은 황진이요, 바느질은 하늘에 있는 선녀와 같을 만큼 뛰어났다고 한다. 그 분야에서는 내로라하는 뛰어난 위인들과 동격으로 묘사된 것이다. 그리고 열녀들의 이야기책인 『열녀전』「내칙」편을 밤낮으로 공부하여 일거수일투족이 사대부 집안의 여자와 다름이 없었다고 한다.

요즘은 여자를 보는 관점이 사람마다 다르겠지만, 조선 시대만 하더라도 여자는 우선 음식 솜씨가 좋아야 했다. 부인이 음식을 잘 해서 가족을 잘 먹여야 그 가족의 건강이 유지되기 때문일 것이다.

다음으로 바느질 솜씨가 있어야 했다. 지금은 세탁소나 수선소 같은데 맡기면 되겠지만 당시에는 가족들의 옷을 직접 만들어 입히고, 수시로 해진 곳을 수선해 입혀야 했으므로 바느질 솜씨 역시 여자의 필수 덕목이었다.

옷을 기워 입는 이야기는 사실 그리 오랜 세월을 거슬러 올라가지도 않는다. 내가 어렸을 때만 해도 어머니는 밤이 되면 어두운 호롱불 밑에 앉아 식구들의 떨어진 양말이나 옷가지를 꿰매곤 하셨다. 그때는 왜 그렇게 양말에 구멍이 잘 났던지, 처음 나일론 양말이 나왔을 때 얼마나 인기가 있었는지는 요즘 젊은이들은 전혀 이해하지 못할 것이다.

아무튼, 음식과 바느질은 그렇다 치고 양반가의 여자들은 문장과 음악까지 알아야 했다. 문장과 음악은 생활 필수가 아니라 상류층의 교양 필수였다. 풍류를 알고 시 한 수쯤은 지을 수 있어야 당시에 양반 행세를 할 수 있었다. 요즘 서양에서도 상류층에 들려면 외국어 하나, 스포츠 하나, 악기 하나는 다루어야 한다고 하는데, 예나 지금이나 사람 사는 곳이면 동양이든 서양이든 서로 통하는 데가 있는 모양이다.

춘향이는 당시 일반 부녀자들이 갖추어야 할 필수 요건인 음식 솜씨나 바느질뿐만 아니라, 양반 부녀자들의 교양 필수인 문장과 음률까지도 하나하나 터득하여 사대부 집안의 여자들과 다르지 않게 되었다. 그녀는 사대부의 짝이 될 수 있는 '사대녀'가 되기 위해 이런 과정들을 하나하나 착실히 준비해 갔던 것이다.

음풍을 날리는 춘향이

양반의 부인이 될 준비를 다 마친 춘향은 이제 스스로 찬스를 만들게 된다. 기회는 주어지기도 하지만, 적극적인 사람은 스스로 만들기도 하는 것이다. 춘향은 상당히 적극적인 여자였다. 그래서 그녀는 단옷날 바람난 양반들이 많이 찾아오는 광한루에 나가 치맛바람을 일으켰다. 이미 지적했듯이 춘향의 이런 행동은 은연중에 양반에게 접근하여 양반의 부인이 되겠다는 생각이 있었기 때문으로 해석된다.

당시 일반 부녀자들은 자기 집 후원에서 그녀를 탔지만, 춘향은 자기 집 뒷마당이 아닌 광한루에 나가 그녀를 탔다. 물론 당시에도 단옷날이면 처녀들이 그네 터에 나가 그네를 탔지만, 춘향이 하필 광한루에 나가 치맛바람을 일으킨 것은 예사롭지 않다. 광한루는 양반들이 주로 놀러 오는 공원이었기 때문이다. 그러니 그런 그녀의 행동에서 바람난 양반 자제를 유혹하려는 의도를 읽지 않을 수 없는 것이다.

　　춘향이가 탄 그네에서 우리는 두 가지의 상징적 의미를 읽을 수 있다.
　　첫째, 그네란 땅을 박차고 하늘로 솟아오르는 놀이이다. 춘향이 그런 그네를 타는 것은 자신을 옭아매고 있는 기생의 신분을 박차고 당시로서는 하늘 같은 양반의 세계로 날아오르고 싶은 그녀의 꿈을 상징하는 것으로 볼 수 있다. 그네 타기는 곧 천상의 공간에 줄을 매고 지상을 벗어나고자 하는 허공의 놀음이라는 견해는 흠잡을 데가 없다.
　　바로 이 장면을 두고 미당 서정주는 '추천사'라는 유명한 시를 짓기도 하였다. 이 시는 춘향이의 마음을 잘 나타내는 시이므로 한번 감상해 보고 넘어가기로 하자.

　　　추천사(鞦韆詞)

　　　향단(香丹)아 그넷줄을 밀어라
　　　머언 바다로

배를 내어 밀듯이,
향단(香丹)아

이 다수굿이 흔들리는 수양버들나무와
벼갯모에 뇌인 듯한 풀꽃댐이로부터,
자잘한 나비새끼 꾀꼬리들로부터
아조 내어 밀듯이, 향단(香丹)아

산호(珊瑚)도 섭도 없는 저 하늘로
나를 밀어 올려 다오.
채색(彩色)한 구름같이 나를 밀어 올려 다오.
이 울렁이는 가슴을 밀어 올려 다오!

서(西)으로 가는 달같이는
나는 아무래도 갈 수가 없다.

바람이 파도(波濤)를 밀어 올리듯이
그렇게 나를 밀어 올려 다오.
향단(香丹)아.

이 시는 춘향이 그넷줄을 타고 하늘로 올라가려는 내용을 노래한 시이다. 그녀는 주변에 있는 수양버들과 풀꽃뎀이와 자잘한 나비새끼, 그리고 꾀꼬리들로부터 아주 멀리 떠나고 싶었던 것이다. 떠나고 싶은 이 모든 것들은 지상의 것들을 대표한다. 그녀는 이런 구질구질한 것들로부터 떠나 저 멀리 산호도 섬도 없는 저 하늘로 올라가고 싶었던 것이다. 그곳은 바로 그녀가 꿈꾸던 양반 세상이라고 할 수 있다.

거기에 간다고 생각하니 가기도 전에 벌써 가슴부터 울렁거렸다. 그러나 그녀는 달처럼 가만히 앉은 채로는 그냥 거기에 도달할 수 없다는 것을 너무나도 잘 알고 있는 현명한 여자였다. 거기에 도달하기 위해서는 바람에 밀리는 파도처럼 쉬지 않고 노력해야 한다는 사실을 그녀는 알았던 것이다.

이 시에서 우리는 파도처럼 끊임없는 불굴의 노력으로 언젠가는 거기 하늘에 도착하고 말겠다는 강인한 그녀의 의지를 읽을 수 있다. 이 시 한 수를 통해서 미당 서정주야말로 춘향의 본심을 정확히 꿰뚫고 있었음을 알게 된다. 미당이니까 이런 시를 지을 수 있는 것이다.

자, 다시 하던 얘기로 돌아가자. 그네 타기의 두 번째 상징적 의미는 곧 춘향이 남자들을 향해 음란한 음풍(陰風)을 날린다는 것이다.

조선 사회에서 단오절 풍속 중에 재미있는 것이, 이날 부녀자들이 그네를 타러 갈 때에는 속옷을 새것으로 갈아입지 못하게 했다는 것이다. 즉, 헌 속옷만을 입게 했다는 것인데, 그네를 뛸 때 이 속 때 묻은 속옷이 음풍을 흩날려서, 그 음풍이 비구름을 몰아와 메마른 대지를 적셔 준다는 믿음 때문이었다.

단오절 무렵이면 농사철로 모내기를 할 때라 비가 필요한 때였다. 양(陽)인 하늘에 비를 부르기 위해서 음(陰)인 여자들이 음풍을 날렸던 것이다. 하늘도 여자에겐 약한 모양이다.

춘향이 그네를 타면서 음풍을 날린 것은 물론 이러한 풍습의 연장선상에 있지만, 그러나 동시에 이 도령 같은 양반 남자를 유혹하려는 의도와 자연스레 연결된다. 하늘뿐만 아니라 남자도 역시 양(陽)이기 때문이다.

어쨌거나 이때 그녀의 올가미에 덥석 걸려든 양반이 다름 아닌 이몽룡(李夢龍)이었다. 그는 이름 그대로 춘향이가 '꿈에 그리던 용'이 아닌가. 시쳇말로 하면 춘향이는 재벌 2세쯤 되는 '봉'을 낚은 셈이다.

꿈속의 용을 만나다

춘향은 주도면밀한 여자라고 했다. 그녀에게 걸려든 이 도령은 방자를 시켜 다짜고짜 만나자는 편지를 보냈다. 하지만 그녀는 곧바로 답장을 하지 않았다. 우선 걸려든 이 도령이 진짜 용인지 가짜 용인지를 확인하는 점검 시간이 필요했던 것이다.

이에 그녀는 먼저 심부름 온 방자의 말을 들어 본다. 방자는 자기가 모신 도련님이 좋은 집안 출신으로 오래지 않아 장원 급제할 것이며, 머지않아 한림학사 규장각과 이조 참의 대사성이 되고, 외직으로 나가면 성천 부사, 의주 부사, 전라 감사, 평안 감사가 될 것이라는 말을 자랑삼아 늘어놓았다. 그녀는 방자의 말로 미루어 이몽룡이 보통 양반이 아니라 양반 중에서도 용과 같이 뛰어난 양반으로, 앞으로 크게 출세할 양반임을 직감한다. 그렇다고 당장 결단을 내리느냐 하면 그건 또 아니다. 주도면밀하니까.

뒤이어 그녀는 언젠가 이 도령을 보았다는 향단이의 말을 들어 본다. 향단이는 이 도령이 예쁘다고 하면서, 처음 보는 인물이요, 그림에 비유하자면 용도 같고 봉황도 같다고 하면서, 자기가 먼저 흥분하여 이 도령의 자랑을 늘어놓는다. 이 말을 듣고서야, 춘향은 방자의 말이 거짓이 아님을 확인한다. 요즘 말로 하면 '크로스 체크'로 이 도령의 정체를 확인해 본 것이다.

방자와 향단의 말을 종합해서 춘향은 이 도령이야말로 그녀가 그렇게 꿈꾸어 오던 양반, 즉 자신의 꿈을 실현시켜 줄 수 있는 이상적인 남성상임을 확신하였다. 융의 분석심리학으로 말하면 춘향은 그녀의 아니무스상, 즉 이상적인 남성상을 이 도령에게서 발견한 것이다. 이 도령은 그녀의 아버지와 같은 양반이요, 게다가 더욱 훌륭한 양반이었기 때문이다. 그녀는 드디어 이몽룡에게 답장을 보낸다.

춘향은 한시로 이 도령에게 답장을 썼으니, '문왕(文王)이 구여상(求呂尙), 황숙(皇叔)이 방공명(訪孔明)'이 그것이다. 그녀는 왜 한문으로 답장을 썼을까? 간단히 말하자면, 그녀도 한문을 안다는 것이다. 이 도령이 그녀에게 한문으로 편지를 보냈으니, 그녀도 답장을 한문으로 쓴 것이다. 즉 양반인 이 도령만 한문을 아는 것이 아니라 자기도 안다는 것이다. 자신은 비록 겉의 신분은 기생의 딸이지만 속으로는 당시 양반 부인네와 다름없는 문자 속을 갖추고 있음을 은연중 내비치는 앙큼한 모습이라 아니할 수 없다. 요즘 같으면 영어로 쓰지 않았을까.

이런 면에서 춘향은 정말 귀여운 여자이다. 조선의 양반과 상놈의 기준을 문자로 말하면, 한문을 아느냐 모르느냐의 차이라고 할 수 있다. 한문을 알면 양반이요, 모르면 상놈이다. 마치 오늘날 지식인의 기준이 영어를 아느냐 모르느냐의 차이인 것처럼, 어느 시대나 외국어 하나쯤은 알아야 행세깨나 하는 모양이다. 왜냐고? 다른 이유가 아니라, 얻어 듣는 정보의 양에 차이가 나기 때문이다.

춘향이 보낸 한시의 뜻은 '주나라 문왕이 위수 남쪽에서 여상 같은 훌륭한 사람을 만났고, 촉한의 시조인 유비가 삼고초려(三顧草廬)하여 제갈량을 찾았다.'는 뜻이다. 첫 번째 구는 즉 이 도령을 문왕에, 자신을 여상에 비유한 것이니 이 도령이 여상같이 훌륭한 자기를 만났다는 말이 되고, 두 번째 구는 만난 것은 좋은데 유비 현덕이 제갈 공명 같은 훌륭한 사람을 얻기 위해서 세 번이나 초가집을 찾아가는 삼고초려를 했듯이, 이 도령도 자기를 만나려면 서너 번은 찾아와야 할 것이라는 뜻이 된다.

무릇 여자란 이렇게 잘난 척하며 튕기는 맛도 좀 있어야 하는 게 아닐까. 게다가 이 도령과 자신의 만남을 역사적인 만남에 비유한 그 센스가 어딘가? 그래서 글을 받아 읽은 이 도령으로 하여금 이렇게 감탄하게 만드는 것이다.

"재주 있는 여자야, 귀여운 여자야! 빨리 쓴 답장이 어찌 이렇듯 조리가 밝으냐?"

그녀는 정말 귀엽고 재주 많은 여자이기도 했다. 동시에 이를 알아본 이 도령 역시 재주 많은 남자라 아니할 수 없다. 영웅이 영웅을 알아본다고 하지 않던가.

편지를 주고받은 춘향은 못 이기는 척 이 도령을 만나, 잠깐 얼굴만 비친 다음 자기 집이 멀지 않다는 말을 남기며 사라져 버린다. '여자가 꼬리 친다.'는 말이 여기에 딱 들어맞는 장면이 아닌가 한다. 이런 면을 보면, 춘향이 남자를 유혹하는 데 상당한 소질이 있다는 사실은 두말을 요하지 않는다. 이렇게 꼬리만 보이면서 상대방에게 여운을 남겨야 남자가 꼬리 아닌 몸체까지 보고 싶어 안달을 내는 법이다. 실제 여자의 홀라당 벗은 모습보다는 반쯤 감춘 모습에서 남자들이 훨씬 더 신비한 아름다움과 매력을 느낀다. 그래서 옛날에는 소매를 걷어도 반만 걷었는데, 요즈음 젊은이들은 도통 이런 여운의 미를 잘 모르는 것 같아 안타까울 뿐이다. 고급 음식점에 가 보라. 그런 집일수록 음식 맛은 좋지만 양은 작다. 그들은 손님들로 하여금 한 숟갈 더 먹고 싶은 마음이 들 때쯤 음식을 떨어지게 만든다. 여운을 남겨 주는 것이다. 연애의 법칙도 이 속에 숨어 있다.

피는 못 속인다는 말이 있듯이, 춘향 역시 '삼남의 명기'였던 어머니와 마찬가지로 남자를 유혹하는 데는 남다른 재주를 타고난 듯하다. 그녀가 꼬리만 보인 것은 결국 기생으로서 이 도령을 유혹하려는 고차원적인 작전으로 볼 수 있다. 이에 안달이 난 이 도령은 집으로 돌아왔지만 책이 눈에 들어올 리가 만무한 일. 오후 내내 춘향이 생각만 하다가, 날이 어두워지자마자 당장 방자를 앞세우고 그녀의 집으로 찾아간다. 도저히 참을 수 없었던 것이다.

춘향의 작전이 성공했다. 월매와 춘향이는 이 도령을 맞아들였다. 이 세 사람, 월매와 춘향, 그리고 이 도령을 한번 생각해 보자. 월매는 젊어서부터 남자 다루는 데는 이골이 난 노련한 기생이고, 춘향은 그런 모습을 곁에서 보고 자란 딸이다. 이들 눈에 이 도령은 어떤 모습으로 보였을까. 아마도 세상 물정 모르는 백면서생(白面書生)으로밖에 보이지 않았을 것이다.

두 모녀는 소위 이 도령이 춘향을 영원히 잊지 않겠다는 맹세문인 「불망기」라는 것을 가지고 이 도령과 거래를 시작한다. 이 「불망기」는 하등의 법률적 구속을 갖지 못하는 문서이다. 즉 그 내용을 어겼다 해서 법적으로 어떠한 처벌도 받지 않는다는 말이다. 사랑의 맹세에 무슨 정부의 인가가 필요하겠는가? 그렇다면 왜 그들은 그렇게 이 「불망기」를 받아내려고 집착했을까? 이런 문서를 만드는 것은 당시 서민들이 아니라, 아전이나 양반들이 즐겨하던 버릇이었다. 그러므로 월매와 춘향이 「불망기」를 받고서야 몸을 허락하는 것은 이 도령에게 자기들도 양반과 다를 바 없음을 강조한 것이라 할 것이다. 나아가 춘향이 자신 또한 양반의 자손이라는 것을 은연중에 계속 이 도령에게 주입시키고 있는 것이다.

게임의 결과는 볼 필요가 없다. 그들은 결국 이 도령을 구워삶아 「불망기」를 받아 낸다. 이들 간의 1차전은 춘향이의 완승으로 끝났다. 남녀 간에 첫 싸움에 이기면 대개 다음 싸움에서도 이길 가능성이 많다. 그러므로 처음 싸움은 무조건 이겨야 한다.

「불망기」를 통하여 그녀를 본처인 초취(初娶)같이 여기겠다는 말을 받아 낸 춘향은 드디어 몸을 허락하게 된다. 사랑 속에는 언제나 환상이 피어오르게 마련이다. 거기에는 희망과 이상이 있기 때문이다. 이에 춘향은 이 도령과의 사랑 속에서 커다란 꿈을 꾼다. 춘향에겐 양반의 부인이 되는 큰 꿈이었다.

이어 이 도령과 춘향의 첫날밤과 뒤이은 두 사람만의 밤을 지내는 장면들이 나온다. 이 부분은 『춘향전』에서 가장 자세하고 또 가장 확장되어 있는 장면이기도 하다. 『춘향전』은 누가 뭐래도 사랑을 소재로 한 작품이니까. 두 청춘 남녀가 처음으로 성을 경험하는 데서부터 시작해 차츰 거기에 익숙해져 가는 모습을 곡진하고도 흥미진진하게 그리고 있는 이 장면에서 우리는 두 사람의 참사랑을 확인할 수 있다. 두말할 나위 없이 『춘향전』의 가장 중요한 부분이다. 어찌 우리가 그냥 지나칠쏘냐.

춘향이 드디어 치마를 벗다

먼저 춘향과 이 도령의 첫날밤 장면이다. 사랑은 일종의 전쟁이라는 말이 있다. 모든 전쟁은 치열하다. 이제 이들 사이의 전쟁 장면들을 문

구멍 속으로 하나하나 들여다보기로 한다.

　두 사람이 건너가고, 춘향과 도련님이 마주 앉아 있으니, 그 일이
어찌 되겠느냐.
　저녁노을을 받으면서 삼각산 제일봉에 봉과 학이 마주 앉아 서로
춤추는 듯, 이 도령이 두 활개를 펼쳐 들고 춘향의 섬섬옥수를 받들
듯이 감쳐 잡고 옷을 공교로이 벗기다가, 두 손길 썩 놓더니 춘향의
가는 허리를 바싹 안고 말했다.
　"춘향아! 치마를 벗어라!"

　이야기는 먼저 이 도령이 춘향의 옷을 벗기는 대목에서 시작하고 있
다. 이때 두 사람의 모습을 새의 모습으로 그리고 있는 것이 재미있다.
곧 이 도령이 두 활개를 펼쳐 들고 암놈에게 다가가는 학의 모습으로,
봉처럼 다소곳이 앉아 있는 춘향에게 접근한다. 이어서 옷을 벗기는데,
춘향이 움직이지 못하게 손을 감쳐 잡고 서투른 솜씨로 천천히 그러나
공교로이 벗겨 나간다.
　춘향은 처음이라 흥분된 심장으로 땀이 날 지경이다. 이를 눈치챈 이
도령이 갑자기 춘향이에게 직접 치마를 벗으라고 말한다. 이 말이 두
사람 사이의 흥분된 긴장감을 깨뜨리면서 동시에 듣는 사람들로 하여금
두 사람만의 공간 속으로 이입시킨다. 아무리 보아도 내가 보기엔 이
도령은 도사다.

춘향이가 처음 일일 뿐만 아니라, 부끄러워 고개를 숙이고 몸을 튼다. 이리 곰실 저리 곰실 푸른 연못에 붉은 연꽃이 미풍을 만나 흔들리듯 한다.

이 도령이 겨우 치마를 벗겨 놓고, 바지 속옷 벗길 때에 무한히 실랑이를 한다.

이리 곰실 저리 곰실 동해의 푸른 용이 굽이치듯 한다.

"아이고, 놓아요! 좀 놓아요!"

"에라, 안 될 말이다!"

실랑이 끝에 춘향의 속옷 끈 끌러, 발가락에 딱 걸어 끼어 안고 진득하게 누르며 기지개를 켜니, 발길 아래 뚝 떨어진다.

옷이 활짝 벗겨지니 희디흰 백옥 덩어리 이보다 더 낫겠는가!

이때 두 사람의 몸놀림은 말 그대로 '이리 곰실 저리 곰실'이다. 다시 말해 몸놀림이 서투르고 수줍어하지만, 한편 젊음의 활기가 느껴진다. 그 모습은 다시 연꽃이 가벼운 바람에 흔들리는 모습으로 이어진다.

치마를 벗기고 이제 속옷을 벗기려 하자 춘향이 약간의 반항을 한다. 처녀의 속성일 것이다. 이 반항을 판소리 창자(唱者)는 두 사람의 실랑이로 발전시키면서 이 도령이 춘향이를 놀리는 모습으로 전환시킨다. 이 도령이 '옷끈 끌러, 발가락에 딱 걸어'와 같이 힘을 주어 잡고 옷을 벗긴다. 그 모습은 '끼어 안고 진득하게 누르며 기지개를 켜니'처럼 어쩌면 우스운 비유법을 사용하여 듣는 이로 하여금 긴장감과 흥분을 없애 준다. 지나친 흥분은 몸에 해로운 법이다.

　　도련님이 춘향의 거동을 보려고 슬그머니 손을 놓으면서,
　　"아차차! 손 빠졌다!"
　　그러자 춘향이 얼른 이불 속으로 달려든다.
　　이 도령이 왈칵 쫓아 드러누워 바지저고리를 벗어, 춘향 옷과 모두 한데다 둘둘 뭉쳐 한편 구석에다 던져두고, 둘이 안고 마주 누웠으니 그대로 잘 리가 있나.
　　일이 끝날 때까지 삼베 이불은 춤을 추고, 샛별 요강은 장단을 맞추어 청그렁 쟁쟁, 문고리는 달랑달랑, 등잔불은 가물가물, 맛이 있게 잘 자고 났구나.
　　그 가운데 재미있는 일이야 오죽했겠는가.

옷을 다 벗기고 나자 이젠 둘이 이불 속으로 들어가는 일만 남았다. 이것도 그냥 처리하지 않는다. 이 도령이 일부러 '손 빠졌다'고 하면서 슬그머니 손을 놓아 버린다. 이때 춘향이가 잽싸게 이불 속으로 달려든다. 제 딴에는 도망간다고 재빠른 동작을 취하는 것처럼 하고 있지만 실은 이 도령이 원하는 바가 그것이다. '도련님 왈칵 쫓아 드러누워'라는 다음 대목에서 그것을 알 수 있다.
　　그다음은 이불이 춤을 추고, 요강이 장단을 맞추고, 문고리마저 달랑달랑하는 흔들림의 세계이다. 말 그대로, 재미있는 일들이야 오죽하랴?

이로써 이제 듣는 이로 하여금 각자 제 나름의 경험에 비추어 가지가지 상상의 세계로 빠져들게 해 준다. 여운의 맛이란 바로 이런 것이다.

『춘향전』에서 첫날밤은 이렇게 이불 밖에서 이불 안으로 자연스럽게 옮겨 가는 것으로 되어 있다. 뻔히 예정되어 있는 수순이지만, 성을 주도하는 남성과 그것을 거부하는 척하면서도 결국은 순종하는 여성의 다소곳한 모습이 전혀 거북하지 않게 그려져 있다. 또한 두 사람이 실랑이하는 대목에서 보이듯이, 이때 주도적인 형상은 생동하는 청춘의 '몸'이다. 율동감 있는 입체적 '몸'이 말 그대로 '이리 곰실 저리 곰실'하면서 부딪치는 데서 두 사람의 숨결이 그대로 느껴진다. 이는 '순식간에 천변만화(千變萬化 : 끝없이 변화함)!' 천만 번 두드려 만든 판소리의 전형적 장면이다.

이때 이들의 나이가 이팔이다. 이들을 떠올릴 때면, 요즘 청소년들의 풍기 문란도 그렇게 크게 걱정하지 않아도 좋을 듯하다.

「사랑가」 속에 숨겨진 의미

하루 이틀 지나가니, 어린것들이라 새로운 맛이 재미있고 친숙해져 부끄러움은 차차 멀어졌다. 이제는 서로 농담도 하고 웃기는 말도 하여 자연 「사랑가」가 되었다.

사랑으로 노는데, 뚝 이 모양으로 놀았던 것이다.

첫날밤의 흔들림의 세계가 지나자 문득 말투가 '것이다'라는 해설체로 바뀌면서 전혀 다른 공간의 세계를 만든다. 장면이 확 바뀌면서 이제부터는 첫날밤에 문제가 되었던 두 몸의 부딪침이 아니라, 두 몸의 결합 이후에 일어날 수 있는 여러 가지 문제들을 예고하는 것이다. 사랑만큼 복잡한 문제를 많이 낳는 게 또 있을까. 그것이 여러 종류의 「사랑가」로 나타난다.

사랑 사랑 내 사랑이야,

동정호 칠백 리에 달이 뜰 때 태산같이 높은 사랑,

끝없이 흐르는 물 푸른 바다같이 깊은 사랑,

높은 산꼭대기 달 밝으니 가을 산 봉오리마다 가득한 달빛 사랑,

해지고 떠오른 달 사이에 복숭아 오얏꽃 피는 사랑,

가느다란 초승달 아래 온갖 교태를 품은 사랑,

달 아래 삼생 연분 너와 나와 만난 사랑,

허물없는 부부 사랑,

꽃비 오는 동산에 목단같이 펑퍼지고 고운 사랑,

연평 앞바다 그물같이 얽히고설킨 사랑,

은하수의 직녀가 짠 옷감같이 올올이 이은 사랑,

아름다운 누각에 잠든 미녀의 이불같이 솔기마다 감친 사랑,

시냇가 수양같이 청처지고 늘어진 사랑,

남창북창에 쌓인 곡식더미같이 다물다물 쌓인 사랑,

금은으로 장식한 장롱의 장식같이 이모저모 잠긴 사랑,

영산홍 위에 내린 이슬 위로 봄바람이 넘노니 벌, 나비 꽃을 물고
즐긴 사랑,

푸른 물 맑은 강에 원앙새처럼 마주 둥실 떠 노는 사랑,

해마다 칠월 칠석 밤에 견우직녀 만난 사랑,

육관 대사 성진이가 팔선녀와 노는 사랑,

김 진사가 운영을 만난 사랑,

당나라 현종이 양귀비를 만난 사랑,

명사십리 해당화같이 어여쁘고 고운 사랑,

네가 모두 내 사랑이로구나!

어화 둥둥 내 사랑아,

어화 내 간간 내 사랑이로구나!

이 대목을 읽으면 누구나, '세상에 사랑이 이렇게 많은 줄은 정말 몰
랐구나.'라는 생각을 하게 될 것이다.

먼저 높고도 넓은 사랑이다. 동정호, 무산, 하늘, 창해 등이 그것이다.
다음으로 분위기 있는 시간에 서로 같이하는 사랑이다. 달빛, 복숭아,
오얏꽃, 초승달 등이 그것이다. 이어서 부부간의 사랑으로 허물없는 사
랑이다.

다음으로 사랑을 비유한 것이다. 펑퍼지고, 얽히고, 맺히고, 올올이
잇고, 혼솔마다 감치고, 청처지고, 늘어지고, 다물다물 쌓이고, 모모이

잠긴 사랑이 그것이다. 이때 이 형상들은 모두 두 사람의 마음과 몸이 맺어진 모습의 형상화라 해야 할 것이다. 특히 펑퍼지고 얽히고 등의 표현이 재미있다. 젊을 때가 지나면 펑퍼지게 되는 법이다. 따라서 이들 사랑이 펑퍼질 때까지 지속될 사랑임과 동시에, 두 사람 사이에 얽힐 온갖 감정의 끈들을 여실히 보여 주고 있다.

　이어서 다시 분위기는 화려하게 바뀌어 영산홍에 내린 이슬에 벌, 나비와 푸른 물 맑은 강에 원앙새처럼 서로 넘실거리며 마주하고 있는 모습을 보여 준다. 이것은 견우직녀가 사랑하는 모습일 것이다. 마지막으로 '내 사랑'이라는 말을 세 번이나 반복하여 강조하고 있다. 하지만 전혀 '세 번이나 반복'한 것 같지가 않다. 이 대목에서는 수백 번을 반복해도 괜찮을 것이다. 왜냐하면 앞에서 사랑의 형상들이 너무나 많이 반복되었기에 이미 청자의 머릿속은 사랑으로 꽉 차 있기 때문이다. 거기에 세 번쯤 더 집어넣어 보아야 아무런 표도 나지 않을 것이다.

　　여봐라, 춘향아!
　　저리 가거라! 가는 태도를 보자.
　　이만큼 오너라! 오는 태도를 보자.
　　빵긋 웃고 아장아장 걸어라! 걷는 태도를 보자.
　　너와 나와 만난 사랑 연분을 팔자 한들 팔 곳이 어디 있나.
　　살아서 사랑 이러하니 어찌 죽은 후 기약이 없겠느냐.

너는 죽어 될 것 있다.

너는 죽어 글자 되어 따 지(地) 자, 그늘 음(陰) 자, 아내 처(妻) 자, 계집 녀(女) 자 변(邊)이 되고,

나는 죽어 글자 되어 하늘 천(天), 하늘 건(乾), 지아비 부(夫), 사내 남(男), 아들 자(子) 몸이 되어, 계집 녀(女) 변(邊)에다 딱 붙여서 좋을 호(好) 자로 만나 보자.

사랑 사랑 내 사랑이로구나.

또 너 죽어 될 것 있다.

너는 죽어 물이 되되 은하수 폭포수 만경 창해수 청계수 옥계수 큰 강 모두 던져두고, 칠 년 큰 가뭄에도 늘 재미있게 처져 있는 음양수(陰陽水)란 물이 되고,

나는 죽어 새가 되되 두견새도 되지 말고, 홍학 청학 백학이며, 대붕새 그런 새가 되지 말고,

쌍으로 오가면서 떠날 줄 모르는 원앙새가 되어

푸른 물에 원앙새처럼 어화둥둥 떠돌거든 나인 줄을 알려무나.

사랑 사랑 내 간간 내 사랑이야!

이어서 생전 사랑으로는 만족하지 못해 사후 기약까지 하고 있다. 여기서는 앞서 상당히 흥겨운 분위기에 비해 조금 딱딱한 어투가 눈에 띈다. 자신들의 사랑을 천지, 건음, 부처(夫妻), 자녀 등의 양상 범주를 이용한 글자 놀이로 표현하고 있기 때문이리라. 뒤이어 뭐뭐는 되지 말고

음양, 원앙이 되라고 하면서 한자어들을 잔뜩 나열하고 있다. 이 사랑가를 만든 사람들은 이전의 부드러운 대목에 뒤이어 딱딱한 분위기로 사랑의 개념 규정을 연출할 필요를 느꼈던 것이다.

세상이란 부드러운 게 있으면 딱딱한 것도 있게 마련이다. 그래야 재미가 있는 법. 따라서 부드러운 서술 뒤에는 딱딱한 서술이 있어야 제격인 것이다. 부드러움과 딱딱함, 이 맛을 알면 세상맛을 대충 아는 사람이다.

이 도령의 사랑가가 끝나자, 웃음을 참고 있던 춘향이 말을 받았다.

"싫어요. 그런 건 되기 싫어요."

앙탈을 부리는 춘향이 더 사랑스러운지, 이 도령은 이내 가사를 고쳐 흥을 더한다.

"그러면,

너 죽어 될 것이 있다.

너는 죽어 경주 인경도 되지 말고, 전주 인경도 되지 말고, 송도 인경도 되지 말고,

장안 종로 인경 되고,

나는 죽어 인경 망치되어,

삼십삼천 이십팔수를 따라,

질마재 봉화 세 자루 꺼지고, 남산 봉화 두 자루 꺼지면,

인경 첫마디 치는 소리 그저 '뎅뎅' 칠 때마다,

다른 사람 듣기에는 인경 소리로만 알아도,

우리 속으로는 '춘향 뎅', '도련님 뎅'이라 만나 보자꾸나!

사랑 사랑 내 간간 내 사랑이야!"

이 소리를 듣고 나서 애교 가득한 눈짓으로 춘향이가 교태를 부린다.

"아니 그것도 나는 싫어요."

그러자 이 도령이 다시 가사를 고쳐 부른다.

"그러면,

너 죽어 될 것 있다.

너는 죽어 방아 바닥이 되고, 나는 죽어 방앗공이가 되어,

경신년 경신월 경신일 경신시의 강태공 조작방아

그저 '떨꾸덩 떨꾸덩' 찧거들랑 나인 줄 알려무나.

사랑 사랑 내 사랑 내 간간 사랑이야"

춘향이 하는 말이,

"싫어요. 그것도 나 아니 될래요."

춘향이의 말 한마디 한마디에 이 도령의 애간장이 녹아난다.

"어째서 그런 말을?"

"나는 어찌 지금이나 나중이나 항시 밑으로만 되라니까, 재미없어 못쓰겠소."

"그러면,
너 죽어 위로 가게 하마.
너는 죽어 맷돌 위짝이 되고,
나는 죽어 밑짝 되어,
이팔청춘 꽃미남 꽃미녀들이 섬섬옥수로 맷대를 잡고 슬슬 돌리면,
하늘은 둥글고 땅은 모난 듯이 휘휘 돌아가거든,
나인 줄을 알려무나."

"싫소! 그것도 아니 될래요! 위로 생긴 것이 화가 나게만 생기었소. 무슨 년의 원수로서 일생 한 구멍이 더하니 그것도 나는 싫소!"

사후 기약은 이어지나 이번에는 전혀 분위기가 달라진다. 먼저 두 사람이 매일 밤 종각의 종을 28번 쳐서 통행금지를 알리는 인경과 인경망치가 되자고 하고 있다. 이때 '어디 인경도 되지 말고'를 반복하면서 빠른 말투로 늘어세우면서 앞의 한자어 나열로 인한 딱딱한 분위기를 일소하고 새로운 분위기를 만들어 낸다.

판소리나 가사에서 특히 발전된 요설의 분위기가 그것이다. 특히 '질마재 봉화 세 자루 꺼지고, 남산 봉화 두 자루 꺼지면'이라고 하여 사랑

이야기를 하다가 문득 인경 치는 시간 이야기를 집어넣는 모습은 읽는 사람의 호흡을 저절로 즐겁게 한다.

춘향이는 무엇이 되고 싶다느니 싫다느니 하다가 자기가 위가 되고 싶다고 한다. 밑으로만 있으라니 재미없어 못 쓰겠다는 것이다. 춘향이 벌써 상위가 어떻고, 재미가 어떻고 할 정도가 되었다. 진도가 자못 빠르다.

이때 왜 인경과 인경 망치가 나왔는지 모르는 사람은 없겠지만 그것을 이 대목에서 다시 확인시켜 준다. 즉 인경은 보신각 같은 종이요, 인경 망치는 그것을 때리는 망치다. 이는 곧 맷돌 위짝과 밑짝으로 구체화된다. 다시 말할 필요 없이 그것은 남녀를 나타낸다. 그것도 인경과 인경 망치같이 길고 길게 사랑을 표현하다가 갑자기 '이팔청춘 꽃미남 꽃미녀들이 섬섬옥수로 맷대를 잡고 슬슬 돌리면 하늘은 둥글고 땅은 모난 듯이 휘휘 돌아가거든'이라 하여 아예 사랑의 행위에 대한 노골적인 표현으로 나아간다.

이 도령에게 춘향이가 다시 당하는 모습이지만 요컨대 『춘향전』에서는 특히 이리저리 여러 가지 분위기를 연출하다가 마지막에 가서는 어조도 요설체로 바뀌면서 꼭 성(性)과 관련시키는 버릇이 있다.

"그러면,

너 죽어 될 것 있다.

너는 죽어 바닷가 고운 모래밭의 해당화가 되고,

나는 죽어 나비 되어,

나는 네 꽃송이 물고,

너는 내 수염 물고,

봄바람이 건듯 불거든 너울너울 춤을 추며 놀아 보자.

사랑, 사랑, 내 사랑이야. 내 간간 사랑이지.

이리 보아도 내 사랑, 저리 보아도 내 사랑,

이 모두 내 사랑 같으면 사랑 걸려 살 수 있나.

어화 둥둥 내 사랑. 내 예쁜 내 사랑이야.

방긋방긋 웃는 것은 꽃 중의 꽃인 모란꽃이,

하룻밤 가는 비 내린 뒤에 반만 피고자 한 듯,

아무리 보아도 내 사랑 내 간간이로구나!

사후 기약은 계속되나 이번에는 분위기가 좀 다르다. 두 사람이 꽃과 나비가 되어 봄바람이 건듯 불거든 너울너울 춤을 추자는 것이다. 처음에는 온갖 사랑을 이야기하면서 무게를 잔뜩 잡고 출발하면서 성적인 데로 나아갔다가 다시 꽃과 나비의 경쾌한 어울림으로 끝맺는 것이다. 두 사람의 사랑의 행위를 묘사하면서도 조금도 더럽거나 추하게 느껴지지 않는 장면이다. 꽃과 나비 같은 건강한 표현 때문이다.

마지막으로 춘향이를 보면서 비에 젖은 모란꽃이라고 하는 데서 꽃과 나비의 동적인 움직임으로부터 다시 이 도령이 춘향이를 그윽이 바라보는 정적인 양상으로 진행된다. 활기찬 동(動)과 조용한 정(靜)의 세계, 그것은 젊은 두 사람의 건강한 성의 현장이다. 고요함의 정과 움직임의 동은 또한 모든 운동의 법칙이기도 하다.

그리면 어쩌잔 말이냐?

너와 나와 사랑하는 마음의 정(情)이 있으니, 정 자로 놀아 보자. 정 자로 끝나는 노래를 불러 보자."

"어디 한번 들어 봅시다."

춘향이의 눈은 이내 호기심으로 반짝였다.

"내 사랑아 들어라.

너와 내가 정이 깊으니 어이 아니 다정하리.

맑고 맑은 양자강의 물이 유유히 흐르는데 나그네가 이별하는 원객정(遠客情),

하수의 다리 위에서 임을 떠나보내지 못하나 강물은 정을 머금고 있는 원함정(遠含情),

남포로 임을 보내자니 참을 수 없는 불승정(不勝情),

사람 없어 보지 못하니 송아정(松我情),

한나라 태조가 비를 기뻐하는 희우정(喜雨亭),

만조백관들의 조정(朝廷),

도 닦는 도량이 깨끗하니 청정(淸淨),

각시네 친정(親庭),

친구와 정을 통하니 통정(通情),

난세를 다스리는 평정(平定),

우리 들이 만나 천년인정(千年人情),

달은 밝고 별은 드무니 소상강의 호수 동정(洞庭),

세상 만물 조화정(造化定),

근심 걱정,

억울한 사정을 하소연하니 원정(原情),

주니 인정(人情),

음식 투정,

복 없는 저 방정,

송정(訟庭),

관정(官庭),

내정(內庭),

외정(外庭),

애송정(愛松亭),

천양정(穿楊亭),

양귀비 침양정(沈楊亭),

이비의 소상정(瀟湘亭),

한송정(寒松亭),

백화만발 호춘정(好春亭),

기린봉에서 달 뜨는 백운정(白雲亭),

너와 내가 만난 정(情),

인정(人情)을 실제 논하면,

내 마음은 원형이정(元亨利貞),

네 마음은 일편탁정(一片託情),

이같이 다정(多情)타가 만약 정(情)이 끊어지면 복통절정(腹痛絶
情) 걱정이나,

진정으로 원정(原情)하자는 그 정(情) 자(字)다.”

이 도령의 깊은 사랑에 춘향은 환하게 웃었다.

“정 속은 깊지요. 우리 도련님! 이제 우리 집 재수 있게 액을 막
고 복을 부르는 『안택경』이나 좀 읽어 주세요.”

이제 사후 기약이 끝나고 다시 분위기를 일신하여 두 사람은 ‘정(情)
자(字) 노래’를 부르며 논다. 정자 노래도 앞의 「사랑가」와 마찬가지로
온갖 정을 가지고 이야기하는 것인데, 말 그대로 말놀음이다. 다시 말
해 끝 자가 정 자로 끝나는 온갖 것들을 끌어다가 쭉 나열하는 것이다.

처음에는 점잖게 진짜 끝이 ‘정(情)’으로 끝나는 것들이다. 이것들은
모두 이별할 때 바라다보이는 풍경들과 그때의 심정이다. 강에서 이별
하는 나그네의 마음과 그 슬픔을 참지 못하는 마음이다.

하지만 그다음부터는 도대체 어디로 가는지 짐작을 할 수가 없다. 그저 단순한 말장난으로 보는 것으로 끝일 수도 있지만, 이것들을 쭉 들으면서 무의식중에 청자들은 두 사람이 결합한 후 일생 동안 겪게 될 저수없이 많은 인간사의 여러 부문들을 느끼고 있을 것이다. 인간사란 누구에게나 복잡다단하다.

이렇게 보면 질서가 아예 없지는 않다. 먼저 조정 등이 나왔다가 별안간 친정에다 통정과 같은 인간사의 친밀하고도 일상적인 것이 나온다. 다시 소상 동정 등으로 점잖게 들어갔다가 음식 투정 등을 잔뜩 열거한다. 또 양귀비 침양정 등과 같은 고사 쪽으로 가더니, 끝내는 내 마음 네 마음을 따지고 나서 이렇게 다정하다가 파정하면 안 되니 진정으로 원정하자는 데로 간다.

요컨대 한자 고사와 같은 점잖은 데서 인정으로 또 고사로 갔다가 다시 인정으로 가면서 두 사람의 마음을 맺자는 데서 끝나고 있다. 춘향이도 이것을 느꼈는지 그 정의 속이 깊고 깊다고 감탄하고 있다. 그러고는 좋아라고 『안택경』이나 읽어 달라고 한다. 이 도령이 정 자 노래를 부르면서 참고 참으며 제어하던 분위기가 춘향이의 이 속없는 한마디에 툭터져 버리고 만다. 본래 두 사람만 있으면 못 할 말이 없는 법이다.

"허허, 그뿐인 줄 아느냐? 또 있지. 궁 자(宮字) 노래를 들어 보아라!"

"아이고, 얄궂고 우습다. 궁 자 노래는 또 뭐예요?"

"자, 들어 보아라! 좋은 말이 많단다.

좁은 천지 개락궁(開坼宮),

뇌성벽력 풍우 속에 상서로운 기운이 서린 해와 달과 별이 널려 있는 창합궁(閶闔宮),

성덕이 넓으시어 백성을 굽어보고 보살펴 다스리시니 어인 일인가.

술과 고기로 차린 잔치에 구름처럼 몰려든 은나라 왕의 대정궁(大井宮),

진시황 아방궁(阿房宮),

천하를 얻은 일을 물을 때에 한 태조 함양궁(咸陽宮),

그 곁에 장락궁(長樂宮),

반첩여의 장신궁(長信宮),

당명황제 상춘궁(常春宮),

이리 올라 이궁(離宮),

저리 올라 별궁(別宮),

용궁 속의 수정궁(水晶宮),

월궁 속의 광한궁(廣寒宮),

너와 나와 합궁(合宮)하니 한평생 무궁(無窮)이라.

이 궁 저 궁 다 버리고 네 두 다리 사이 수룡궁(水龍宮)에 나의 힘줄 방망이로 길을 내자꾸나!"

춘향이 반만 웃으면서 말했다.

"그런 잡담은 마세요."

이 도령은 신명이 나서 다시 '궁 자 노래'를 부른다. 이때의 '궁'은 두 말할 나위 없이 여자의 성기를 말하는 것이다. 여기에서는 그것을 직접 말하지 않고 앞의 정 자와 마찬가지로 온갖 종류의 궁전 이름을 다 말한 다음에 이 도령이 진짜 하고 싶은 말을 한다.

처음 천지가 열린 데서 출발하여 은나라, 진나라, 한나라, 당나라의 유명한 궁들이 차례로 나온다. 하지만 좋은 궁들은 거의 없고 모두 제왕이 여자들과 함께 호사하던 대정궁, 아방궁, 상춘궁 등이다. 때로 반첩여가 유폐되어 있던 장신궁도 나온다. 요컨대 아무 질서 없이 말하고 있는 듯한 이 궁전들은 제왕들의 호사라는 풍요와 방종의 이미지를 함께 가지고 있는 것이다.

이 이미지를 이용해서 이 도령은 끝까지 마구 나가 버린다. 이궁에다 별궁, 합궁, 무궁을 열거하다가 마지막에는 하고 싶었던 말 '수룡궁(水龍宮)'까지 나온다. 이 부분은 변강쇠가 옹녀의 성기를 보면서 부르는 「기물타령」과 같이 이 도령이 춘향이의 성기를 보면서 부르는 대목이라고 해도 될 것이다. 이때 이 도령은 이 정도로 감정이 오락가락하면서 흐트러져 있음을 엿볼 수 있다. 아마 그때 술도 한잔 걸쳤을 것이다.

사실 이 「사랑가」 대목 전체는 웅장한 호걸조로 불러야 한다고 한다. 그래야 성을 엿보는 은밀한 기쁨을 한편 제어하면서 한편으론 툭 터져 버릴 수 있어서일 것이다. 궁 자 노래 부분이 그 분위기를 가장 잘 보여 준다고 하겠다.

그런데 이번에는 춘향이가 반만 웃고 부끄러운 기색을 하며 앞의 정자 노래 때와는 달리 잡담일랑 하지 말라면서 싸늘한 태도를 보이고 있다. 왜 그랬을까?

"그건 잡담이 아니야. 춘향아! 우리 둘이 업음질이나 하여 보자!"

"아이고, 상스럽게 어찌 업음질을 해요?"

춘향은 마치 업음질을 여러 번 해본 듯 말한다.

"업음질은 천하에서 가장 쉬운 거야. 너와 내가 홀딱 벗고 업고 놀고 안고 놀면, 그게 업음질이지!"

"아이, 나는 부끄러워 못 벗어요."

춘향이가 양손으로 얼굴을 가린다.

"에라, 요 귀여운 것! 안 될 말이다. 그렇다면 내가 먼저 벗으마!"

이 도령이 훨훨 옷을 벗기 시작했다. 버선, 대님, 허리띠, 바지저고리, 속곳까지 홀딱 벗어 한편 구석에 밀쳐놓고 춘향이 앞에 우뚝 섰다. 춘향이가 그 거동을 보고, 씽긋 웃고 돌아서며 말했다.

"영락없는 낮도깨비 같아요!"

"오냐, 네 말이 옳다. 천지 만물에는 짝 없는 게 없으니, 두 도깨비 함께 놀아 보자!"

말을 마친 이 도령이 수줍어하는 춘향이의 허리를 안는다.

"그러면 불이나 끄고 놀아요."

"불이 없으면 무슨 재미냐? 어서 벗어라, 어서!"

"아이고, 나는 싫어요!"

두 사람이 이번에는 아예 벗고 논다. 거기에는 업음질과 말농질이 있다. 사실 이러한 놀이들은 특히 기방에서 자주 유행하던 놀이였던지 『고금소총』에 그런 예가 가끔 보이기도 한다. 여기에서도 우선 이 도령이 선뜻 먼저 벗고 나선다. 거기에 춘향이도 말로는 '아이고 싫어요.'를 연발하고 있지만 이 도령의 벗은 모양을 보고 씽긋 웃고 돌아선 것으로 보아 이제는 제법 농탕질에 익숙해 있음을 볼 수 있다. 분위기는 한껏 익을 대로 익어 간다.

이 도령이 춘향의 옷을 벗기려 할 때, 넘놀면서 어른다. 깊은 산속 늙은 범이 살진 암캐를 물어다 놓고 이는 없어 먹지는 못하고, '흐르릉 흐르릉 아웅' 하며 어르는 듯, 북해 흑룡이 여의주를 입에 물고 구름 사이를 넘노는 듯, 봉황새가 대나무 씨앗을 물고 오동나무 사이를 넘노는 듯, 푸른 학이 난초를 물고서 오래된 소나무 사이에 넘노는 듯, 춘향이의 가는 허리를 한 팔로 휘어잡아 안고 기지개 아드득 켜며, 귓밥도 쪽쪽 빨며, 입술도 쪽쪽 빨면서, 주홍같이 붉은 혀를 물고, 오색단청 순금 장식장의 비둘기같이 서로 오가면서, 꿍꿍 꿍꿍 으흐릉거리며 뒤로 돌려 바싹 안고, 젖가슴을 쥐고 발발 떨며,

저고리, 치마, 바지, 속곳까지 홀딱 벗겨 놓았다.

이 도령이 춘향이의 옷을 벗기는 대목이다. 앞서 첫날밤에는 이 도령이 춘향이한테 달려들어 반항하는 춘향이의 옷을 벗기느라 꽤나 고생했지만 이제는 분위기가 바뀌어 넘놀면서 어른다. 두 사람의 어울림이 한껏 고조되어 있다.

그다음에 나오는 것들은 모두 이 넘놀면서 어르는 모양이다. 가장 유명한 구절이 '깊은 산속 늙은 범이 살진 암캐를 물어다 놓고, 이는 없어 먹진 못하고 '흐르릉 흐르릉 아웅' 하며 어르는 듯'이다. 이것은 남성이 여성의 몸 구석구석에다 얼굴을 비벼 가며 애무하는 모습을 표현한 것이다. 뒤이어 나오는 것들은 이 모양을 구체적으로 표현한 것이다. 허리를 안고 입도 맞추고 젖도 쥐고 하는 모습들이다. 이제까지 말로만 하던 것을 이제는 행동으로 보여 주고 있는 것이다. 아는 사람은 알겠지만, 이것을 전문 용어로는 전희(前戱)라고 하는 것이다.

하지만 여기에서 나오는 두 사람의 몸은 첫날밤의 몸과는 많이 달라졌음에 주목할 필요가 있다. 첫날밤의 몸은 생동하는 모습이 특별히 강조되어 있지만, 여기에서의 몸은 무르녹은 성적인 몸으로 바뀌어 있다. 시간이 흐르면 모든 것이 변하게 마련. 이처럼 무르녹은 성적인 몸을 표현하는 데는 타오르는 장작불이 아니라 따사로운 햇살 아래 무르녹는 달뜬 숨결로 표현하는 것이 제격일 것이다. 사랑의 행위가 시간에 따라 다르게 나타나는 것이 읽는 이로 하여금 즐겁게 한다.

알몸이 된 춘향은 한편 부끄럽고, 한편 기분이 잡쳐 구석에 앉아 있으니, 이 도령이 걱정되어 가만히 살펴본다. 어느새 춘향의 붉으스레한 얼굴에 구슬땀이 송골송골 맺혔다.

"춘향아! 이리 와 업혀라!"

춘향이 부끄러워하자, 이 도령이 춘향의 손을 부드럽게 잡아끈다.

"부끄럽기는 무엇이 부끄러우냐? 벌써 다 아는 사이니, 어서 와 업히거라!"

성화에 못 이기는 척, 춘향은 이 도령의 등에 업힌다.

"어따! 그 엉덩이 한 번 장히 무겁다! 내 등에 업힌 소감이 어떠냐? 좋으냐?"

"좋아요!"

"정말 좋으냐?"

"끝내주게 좋아요."

춘향의 살가운 대답이 이 도령의 귓가에 부드럽게 감긴다.

"나도 좋다! 내가 좋은 말로 할 것이니, 너는 대답만 하여라!"

"대답할 테니 어디 말해 보시오."

"네가 금이지?"

춘향을 금같이 귀하게 여기는 이 도령의 물음에 춘향은 재치 있게 대답했다.

"아니요. 팔 년 동안 서로 싸우던 초한 시절에 한나라 유방을 돕던 진평이가 항우의 신하인 범아부를 잡으려고 황금 4만을 흩었으니 금이 어디 남아 있겠습니까?"

"그러면 옥이냐?"

"그것도 아니요. 만고 영웅 진시황이 형산에 옥을 얻어 이사의 명필로 '하늘에서 명을 받았으니 수명이 오래 번창하리라.' 하는 문구로 옥쇄를 만들어서 오랜 세월 동안 후세에 전했으니, 옥이 어디 남아 있겠습니까?"

재치를 부리는 춘향의 대답에 이 도령은 신이 났다.

"그러면, 네가 무엇이냐? 해당화냐?"

"해당화라니 당치 않습니다. 바닷가 모래밭도 아닌데 어찌 해당화가 되겠습니까?"

"그러면 네가 무엇이냐? 밀화, 금패, 호박, 진주냐?"

"아뇨. 그럴 리가요. 높은 대신들과 나라 방방곡곡의 수령님들이 망건에 장식물로 꾸미고, 남은 것들은 전국 기생들의 손가락지로 다 만들었으니 어찌 호박, 진주가 되겠습니까?"

"그러면 바다거북 껍질인 대모, 산호냐?"

"아니, 그것도 아닙니다. 광해왕 상량문을 대모와 산호로 큰 병풍 만들어 수궁의 보물 되었으니 대모, 산호도 아닙니다."

춘향은 도리도리 고개를 젓는다. 이 도령의 입가에 웃음이 머문다.

"그럼, 반달이냐?"

"도련님, 오늘 밤 초승달도 아닌데, 푸른 하늘에 돋은 밝은 달이 어찌 저입니까?"

"그럼 너는 무엇이냐? 날 홀려 먹는 불여우냐? 네 어머니 너를 낳고 곱게 길러 내어 나를 홀려 먹으려고 그렇게 생긴 것이냐? 하하, 사랑, 사랑 사랑이야. 내 간간 내 사랑이야! 춘향아, 무엇을 먹으려느냐? 생밤, 익은 밤을 먹으려느냐? 둥글둥글 수박 꼭지를 잘 드는 칼로 뚝 떼어 내고, 강릉 흰 꿀을 듬뿍 부어 은수저, 대나무 젓가락으로 붉은 점 한 점을 먹으려느냐?"

"아니, 그것도 나는 싫어요!"

"그러면 무엇을 먹으려느냐? 시금털털한 개살구를 먹으려느냐?"

"아니, 그것도 나는 싫어요!"

이 도령은 어린아이 투정 부리듯, 이것도 싫다 저것도 싫다 하며 등으로 파고드는 춘향이 귀엽기만 하다.

"그러면 무엇을 먹으려느냐? 돼지를 잡아 주랴? 개를 잡아 주랴? 좋다! 그럼 나를 통째로 먹으려느냐?"

"어머, 도련님, 제가 언제 사람 잡아 먹는 것 보았소?"

두 사람은 옷을 다 벗은 후 이 도령이 춘향을 업고 나서 다시 말을 주고받으며 논다. 먼저 이 도령이 춘향이한테 좋으냐고, 좋으면 얼마나 좋으냐고 묻자 춘향이가 끝내주게 좋다고 한다. 뒤이어 이 도령이 춘향이보고 네가 누구냐고 하면서 이 세상에 알려진 온갖 귀한 것들과 비교한다. 금이니 옥이니 밀화, 금패, 호박, 진주니 대모 산호니 하는 것들이 그것이다. 물론 이것들은 당시 기방에서 한량들이 자신들의 애인인 기생에게 선물하는 물건들을 나열한 것임은 불을 보듯 뻔하다. 그러므로 네가 금이냐고 묻는 것은 너에게 금을 선물하겠다는 뜻의 다른 말이다. 이 도령은 그사이 부모 몰래 이런 보석들을 꾸준히 갖다 바쳤던 것이다. 그러기에 나중에는 네가 날 홀려 먹는 불여우냐고 묻기까지 하는 것이다.

뒤이어 네가 무엇을 먹으려느냐고 하면서 밤, 수박, 꿀, 개살구 등을 들고 있다. 이 먹는 것을 나열하는 부분은 다른 판본에서는 더욱 확장되어 사랑가의 중심 대목이 되고 있다. 사실 여기에 나오는 음식들은 조선 후기에 일반인들이 먹으려야 먹을 수 없는 것들이다. 이 도령이 이런 귀한 음식들을 갖다 바쳤던 것이다. 사랑하면 무엇이라도 갖다 주고 싶은 법이다. 그러나 이 대목도 기방의 한 풍속을 나타내는 것으로 해석해야 할 것이다. 이것은 뒤에 나오는 말농질에서 말놀이를 하면서 음식을 먹기도 했다는 기록이 이것을 뒷받침한다. 성적인 내용이 확장되면서 춘향이의 본래 직업인 기방의 모습으로 또한 확장되는 것이다.

"허어, 도저히 너를 못 당하겠구나. 어화 둥둥 내 사랑아! 춘향아! 그만 내리려무나. 세상에 공짜는 없는 법! 내가 너를 업었으니, 이번엔 네가 나를 업어야지."

"아이, 도련님은 기운이 세어서 저를 업었지만, 저는 기운이 없어 못 업어요."

춘향의 새초롬한 미소에 이 도령의 목소리가 더욱 부드러워진다.

"업는 요령을 내가 알려 주마. 네가 나를 완전히 업으려 하지 말고 발이 땅에 닿을 듯 말 듯하게 해서 뒤로 젖힌 듯이 업어 다오."

못 이기는 척 도련님을 업고 툭 추어 놓으니 대중이 틀렸구나!

"아이고 잡스러워라!"

"이리 흔들 저리 흔들 내가 네 등에 업혀서 노니 마음이 어떠하냐? 나도 너를 업고 좋은 말을 하였으니, 너도 나를 업고 좋은 말을 하여야지."

"좋지요. 들으시오.

조선 세종 때의 황희 정승을 업은 듯, 신라의 정치가 이사부를 업은 듯,

가슴속에 큰 계략을 품고 나라의 기둥 같은 큰 신하가 되어 이름이 온 나라에 알려진 충신들을 생각해 보니,

사육신을 업은 듯, 생육신을 업은 듯, 해 선생, 달 선생, 고운 최치원 선생을 업은 듯, 임진왜란 의병장이었던 제봉을 업은 듯, 광해군 때 장수 요동백을 업은 듯, 송강 정철을 업은 듯, 충무공 이순신 장군을 업은 듯, 우암 송시열, 퇴계 이황, 율곡 이이, 사계 김장생, 명재 윤증을 업은 듯,

내 서방이지, 내 서방. 알뜰 간간 내 서방. 진사 급제한 후에 직부 주서, 한림학사 두루 임명된 후, 부승지, 좌승지, 도승지로 승진하여 팔도 방백 지낸 후, 중앙 관직으로 대사성, 판서, 좌상, 우상, 영

상, 규장각 벼슬을 맡으며 높은 자리 앉을 내 서방,

　알뜰 간간 내 서방이지.

　호호, 어때요?"

　제 손수 문질렀구나.

　이후 춘향이가 이 도령을 업고 논다. 발이 방바닥에 닿을 듯 말 듯 팔을 뒤로 두르고 그저 업은 시늉만 하라는 이 도령의 말에 춘향이가 그대로 한 모습을 두고 '대중이 틀렸다'고 하는 대목이 재미있다. 무슨 대중이 틀렸는지는 두고 볼 일이다.

　어쨌든 춘향이는 이 도령을 업고 좋은 말을 한다. 네가 누구냐고 하면서 이 도령이 금이니 옥이니 하고 물질적인 것에다만 비유한 데 비해, 춘향이는 자신이 업은 사람이 누구인지를 훨씬 더 구체적으로 말하고 있다. 내 서방을 연신 발해 가며 춘향이가 말한 사람들은 모두 우리 역사상의 명신들이다. 고운 최치원, 송강 정철 등과 같은 시인에서, 제봉 고경명, 충무공 이순신과 같은 명장에다, 우암 송시열, 퇴계 이황, 사계 김장생 등 성리학의 대가들이 그들이다. 이 도령도 그렇게 되라는 이야기일 것이다.

　이어서 벼슬 이름을 쭉 대는데 한림학사, 부승지, 팔도 방백, 대사성, 판서, 영상으로 이어지는 당대 최고의 요직을 낮은 데서부터 높은 데로 이어 가면서 줄줄이 주워섬기고 있다. 춘향이가 이 도령에게 거는 기대가 어느 정도인지 알 만하다. 이 도령이 스트레스를 받았을 법도 하다.

동시에 말하는 품이 꼭 자장가 가락 같은 데서 춘향이의 이 도령에 대한 사랑의 깊이도 알 수 있다.

하지만 판소리 창자들은 춘향이의 업음질을 이렇게 점잖게 끝내지는 않는다. 마지막에 '제 손수 문질렀구나.' 하는 말을 잊지 않는다. 요컨대 앞서 대중이 틀렸다는 말도 그러하다. 이 도령과 춘향의 키 차이가 나서 생긴 일을 짓궂게 꼬집는다. 춘향이가 좋은 말들을 골라서 하느라고 엉덩이를 흔들흔들 흔들어 놓았으니, 그 광경을 대충 알 만하다. 분위기를 쭉 이어 가다 별안간에 사건을 뒤집어 놓는 「사랑가」의 한 전형적인 모습을 보여 주는 대목이라 할 것이다.

"춘향아, 우리 말놀음이나 하여 볼까?"

이 도령은 이미 말놀음을 많이 하여 본 듯하였다.

이 도령의 속을 훤히 꿰뚫은 춘향은 이 도령이 귀엽다는 생각마저 들었다.

"도련님도, 우스워라. 말놀음이 또 뭐예요?"

"하하, 쉽단다. 너와 내가 벗은 김에 너는 온 방바닥을 기어 다녀라. 나는 네 엉덩이에 딱 붙어서 네 허리를 잔뜩 끼고, 볼기짝을 내 손바닥으로 탁 치면서, '이랴' 하거든 너는 '흐흥'거리며 한쪽 발로만 물러서며 뛰어라. 힘차게 뛰면 탈 승 자(乘字) 노래가 나온단다."

이 도령이 춘향이의 엉덩이를 툭 치며 소리를 한다.

"타고 놀자, 타고 놀자. 치우천왕은 큰 안개를 피우며 황제 헌원씨를 탁록 들에서 사로잡아 승리의 노래를 울리면서 지남거 전차를 높이 탔고, 하우씨는 구 년간의 홍수를 다스릴 때 수레를 높이 탔고, 적송지는 구름을 타고, 여동빈은 백로를 타고, 이적선은 고래를 타고, 맹호연은 나귀를 타고, 신선 태을선인은 학을 타고, 대국 천자는 코끼리를 타고, 우리 임금은 화려한 연을 타고, 삼정승은 평교자를 타고, 육판서는 초헌을 타고, 훈련대장은 수레를 타고, 각 읍 수령들은 독교를 타고, 남원 부사는 별연을 타고, 해가 지는 강가의 어부들은 조각배를 탔으나, 나는 탈것이 없으니 이 깊은 밤에 춘향이 배를 넌짓 타고 홀이불로 돛을 달아 내 힘으로 노를 저어 오목섬에 들어가되, 순풍에 음양수(陰陽水)를 시름없이 건너갈 때에, 말을 삼아 탈 양이면 걸음걸음이 없겠느냐? 마부는 내가 되어, 네 뒤를 넌지시 잡을 테니, 조금 거칠게 뚜벅뚜벅 걸어라! 기총마(騎驄馬) 뛰듯 뛰어라!"

마지막으로 이제는 말처럼 타고 노는 놀이, 곧 말농질이 나온다.

한데 여기에서 「말농질 노래」는 분위기가 앞의 여러 노래들과 또 다르다. 그것은 '타고 놀자, 타고 놀자'하는 말 그대로 몸도 뛰고 마음도 뛰고 분위기도 따라서 뛰는 것이다. 하지만 이때 뛰는 몸이 너무 과도하게 성적인 흥분 상태로 들어가지 않도록 중국의 고사들을 쭉 나열하여 분위기를 장엄하게 만들고 있다. 헌원씨, 하우씨 등 고대 삼황오제와 적송자, 여동빈 등 신선들과 이적선, 맹호연 등 시인들과 삼정승, 훈련대장 등 벼슬아치들로 이어지는 대목이 그것이다.

하지만 역시 그것으로 그치지 않고 어옹의 일엽편주와 같이 자연을 완상하는 운치 있는 탈것으로 가더니, 마지막에는 깊은 밤에 자신이 춘향 배를 넌지시 타는 것으로 가 버린다. 여기서 돛이니, 노니, 오목섬이니, 음양수니 등은 모두 성기나 사랑의 행위의 비유이다. 하지만 이런 사랑의 행위는 뚜벅뚜벅 걷고 기총마 뛰듯 뛰는 활기찬 것이다. 춘향이가 어떻게 뛰었는지는 잘 모르겠지만.

『춘향전』의 이런 사랑 대목은 아마도 당대 구비 문학의 전통에 기반하고 있었을 것이다. 하지만 그것은 현대의 상품화된 성이 여성의 벌거벗은 몸을 사서 밀실에서 퇴폐적으로 즐기는 것과는 완전히 다르다. 「사랑가」는 말 그대로 두 사람의 무르녹은 기쁨이 느껴지는 건강한 사랑의 현장이다.

『춘향전』이 이런 노골적인 사랑의 행위를 통해 우리에게 가르치는 고전적 의미는 무엇일까? 그것은 즐길 때는 이들처럼 건강하게 즐기라는 것이다. 땀을 식히고 다음으로 넘어가자.

거울과 옥지환을 주고받으며 헤어지는 춘향이

인생만사(人生萬事) 흥진비래(興盡悲來)라, 세상의 모든 일이 즐거운 것이 다하면 슬픈 일이 닥치게 마련. 청춘이 가면 노쇠해지듯이 모든 것은 변한다. 마찬가지로 이들 사이에도 늘 좋은 밤과 좋은 일만 있을 수는 없는 법이다.

하필 이 도령의 부친인 이 사또가 한양의 내직(內職)으로 부름을 받아 춘향은 이 도령과 하릴없이 이별하게 된다. 이별할 때 춘향의 모습에서 우리는 그녀의 속마음, 즉 그녀의 꿈을 쉽게 발견할 수 있다.

그녀는 이 도령이 한양으로 가야 한다는 말을 듣고 그에게 탄식을 하며 울부짖는다. 그리고 이 도령에게 '도련님이 모지도다, 서울 양반 독하도다.' 하며, 이 도령에게 푸념을 늘어놓는다. 어젯밤까지만 해도 이러지 않았던 춘향이지만, 자신의 꿈을 이루어 줄, 그래서 더욱 목숨처럼 사랑하는 이 도령과 그냥 헤어질 수는 없었던 것이다.

무엇보다 이 도령이 다시는 돌아오지 않을까 의심스러웠다. 실제 춘향에겐 또 그것이 제일 걱정거리였다. 그가 돌아오지 않는다면 그녀의 모든 꿈이 깨어져 버리기 때문이다. 그녀의 마음을 알아차린 이 도령은 먼저 '장원 급제하여 꼭 다시 찾아올 것이라'며 탄식하며 우는 춘향을 달래기 시작한다. 그리고 그 증거로 춘향에게 뒷날에 증거가 될 신물(信物)을 준다. 바로 명경(明鏡)이었다. 명경, 즉 거울을 받아 쥔 춘향은 그제야 울음을 그쳤다. 그렇다면 명경이 무엇이기에 춘향이 울음을 그쳤을까. 그리고 왜 이 도령이 하고많은 물건 중에 하필 거울을 주었을까?

요즘은 거울이 흔하지만, 당시로서는 상당히 귀한 물건이었다. 특히 거울 중에서도 손거울은 진실을 상징한다. 예로부터 동양에선 손거울이 악마로부터 사람을 보호해 줄 뿐만 아니라 부부의 행복을 돕는다고 믿어져 왔다. 즉 이 거울은 이 도령의 진실한 마음의 상징물이었던 것이다. 그러므로 춘향은 이 거울로 말미암아, 이 도령의 '다시 찾을 날을 기다리라.'는 말을 거울처럼 밝게 믿을 수 있었던 것이다.

결국 그녀에게는 무엇보다 그녀를 다시 찾을 날을 기다리라는 약속이 소중했으며, 이 도령은 그 믿음의 징표로 손거울을 주었던 것이다. 춘향이 이 약속을 받아 내는데 그토록 안달한 것은, 이 약속이 이루어져야 훗날 양반의 부인이 되는 그녀의 꿈이 이루어지기 때문이다.

거울을 받은 춘향은 그에 대한 답례로, 이 도령에게 그녀가 끼고 있던 옥지환(玉指環)의 한 짝을 빼어 주었다. 이 반지는 무엇을 의미할까?

옥환은 옥가락지이다. 가락지는 손가락에 끼는 패물이다. 원래 가락지는 두 짝으로 된 것인데, 반지는 옥지환의 반쪽인 한 짝으로 된 것을 말한다. 두 개를 반으로 나누었기에 반지라 부른다. 춘향은 옥으로 된 두 짝 중에 하나를 빼어 이 도령에게 준 것이다. 즉 옥 반지를 준 것이다. 이 반지는 무엇을 상징할까?

반지는 모양이 둥글기 때문에, 결혼반지는 그 결혼이 둥근 원처럼 영원하기를 기원하는 뜻이 담겨 있다. 또한 반지는 손가락이 반지로 인하여 다른 것과의 접촉을 차단하는 것으로, 이 반지를 낀 여자는 다른 남자와는 접촉을 하지 않겠다는 상징적 의미도 있다.

따라서 춘향이 이 반지를 준 것은 이 도령과의 사랑이 영원하기를 빌면서, 동시에 이제부터 다른 남자와는 접촉을 하지 않겠다는 마음을 나타낸 것이다.

이렇듯 두 사람은 거울과 반지를 교환하면서 다시 만날 날을 기약하며 헤어지게 된다.

집장가 - 매 맞으며 부르는 노래

이 도령이 떠난 다음, 이내 여자를 밝히는 변학도가 나타난다. 그는 이미 부임하기 전부터 춘향의 명성을 들은 바 있었다. 그래서 부임하자마자 그녀를 강제로 대령시키고는 수청 들라고 한다. 이제부터 춘향의 고난이 시작되는 것이다.

춘향은 깨인 여자였다. 당시는 신분 사회였지만, 이제까지 살펴본 대로 춘향은 기생도 양반이 될 수 있다는 진보적인 사고방식을 지닌 여자였다. 물론 그녀의 아버지가 양반이었으므로 이런 사고방식이 가능했겠지만. 그녀는 '충효, 열녀에는 상하가 없다.'고 하며 그의 수청 요구를 거절한다. 모든 인간은 평등하다는 생각에서 나온 말이다. 인간의 근본 도리인 정절을 지키는 것에는 신분의 차별이 있을 수 없다는 것이다.

한편으로, 앞서 이야기했던 것과 같은 맥락에서, 그녀의 이런 행동은 양반이 되는 꿈을 포기할 수 없었기에 나온 것이기도 하다. 만약 그녀가 그의 수청 요구를 들어준다면, 그것으로 양반의 대열에 낄 방법은 사라지기 때문이다.

이미 그녀는 마음속으로는 양반인 이 도령의 부인이 되어 있었으므로, 다른 양반 부녀자들처럼 정절을 생명으로 알았던 것이다. 그녀가 변학도에게 수청을 든다면 다시는 이 도령을 만날 수 없고, 동시에 그녀의 꿈도 산산조각이 난다. 오직 이 도령만이 그녀의 아름다운 꿈을 이루어 줄 수 있는 '백마를 탄 왕자'였던 것이다.

그녀의 이런 곧은 마음은 변학도 앞에서 매를 맞으면서 부른 '집장가'에 잘 나타나 있다. 한국인들이 노래를 좋아하는 것은 알지만, 매를 맞으면서도 노래를 부르니 정말 감탄할 뿐이다. 이 '집장가' 속에 춘향의 마음이 잘 나타나고 있다. 같이 노래를 들어 보기로 한다.

> 첫째 날 딱 붙이니,
> "일편단심(一片丹心) 굳은 마음, 이리하면 변하리오."
> "매우 쳐라."
> "예이."
> 딱.
> "이부(二夫 : 두 남편)를 섬기지 않는다고, 이 조치는 당치 않소."
> 셋째 날 딱 붙이니,
> "삼종지례(三從之禮)는 중하기로, 삼가 본받았소."
> 넷째 날 딱 붙이니,
> "사지(四肢)를 찢더라도, 사또의 처분이오."
> 다섯째 날 딱 붙이니,
> "오장(五臟)을 갈라 주면 오죽이나 좋으리까."
> 여섯째 날 딱 붙이니,

"육방(六房) 하인 물어보오, 죽이면 될 터인가."

일곱째 낱 딱 붙이니,

"칠사(七事)에 없는 일로, 이것이 무엇이오."

여덟째 낱 딱 붙이니,

"팔자 좋은 춘향이, 팔도 지역 수령 중에 제일 명관을 만났구나!"

아홉째 낱 딱 붙이니,

"구곡간장(九曲肝腸) 굽이 썩어 이 내 눈물 되었구나!"

열째 낱 딱 붙이니,

"십벌지목(十伐之木)이란 말 믿지 마오, 십(十)은 아니 줄 터이오."

물론 숫자와 어울린 재담이 따르지만, 춘향의 일편단심인 마음을 잘 엿볼 수 있는 노래이다. 한결같이 정절을 지키고자 하는 그녀의 마음이 꾸밈없이 나타난다. 그녀는 열 번을 찍어도 넘어가지 않을 것이며, 설사 죽는 한이 있더라도 결코 몸을 허락하지 않겠다는 것이다.

그녀의 다짐이 그러할수록 변학도의 심사가 뒤틀릴 수밖에. 결국 춘향은 죽도록 태형을 맞고 인봉(印封: 도장으로 찍어서 봉함)한 큰 칼 쓰고 옥방에 갇히고 만다. 옥에 갇힌 춘향은 혼자 앉아 오직 이 도령만 생각한다. 이 도령의 출현만이 유일한 희망이요, 살길이었던 것이다.

이 대목에서 보면 춘향은 정말이지 정절을 잘 지키는 여자였다. 이렇게 정절을 목숨처럼 여긴 건 조선의 유학 사상에 의한 것만은 아니다. 우리 민족은 예로부터 남자는 의리, 여자는 정절을 으뜸으로 치고 또 그것을 잘 지키며 살아왔다.

옛날 우리나라 여자치고 정절을 지키지 않으려는 여자가 어디 있겠는가마는, 특별히 정절을 잘 지킨 여자로 '도미 처'에 관한 이야기가 오래 전부터 전해 오고 있다. 이는 『춘향전』 전반부의 근원 설화로도 알려져 있으니, 한번 읽어 보고 나가기로 하자.

도미 처의 이야기

도미는 백제 사람이다. 비록 평민이었으나 자못 의리를 알았다. 그의 아내도 아름다웠고 또한 정절을 지켰으므로 사람들의 칭송을 받았다. 개루왕이 그런 말을 듣고 도미를 불러 말했다.

"무릇 부인의 덕은 비록 정절과 결백이 우선이라고 한다. 하지만 만약 깊숙하고 어두우며 다른 사람이 없는 곳에 두고 달콤한 말로 유혹한다면 마음이 움직이지 않는 사람은 적을 것이다."

도미가 대답하였다.

"사람의 마음은 헤아릴 수 없는 것입니다. 하지만 저의 처 같은 사람은 비록 죽는다 해도 다른 마음을 품을 사람이 아닙니다."

왕이 시험해 보려고 하여 도미를 다른 일로 머무르게 하고는 한 가까운 신하에게 거짓으로 왕의 의복과 말과 시종으로 꾸미게 했다.

밤에 그 집에 다다르자 먼저 사람을 시켜 왕이 왔다고 알리고는 그 부인에게 말했다.

"내 오랫동안 네가 좋단 말을 들었는데 도미와 바둑을 두어 이겨 너를 따게 되었다. 내일 너를 들여보내 궁인으로 만들 것이니, 이 이후로 너의 몸은 나의 소유이다."

그러곤 그녀를 범하려고 하였다.

부인이 말했다.

"국왕은 헛말을 안 하신다고 하였으니 제가 감히 순종하지 않겠습니까? 청컨대 대왕께서 먼저 방에 들어가 계십시오. 제가 옷을 갈아입고 이에 모시겠습니다."

물러나와 여종 하나를 요란스레 꾸며서 잠자리를 모시게 했다.

왕이 나중에 속임을 당한 것을 알고 크게 노했다. 도미를 죄가 있다고 몰아서 두 눈동자를 빼고 사람들을 시켜 끌어내어 작은 배에 태워 강 위로 띄워 보내 버렸다. 이어서 그 부인을 잡아다가 강제로 범하려고 하였다.

부인이 말했다.

"지금 남편을 이미 잃었고 이 한 몸 홀로는 지탱할 수 없는데 하물며 왕을 모시게 되었는데 어찌 감히 어길 수 있겠습니까? 지금은 월경으로 온몸이 더러우니 청컨대 다른 날을 기다려 향기롭게 목욕한 후에 오겠습니다."

왕이 믿고 허락하였다. 부인이 몰래 도망하여 강 어귀에 이르렀는데 건널 수가 없어 하늘을 쳐다보며 통곡하였다. 그때 갑자기 배한 척이 파도를 따라서 오는 것을 보았다. 그녀가 그 배에 올라타고 천성도(泉城島)에 다다랐는데, 마침 그 남편이 죽지 않고 살아서 풀뿌리를 캐어 씹어 먹으면서 연명하고 있는 것을 보았다. 드디어 함께 배를 타고 고구려 마늘산 아래에 다다르니, 고구려 사람들이 불쌍하게 여겼다. 그들은 이웃의 옷과 밥을 빌어먹으면서 구차하게 살아갔다. 마침내 떠돌아다니다 일생을 마쳤다.

이 이야기도 읽어 보면 『춘향전』과 비슷한 모티브를 지니고 있음을 알수 있다. 도미 처는 당시 국왕의 권위에도 굴하지 않고 목숨을 걸고 남편에 대해 정절을 지켰다. 마치 춘향이가 변학도의 권위에 복종하지 않았듯이. 이런 이야기는 옛날부터 입에서 입으로 전해져 내려왔을 것이다.

아마 『춘향전』도 처음에는 이런 단순한 이야기에 지나지 않았으나, 세월이 지나면서 살이 붙고 뼈가 붙으면서 점차 현재 우리가 알고 있는 복잡한 이야기로 발전해 왔을 것이다. 그래서 이런 설화를 고소설의 근원이 되는 근원 설화라고 한다.

꿈을 꾸는 춘향이

사람이 무엇에 골똘하면 그것이 꿈에 나타나기도 한다. 춘향 역시 하루 종일 이 도령이 나타날 것만 생각했으니, 꿈에 이 도령을 만날 수밖에 없었을 것이다. 그래서 그녀는 옥중에서 꿈을 꾸니, 그 꿈은 '감옥 창가에 앵두꽃이 어지럽게 떨어지고, 단장하던 몸거울의 한복판이 깨어지고, 문 위에 보기 흉악한 허수아비가 매달려 있는 꿈'이었다.

꿈은 사실 그대로 나타나지 않고 대개는 상징적으로 나타난다. 이는 프로이드나 융에 의해 밝혀진 것이다. 따라서 꿈을 해석하는 일은 그리 쉽지가 않다. 프로이드는 『꿈의 해석』이라는 명저를 남겼지만, 우리나라에도 예로부터 꿈의 해석, 즉 해몽법이 있었다. 꿈에 난초를 보면 아들을 낳는다느니, 돼지를 보면 횡재를 한다느니 하는 것이 그런 것들이다.

춘향이 꾼 꿈 역시 상징적이었으므로 춘향은 그것이 무슨 뜻인지 알 수가 없었다. 그때 마침 지나가던 봉사가 나타나 춘향의 꿈을 풀이해 준다.

봉사는 '꽃이 떨어지니 열매를 맺을 것이오, 거울이 깨어지니 어찌 소리가 없겠는가? 꽃나무는 목(木) 자로다. 나무 목 아래에 열매인 아들 자(子) 하면 오얏 이(李) 자 분명하다. 거울이 깨어지니, 옛날에 중국의 서덕언이라는 사람이 깨어진 거울을 가지고서 옛 연분을 찾았다네. 허수아비라 하는 것은 떨어진 옷과 떨어진 모자를 쓴 것이니, 이가 성을 가진 사람이 옛 연분을 찾으려고 거지 차림으로 올 꿈이라. 문 위에 허수아비 매달렸으니 많은 사람들이 우러러볼 것이며, 헌옷을 입었으나 사람마다 무서워하지. 그 꿈 참 좋다. 쌍가마를 탈 꿈이로세!' 하며, 그 꿈이 참 좋다고 했다.

즉 이씨 성을 가진 사람이 옛 연분을 찾으려 거지 차림으로 오는데, 그는 모든 사람들이 우러러보며 무서워할 만한 높은 분이라는 것이다. 이것은 바로 그녀가 꿈꾸던 소망이기도 했다. 꿈이란 무의식의 상징이기 때문에 대개는 자기가 바라던 대로 나타난다. 즉 그녀의 속마음이 꿈에 고스란히 나타난 것이다. 우리가 낮에 먹고 싶은 라면을 못 먹으면 밤에 라면 먹는 꿈을 꾸듯이, 사람들의 무의식 속에 억압되어 있는 생각이 이렇게 꿈으로 나타난다고 한다.

그녀는 이 꿈이 이루어질 것으로 믿었다. 특히 봉사의 해몽이 좋았으므로 더욱 믿어 의심치 않았다. 춘향은 이런 꿈에 힘입어 현실의 고난을 이겨 냈다. 그러므로 춘향은 이 꿈을 꾼 이후 자신을 현실의 기생으로 대하는 변학도를 거부하고 꿈의 양반으로 대하는 이 도령을 영원히 지향해 갔던 것이다. 그녀는 이 꿈을 확실히 믿었다. 춘향은 꿈을 먹고사는 여자였다. 그러기에 이 도령이 임금으로부터 전라도 어사를 명받고 거지로 변장하여 그녀 앞에 나타났을 때도 '일부러 그런 거죠?' 하며, 이 도령의 말을 곧이들으려 하지 않았다. 그녀는 결코 자신의 꿈을 깨고 싶지 않았기 때문이다.

결국 그녀의 꿈대로 이 도령은 마지막에 어사로 출두하여 죽기 직전의 그녀를 구원한다. 이 부분은 『춘향전』의 클라이맥스를 이루는 대목이다. 모든 이본들이 한결같이 이 장면을 극적으로 서술하고 있다. 이 부분이 클라이맥스인 이유는 죽을 춘향이가 살아났기 때문이다. 그러나 이는 표면적이다. 더 깊은 속 의미는 양반의 부인이 될 꿈이 무산될 위기에서 그 꿈이 성취되는 순간으로의 장면 전환이기 때문이다.

만약 춘향이 목숨만 건지기를 원했다면 꼭 이 도령이 아니더라도 가능하였을 것이다. 즉 변학도에게 수청만 들어주면 목숨은 쉽게 구할 수 있었으니까 말이다. 그러므로 이 도령이 나타나 그녀의 목숨만 구해 준 것이 아니라 춘향의 꿈을 이루어 주었다는 점이야말로 이 작품에서 가장 중요한 의미를 지니는 것이다.

꿈속의 용이 되어 준 이몽룡

춘향이 꿈을 실현하는 과정에서, 이에 협조하는 인물들이 있는가 하면 도리어 방해하는 무리들도 있었다. 사람이 세상일을 하다 보면 늘 이런 두 부류가 있게 마련이다.

작품에서 변학도 유(類)의 낡은 인물들은 처음부터 낡은 관습을 고수하려는 보수적인 사람들이나, 이몽룡 유는 인도주의 사상을 지닌 새로운 양반 유형으로 등장한다. 혹자는 이러한 분류를 적대자와 원조자로 구분하여, 적대자의 주역은 변학도이고, 원조자는 이 도령과 왕, 남원의 일부 선비들, 농부, 향단 등을 더 꼽을 수 있다고 하였다. 정확한 지적들이다.

여기서 이 도령과 방자는 춘향에게 협조하는 편으로, 그리고 변학도와 이 도령의 부모와 월매는 그녀에게 반대하는 편으로 분류하여 이야기를 전개해 나가고자 한다. 이들이 작품에서 각각 어떤 역할을 하는지를 알아보면 재미있다. 그것으로 작품의 구조와 의미는 저절로 드러나게 된다.

춘향의 꿈을 이루는데 가장 협조적인 인물은 누구보다 이 도령이라할 수 있다. 여기서는 우선 이 도령의 역할을 살펴보기로 한다.

이 도령이 춘향을 처음 만난 곳은 광한루이다. 그때 그는 부친의 승낙을 받지 않고 나간다. 그는 공부를 하다가 머리도 아프고, 또 화창한날씨에 바람기가 동하여 방자를 데리고 광한루로 바람을 쐬러 나갔던것이다. 이 점에서 우리는 이 도령이 그의 완고한 부모들과는 달리 당시로서는 상당히 개방적인 사고방식을 소유하고 있었음을 엿볼 수 있다. 당시의 관습대로라면 그는 『소학』에 있듯이 반드시 그의 행방을 부모에게 아뢰고 나가야 했던 것이다.

이 도령의 이런 점을 볼 때, 그는 상당히 개방적인 인물이다. 하나를보면 열을 안다고, 이 도령은 그 후 춘향이를 대하는 태도에서부터 그의아버지와는 사뭇 다르다. 즉 이 도령은 춘향에게 호의적이나 그의 부모는 적대적이었다. 광한루에 도착한 이 도령은 치맛바람을 날리는 춘향을 보게 된다. 그는 춘향이 방자로부터 퇴기 월매의 딸이란 말을 듣고는, '기생의 딸이라니 얼른 가서 불러오너라.' 하며, 방자를 시켜 가서불러오라고 한다. 당시 사회에서는 가능한 발상이었다. 그는 개방적이긴 하지만 이때까지는 아직 당시의 관습을 따르는 모습을 보이고 있다.

그러나 춘향은 방자의 말을 듣고는 "나는 지금 관아에 딸린 기생의몸이 아닌 여염집 여자야. 여염집의 처녀가 어떻게 벌건 대낮에 사람들이 많이 모인 가운데 무슨 얼굴을 추켜들고 너와 함께 가자는 거야?"
하며, 이를 거절한다. 춘향은 이미 양반의 부인이 되겠다는 꿈을 품고
있었으므로 스스로 천인 기생이 아닌 떳떳한 일반집의 처녀로 대접받기
를 원했다.

역시 춘향은 보통 여자가 아니었다. 비록 기생의 딸이나 스스로 기생
명부에 이름을 올린 적이 없으므로 기생이 아닌 어엿한 일반 살림집 처
녀라는 주장이다. 실제 월매는 돈으로 여자종을 사서 춘향을 대비속신
(代婢贖身)케 했으니, 즉 돈으로 다른 여자를 사서 춘향 대신 기생 명부
에 올리고 춘향을 거기서 빼냈던 것이다. 그러니 이런 백주 대낮에 더욱
이 사람들이 많은 큰길에서 어찌 외간 남자를 만나러 갈 수 있느냐고
하면서, 방자를 따라갈 수 없다고 당당히 맞선 것이다.

이런 춘향을 대하는 이 도령의 태도를 유심히 살펴볼 필요가 있다.
춘향의 말을 들은 이 도령은 '녹주우석숭(綠珠遇石崇), 홍불수이정(紅
拂隨李靖)'이란 한시로 편지를 써서 방자 편으로 보낸다. 이 한시는 녹
주라는 여자가 석숭을 만났듯이 오늘 너와 내가 만났고, 또 홍불이라는
기생이 이정을 따라갔듯이 너도 나를 따라오라는 말이다.

특히 여기서 그가 한시로 편지를 보낸 점이 재미있다. 이것은 이 도
령이 방자에게 듣던 대로 춘향의 행실이 양반과 같다고 인정했다는 얘
기다. 그는 비록 춘향이 기생 신분이지만 양반이 갖추어야 할 교양을
갖추었기에 그 신분에 상관하지 않고 그녀를 양반가의 여염집 처녀로
대접했다. 그래서 그는 자연스레 기생 춘향에게 양반 규수에게 하듯이

한시로 편지를 써 보냈던 것이다.

이는 당시로서는 상당히 진보적인 사고방식이라 할 수 있다. 여기서 우리는 이 도령의 개방적인 면모를 읽을 수 있다. 이런 점이 바로 낡은 관념을 고수하는 보수적인 변학도와는 근본적으로 다른 점이다. 춘향은 이런 이 도령의 본래 모습을 보았으므로, 그녀 역시 한시로 답장을 보내어 서로의 사랑이 시작된다. 춘향은 그녀를 기생으로 불렀을 때는 가지 않았지만, 양반으로 불렀을 때는 갔다. 이는 이 도령이 그녀의 꿈을 이루어 줄 수 있는 양반이라고 믿었기 때문이다.

한편, 여기서 우리는 이 도령 역시 춘향이 못지않게 여자를 잘 유혹하는 바람둥이임을 알아야 한다. 여자를 유혹하려면 우선 그녀가 마음속에 무엇을 꿈꾸고 있는지 알아야 그녀의 마음을 사로잡을 수 있다. 서울 강남에서 손에 물도 안 묻히고 살고 싶은 여자에게 시골 가서 비둘기 같은 집을 짓고 살자고 아무리 유혹해도 넘어가지 않을 것이다. 낚시꾼이 붕어를 낚으려면 지렁이가 아닌 떡밥을 써야 하듯, 이 도령은 춘향이 기생으로서가 아니라 양반으로 대접받고 싶어 함을 금방 알아차리고 얼른 낚싯밥을 바꾸어 달았던 것이다. 그러니 이 도령의 입장에서 보면 춘향이 자기의 입질에 꼼짝없이 걸려든 것이다. 재미있지 않는가, 세상 사는 일들이.

이날 밤 이 도령은 춘향의 집에서 월매가 원하는 대로 소위 「불망기」라는 것을 써 준다. 이는 일종의 각서나 계약서 같은 것으로 영원히 잊지 않겠다는 문서이나, 이것으로 어떠한 법적인 구속을 받지는 않는다는 점은 이미 말했다. 당시 양반들은 기생들에게 아무런 부담 없이 이 「불망기」란 것을 써 주었던 것도 사실이지만, 그럼에도 이 도령이 이 문서를 써 준 것에 대해 우리는 두 가지 의미를 유추할 수 있다.

첫째는 이 도령이 어떤 사회적인 규제나 법규에 제약되기보다는 그 스스로의 결단으로 진정 그녀를 배필로 삼겠다는 마음의 표시였다. 그는 스스로의 행동에 책임을 질 줄 아는 떳떳한 대장부였다. 이는 그가 뒷날 춘향이와의 약속대로 과거에 급제한 뒤 암행어사가 되어 제일 먼저 그녀를 찾은 것에서도 잘 드러난다.

둘째, 방자에게 한시를 들려 보냈던 것도 그랬지만 이 역시 춘향이에게 그녀가 원하는 대로 양반으로 대접해 준 것이 된다. 왜냐하면 당시 양반들은 「불망기」 같은 것을 서로 주고받았기 때문이다. 이에 춘향은 이 도령이 자신을 양반으로 대해 주고, 동시에 초취(初娶 : 첫 번째로 장가를 들어 맞이한 아내)같이 대하겠다는 말에 몸을 허락한다. 이제 양반의 부인이 될 수 있는 꿈이 한결 더 가깝게 다가왔다.

그 후 이 사또는 한양으로 올라오라는 임금의 부름을 받게 된다. 이에 그는 이 도령에게 먼저 집안 부인네들을 모시고 이튿날 바로 떠나라고 한다. 이 도령은 아버지에게 춘향과의 사정을 말하지만 오히려 꾸중만 듣게 된다. 이 도령의 아버지는 아들의 낭만적인 사랑을 이해할 수 없는 현실주의자였기 때문이다. 그의 어머니 역시 마찬가지였다.

이에 이 도령은 춘향을 만나, 그녀를 데리고 갈 수 없는 사정을 이야기하지만 그녀는 쉽게 수긍하지 않는다. 그와 헤어지는 것은 곧 그녀의 꿈이 깨어지는 것이기 때문이다. 그녀의 한탄과 눈물과 앙탈에 이 도령은 결국 장원 급제하여 다시 찾으러 오겠다고 하지만, 춘향은 말만이 아니라 무언가 믿을 만한 증거인 신표(信標)를 달라고 요구한다. 이에 이 도령은 '대장부 평생 품은 마음, 이 거울 빛과 같이 늘 맑고 깨끗하여 몇 해가 지나도 내 마음 절대로 변치 않을 것이니'라고 하며 명경을 내어 준다. 그는 세월이 지나도 거울처럼 변치 아니할 것을 다짐하며, '찾을 날을 기다리라.'며 한양으로 떠나간다.

서울로 올라간 이 도령은 춘향이와 약속한 대로 열심히 공부하여, 그녀가 바란 대로 장원 급제를 한다. 그리고 전라 어사가 되어 호남으로 향한다. 그가 전라 어사가 된 것은 부패한 관리를 척결하러 가기 위한 것만은 아니었다. 그가 전라 어사를 평생소원으로 한 것은 일차적으로는 춘향과의 약속을 지키기 위한 것으로 보아야 한다. 이처럼 이 도령은 상당히 성실한 사나이였던 것이다.

남원에 도착한 이 도령은 옥중에 있는 춘향을 거지 차림으로 만나 본다. 이것은 아마도 당시 암행어사들이 스스로의 신분을 숨기기 위해 거지 차림으로 다녔기 때문일 것이다. 이튿날 이 도령은 신관 사또의 생일 잔치에 암행어사로 출두(出頭)하여 죽어 가던 그녀를 살린다. 이는 이 도령이 꼭 다시 찾으리라는 춘향과의 약속을 온전히 지켜 주는 비장한 장면이기도 하다.

그가 어사출두로 춘향을 살린 것은 그녀의 목숨을 구한 것일 뿐만 아니라 깨질 위기에 있던 그녀의 소중한 꿈을 되살린 행위라는 것은 이미 말했다. 따라서 암행어사 출두 장면이 이 작품의 클라이맥스에 해당한다고 할 수 있다. 이후 변학도를 봉고파직시키는 등의 부패한 관리의 응징은 이의 결과론적인 부산물에 지나지 않는다.

이 도령이 암행어사로서 춘향을 구한 것은 가정의 문제가 곧 나라의 일이라는 인식에서 나온 것이기도 하다. 나라를 가정의 연장선상으로 보는 당시 유학자들의 사고방식이다. 수신제가(修身齊家) 치국평천하(治國平天下), 즉 먼저 몸과 마음을 닦아 집안을 다스린 이후, 나아가 나라를 잘 다스리고 온 세상을 편안하게 하는 것이 그것이다. 그렇지 않고 현대식으로 생각하면 이 도령은 나라의 공금을 가지고 자신의 개인 문제, 즉 애정적인 가정 문제를 해결한 공금 횡령자라고 해도 할 말이 없게 된다.

여기서 우리나라 암행어사로 가장 잘 알려진 박문수의 이야기를 한 번 읽어 보기로 한다. 이 역시 『춘향전』 후반부의 근원 설화로 알려질 만큼 본 작품과 유사한 모티브를 가지고 있다. 이 도령과 박문수를 비교해서 읽으면 더욱 재미있을 것이다.

암행어사 박문수

영성군(靈城君) 박문수(朴文秀)가 어린 시절에 외숙을 따라 임지인 진주에 갔다가, 한 기생을 한번 보고 너무 반해서 서로 같이 살다가 한날한시에 죽자고 맹세할 지경이었다.

그런데 하루는 서실(書室)에 있는데 거칠고 못생긴 여종 하나가 물을 길어서 지나갔다. 여러 사람들이 그녀에게 손가락질하고 웃으면서 말했다.

"이 여자는 나이가 삼십이 가까운데도 거칠고 못생겨서 아직도 남녀 간 음양의 도리를 알지 못한다고 하니, 만약 저 여자를 가까이해 주는 사람이 있으면 반드시 신명의 보살핌을 받을 것이네."

박문수가 그 말을 듣고 그날 밤에 그 여종이 또 지나갈 때 불러들여 잠자리를 같이해 주니 그녀가 매우 기뻐하며 갔다.

이후 박문수는 서울로 돌아와 급제하고 십여 년이 지나 암행어사의 명을 받았다. 그는 신분을 속이기 위해 거지 차림으로 진주에 다다라 옛날에 사랑하던 기생의 집에 가서 문밖에 서서 밥을 빌려고 하니, 안에서 한 할미가 나와서 한참을 쳐다보다가 말했다.

"이상하다, 이상해."

박문수가 말했다.

"할미는 무어라 하는 거요?"

할미가 말했다.

"그대의 얼굴이 전전 사또 때 박 서방님 모습과 꼭 같으니 그래서 이상하다는 거요."

박문수가 말했다.

"내가 과연 그렇소."

할미가 놀라 말했다.

"이 어쩐 일입니까? 뜻밖에 서방님이 이렇게 거지가 되어 오시다니요? 우선 우리 집 방 안에 들어가 잠깐 계시다 진지를 잡숫고 가십시오."

박문수가 방에 들어가 자리를 정하고는 물었다.

"그대의 딸은 어디에 있소?"

대답하였다.

"지금 본부청(本府廳)의 기생으로 있는데, 당번이 길어져서 아직 나오지를 않았습니다."

한참 불을 때어 밥을 짓는데 갑자기 신발 소리가 들리더니 그 딸이 부엌으로 왔다. 어미가 말했다.

"아무 곳의 박 서방이 왔다."

그 딸이 말했다.

"언제 여기 왔어요? 무슨 일로 왔답디까?"

그 어미가 말했다.

"그 모습이 가엾더라. 헌 갓에 찢어진 옷을 입고 거지나 다름없기에 그 까닭을 물어보니 외가인 전전 사또 집에서 쫓겨나 지금은 전전걸식하며 다닌다더라. 이곳은 예전에 오래 있던 곳이라 아전이나 관가의 노비들 얼굴을 아는 까닭에 돈푼이나 얻어 볼까 하고 왔는가 보더라."

그 딸이 정색을 하고 말했다.

"이런 말을 왜 나한테 하는 겁니까?"

그 어미가 말했다.

"너를 보러 왔다고 하더라. 이미 왔으니 한번 들어가 보는 것이 좋지 않겠니?"

그 딸이 말했다.

"봐서 무슨 좋을 일이 있겠어요? 그런 사람 보고 싶지 않아요. 내일은 병마를 지휘하는 병마절도사(兵馬節度使)의 생신이라서 수령들이 많이 모여 촉석루에서 풍악을 열 거래요. 본부의 우두머리가 단단히 타일러서 기녀들의 옷 문제를 매우 엄하게 했어요. 내 옷상자에 새로 해놓은 옷이 있어요. 어머니가 가서 좀 꺼내 오실래요?"

그 어미가 말했다.

"내가 어떻게 알겠니? 네가 들어가서 가지고 오렴."

그 딸이 부득이하여 문을 열고 들어갔다. 그녀는 일부러 성낸 얼굴을 하고 박문수에게 눈동자도 돌리지 않고 방의 벽을 빙 돌아서 상자를 열고 옷을 꺼내어 돌아보지도 않고 나갔다.

박문수가 이에 그 어미를 불러 말했다.

"주인이 이미 이렇게 냉랭하니 내가 오래 머물 수 없네그려. 이제 가야겠네."

그 어미가 만류하며 말했다.

"나이 어려 사리 분간 못 하는 기생인데 무엇을 탓할 게 있겠습니까? 밥이 이미 익었으니 잠깐만 앉아 계시다가 진지나 드시고 가십시오."

박문수가 말했다.

"먹고 싶지 않네."

그는 바로 문을 나왔다.

이어서 그 여종 집으로 향했다. 그 여종은 아직도 물을 긷고 있었다. 물을 긷고 오다가 그의 모습을 보고 한참을 쳐다보더니 말했다.

"이상하다, 이상해."

박문수가 물었다.

"무엇 때문에 사람을 쳐다보며 자꾸 이상하다 하느냐?"

그 여종이 말했다.

"객의 모습이 꼭 전에 이 읍의 사무를 보던 책방(冊房)의 박 서방님 같기에 이상하다고 하는 것입니다."

박문수가 대답했다.

"내가 정말 그 사람이다."

그 여종이 물 항아리를 땅에다 내던지고 손을 잡고 크게 통곡을 하며 말했다.

"이것이 웬일입니까? 이것이 무슨 꼴입니까? 제집이 멀지 않으니 같이 가십시다."

박문수가 따라가니 오막살이집이었다. 방에 들어가 자리를 정하자마자 흐느끼며 거지가 된 까닭을 물었다. 박문수가 아까 기생 어미에게 했던 말과 똑같이 대답했다.

그녀가 놀라서 말했다.

"아무리 그렇다고 이렇게까지 되셨어요? 저는 서방님이 크게 현달하실 거라 생각했는데 어찌 이렇게 되리라고 생각이나 했겠어요? 오늘은 우리 집에서 주무세요."

하고는 다 떨어진 상자를 꺼냈다. 그 속에 명주옷 한 벌이 있었는데, 그 옷으로 갈아입으라고 권하는 것이었다.

박문수가 말했다.

"이 옷은 어디서 난 것이냐?"

여종이 대답했다.

"이것은 제가 몇 년을 두고 물을 길어 받은 품삯으로 돈을 모아서 옷감을 사다가 사람에게 돈을 주고 옷을 만들어 두었습니다. 이생에 만약 서방님을 다시 만난다면 제 정을 표하고자 한 것입니다."

박문수가 사양하며 말했다.

"내가 오늘 헌옷으로 여기 왔는데, 갑자기 이것을 입으면 사람들이 어찌 의아하게 생각지 않겠니? 나중에 반드시 입을 것이니 잠깐 놓아 두어라."

그녀가 부엌에 들어가 저녁밥을 준비하더니 뒤란으로 돌아갔다. 입으로 '에이! 에이!' 하는 것이 마치 누군가에게 욕을 하는 것 같았다. 또 그릇을 깨는 소리가 들렸다. 박문수가 이상해서 물어보니 대답하였다.

"남쪽에서는 귀신을 숭배합니다. 제가 서방님을 보낸 후에 신위(神位)를 모시고 조석으로 빌며 오직 서방님이 입신양명하기를 원했습니다. 귀신이 만약 신령하다면 서방님이 어찌 이 지경에 이르렀겠습니까? 그래서 아까 그 신위를 다 뜯어다가 깨 버리고 불 질러 버렸습니다."

박문수가 웃음을 참지 못하면서도 그 마음에 감격할 뿐이었다. 저녁밥을 갖추어 들이니 박문수가 옷을 벗고 유숙하였다.

아침에 밥을 재촉하며 말했다.

"내가 갈 곳이 있다."

이에 문을 나서 먼저 촉석루로 가서 누각 아래에 숨어 있었다. 해가 뜬 후에 관리들이 분주하게 쓸고 닦고 자리를 펴 잔치를 배설하였다. 이윽고 병마절도사와 수령이 나오고 인근 읍 수령 십여 인도 모두 와서 모였다. 박문수가 무조건 윗자리로 들어가며 병마절도사를 향해 말했다.

"지나가던 객이 잔치에 참여코자 하여 왔소이다."

병마절도사가 말했다.

"그냥 구석에 앉아서 구경한다면 무방하오."

이윽고 술상 그릇이 어지럽고 피리와 노랫소리가 요란하게 울렸다. 그 기생이 수령의 등 뒤에 서 있는데, 옷과 장식을 곱게 차리고 교태를 머금고 있었다. 병마절도사가 돌아보고 웃으며 말했다.

"수령이 요즈음 저것한테 아주 빠졌소이까? 얼굴색이 전 같지 않소이다그려."

수령이 웃으며 대답하였다.

"어찌 그럴 리가 있습니까? 말만 그렇게 났지 실상은 그렇지 않습니다."

병마절도사가 웃으며 말했다.

"그럴 리가 있겠소."

이에 사환을 불러 술을 치게 했다. 기녀가 술을 치며 차례로 앞으로 나아갔다. 박문수가 청했다.

"이 객도 또한 술을 잘 마시니 한잔 주시오."

병마절도사가 말했다.

"술을 주어라."

기녀가 이에 술을 부어 통인에게 주며 말했다.

"저 객에게 주렴."

박문수가 웃으며 말했다.

"이 객도 또한 남자요. 기녀 손으로 주는 잔으로 마시고 싶소이다."

병마절도사와 수령의 얼굴이 굳어지며 말했다.

"마시는 것까지야 좋지만 어찌 기녀의 손까지 바라는가?"

박문수가 이에 받아 마셨다. 음식을 들이는데 각 사람의 앞에 모두 큰 탁자를 놓았는데 자기 앞에는 그릇 몇 개뿐이었다. 박문수가 또 물었다.

"다 같이 양반인데 음식이 어찌 이렇게 층하가 지는 거요?"

수령이 노하여 말했다.

"어른들 모임에 왜 이리 번거롭게 하느냐? 밥을 먹었으면 빨리 갈 것이지 무슨 말이 그리 많으냐?"

박문수가 또한 노하여 말했다.

"내가 그래 어른이 아니란 말이오? 나도 처에다 자식까지 있고 터럭도 희끗희끗한데, 그래 내가 어째서 어린애란 말이오?"

수령이 노하여 말했다.

"이 거지 놈이 망발을 하는구나. 속히 내치거라."

이에 관노들에게 분부하여 쫓아 보내게 했다. 관노들이 누각 아래에 서서 소리를 지르며 말했다.

"빨리 내려오시오."

박문수가 말했다.

"내가 어째서 내려가야 하느냐? 수령이 내려감이 옳다."

수령이 더욱 성을 내며 말했다.

"이 필시 미친놈이구나. 너희들은 끌어내리지 않고 무얼 하느냐?"

호령이 서릿발 같았다. 통인 무리들이 소매를 잡고 등을 떠미니 박문수가 높은 소리로 말했다.

"너희들은 물러나거라."

말이 끝나기도 전에 문밖에서 역졸들이 크게 외쳤다.

"암행어사 출두야!"

그러자 병마절도사 이하 모두 얼굴빛이 흙빛으로 변하여 허겁지겁 나갔다. 박문수가 높직이 앉아 웃으며 말했다.

"진실로 저렇게들 나가는 것이 마땅하다."

이에 병마절도사의 자리에 앉으니 병마절도사 이하 각 읍 수령들이 모두 띠와 모자를 갖추고 하나하나 들어와 뵈었다.

예를 마친 뒤에 박문수는 그 기녀를 잡아들이라고 명했다. 기생 어미도 불러 놓고 기녀에게 말했다.

"연전에 너와 나의 사랑함이 어떠했느냐? 산이 갈라지고 바다가 마른다 해도 좋아하는 정은 변하지 말자고 약속했었다. 지금 내가 이 모양으로 차리고 왔다 해도 네가 전날의 정을 생각해서 좋은 말로 위로함이 옳지, 어찌 성을 내었느냐? 속담에 양식도 안 주고 쪽박마저 깬다더니, 정말 너를 두고 한 말이구나. 이 일은 마땅히 곧바로 때려 죽일 것이로되 너를 어찌 죽이겠느냐? 곤장이나 치도록 하겠다."

또 기생 어미에게 말했다.

"자네는 그래도 예의를 알고 있었네. 자네 때문에 죽이지 말라고 했네."

쌀과 고기를 내려 주고는 또 말했다.

"나를 돌봐 준 여자가 있으니 빨리 불러오너라."

이에 물 긷는 여종을 불러다가 자리에 올려 앉히고 곁에서 어루만지며 말했다.

"이 사람은 진정 정이 있는 여자다. 이 여자를 기생 명부에 올려 두고 기생들의 우두머리인 행수 기생의 일을 보도록 하고, 아무개 는 내쳐서 평생 물 긷는 종으로 살도록 하여라."

이에 본부의 이방을 불러다가 아무것도 묻지 말고 돈 이백 금을 급히 가지고 오라고 하여 그 여종에게 주고 떠났다.

방자한 방자

다음으로 방자를 살펴보자. 이 방자라는 인물은 전반적으로 춘향에게 협조하는 인물군에 속한다고 하겠다.

전반적인 인물들 가운데서 방자가 가지는 성격적인 요소는 당시 서 민들의 한 모습으로서 생생하게 부각되어 있다. 방자는 지방 관아의 종 이지만, 여기에 나오는 방자(房子)는 '방자(放恣)'로 읽어야 할 만큼 꺼 리거나 삼가는 태도가 없고 교만하기까지 하다.

작품의 첫 부분에서 이 도령이 그에게 경치가 뛰어난 곳을 말하라 하 니, '글공부하시는 도련님이 경치 좋은 곳을 찾아 뭐하시게요?' 하며, 상 전에게 말대꾸하는 방자한 모습을 보인다. 하인인 주제에 주인의 가정 교사 노릇까지 하려는 꼴이다. 천민인 하인 계급으로서 상전인 양반 계 급과 스스로를 동등시하려는 태도인 것이다. 이런 점으로 보아, 방자 역 시 신분제의 부당함을 깨닫고 있던, 당시의 깨인 사람들 중의 하나였으 리라는 것을 짐작할 수 있다.

이 도령이 방자에게 퇴기 월매의 딸이란 말을 듣고, 가서 불러오라고 하자, 방자는 '죄송하지만 불러오기 어렵습니다요.'하며, 이 도령의 명령을 그대로 시행하려 들지 않는다. 방자는 그 이유로 춘향이 '생긴 것이 얼굴이 절색이요, 재주는 하늘에서 타고났어요…… 『열녀전』「내 칙편」을 밤낮으로 읽어 일상생활에서의 행실이 사대부집 여자 못지않기.' 때문이라고 한다. 이는 결국 춘향이 비록 외적으로는 신분이 기생이나 내적으로는 어느 양반보다 더 훌륭하다는 것을 강조하여 보고한 것이다.

결국 방자는 춘향을 양반도 함부로 할 수 없는 사대부 여자로 치켜세움으로써 춘향의 신분 상승을 간접적으로나마 도운 셈이라 하겠다. 나아가 춘향에게는 '이런 기회 자주 없다'며, 이 도령의 사랑받는 첩이 되기를 권하기도 하였다. 방자 역시 춘향에게 이런 좋은 기회는 놓치지 말고 이 도령을 잡으라고 하는 것을 보면 상당히 적극적인 인물 유형이다.

결국 춘향의 신분 상승을 도운 인물로는 이 도령과 방자가 되겠는데, 이 도령은 양반층의 하나로, 그리고 방자는 천민층의 하나로 인물이 설정되어 있는 것이 흥미롭다. 그리고 이들은 비록 신분이 서로 다르지만 다 같이 젊은 세대로서 새 시대의 미래를 예견하는 진보적인 인물들이기도 하다.

이들은 새로운 시대를 짊어지고 나아가야 할 역군으로서, 신분제가 없는 근대 사회가 와야 한다는 것을 깨닫고 몸소 실천한 당시의 깨인 인물들이라 하겠다. 그러나 이 도령은 적극적이고 직접적이었음에 반하여, 방자는 소극적이고 간접적이었음을 간과할 수 없다.

자상한 변학도

춘향의 신분 상승을 방해하는 인물로는 물론 변학도가 대표적이다. 풍류를 좋아하고 여색을 밝히는 변학도는 부임하자마자 기생 점검을 실시하나, 춘향의 이름이 나오지 않자 그 연유를 물었다. 그러자 춘향이라 하는 것이 기생이 아니라 퇴기 월매의 딸인데, 인물 재주 기묘키로 구관(舊官) 자제 도련님과 백년가약을 맺었기 때문이라고 한다. 그러나 변학도는 '기생의 딸이면 기생이지!' 하며, 부하에게 명을 내려 막무가내로 춘향을 잡아들이라고 한다.

그는 춘향의 신분 상승에의 꿈을 이해할 수 없었고, 또 그것을 용인하려고도 하지 않았다. 이는 춘향이의 편에서 보면 그녀의 꿈을 완전히 말살시키려는 행위이기도 하다. 그러기에 춘향은 이를 거절할 수밖에 없었던 것이다.

여기서 유의하여야 할 점은 변학도가 춘향에게 수청을 들라는 것은 당시 변학도의 현실적인 사고방식에서 나온 것이라는 점이다. 즉 그가 근본적으로 악한 사람이기 때문에 이런 명령을 내린 것이 아니라는 말이다. 당시에 고을 원이라면 당연히 관청에 속한 기생으로 하여금 수청을 들게 할 권한이 있었던 것이다. 작품에서도 그를 그리기를 '학도라는 이름처럼 글재주도 넉넉하고 인물이 훤칠하고 풍채도 활달했다. 풍류를 좋아하고 바람기도 다분했다.'라고 하여, 악인으로서의 그의 면모는 드러내고 있지 않다. 단지 여자를 좋아한다고 해서 악인이라고 할 수는 없지 않은가.

여기서 당시의 기생 제도를 조금 살펴보는 것이 이해를 도울 것이다. 기생은 춤, 노래, 그림, 글씨, 시문 따위의 예능으로 술자리나 유흥장에서 흥을 돋우는 일을 직업으로 삼는데, 그 종류로는 관기(官妓), 민기(民妓), 약방 기생, 상방기생 등이 있다. 그 원류는 신라 시대 원화 제도에서 비롯되었다고 하나 확실하지는 않다. 다만 조선 시대의 관기 설치 목적은 주로 여악(女樂)과 의침(醫針)의 담당에 있었다.

특히 지방 관청에 딸린 기생은 지방관을 즐겁게 하는 놀이의 대상이 되었다. 따라서 변학도가 춘향을 관기로 보고 수청 들라는 것은 당시의 법에 어긋나는 일은 아니라고 볼 수 있다.

그런 변학도이기에 춘향이 말하길 '이년은 한 지아비만을 섬기오니 사또의 본부는 시행하지 못하겠습니다.' 하자, '네 정절 굳은 마음 어찌 그리 어여쁘냐. 당연한 말이야. 그러나 춘향아! 내 말 좀 잘 들어 봐라.'고 하였으니, 이는 현실적인 그가 낭만적인 그녀를 가엾도록 어리석게 봤기 때문에 한 말이다. 그렇기에 그는 춘향으로 하여금 주어진 현실을 똑바로 볼 수 있도록 친절하고도 자상하게 일러 준다.

"그래, 네 마음 잘 안다. 네가 진정한 열녀야! 네 정절 굳은 마음 어찌 그리 어여쁘냐. 당연한 말이야. 그러나 춘향아! 내 말 좀 잘 들어 봐라.

이 도령은 서울 사대부의 자제로서 이미 장원 급제해서 좋은 집 안의 사위가 됐을 거야. 그리고 지금쯤 서울에서 잘나가는 기생들 을 데리고 봄이면 봄놀이, 밤이면 밤놀이를 할 건데, 잠깐 장난삼아 만난 널 기억이나 하겠느냐?

네 정절은 칭찬할 만해도, 이 도령 한 사람에게 절개를 지키면서 허송세월하다가 쭈그렁 할망구가 되면 불쌍한 건 너야, 너! 게다가 네가 아무리 수절해도 누가 너를 열녀라고 인정해 주고 표창하겠느 냐? 그건 그렇다 치고, 네 고을 관장을 택하는 것이 옳으냐, 아니면 그 오지도 않을 아이놈을 택하는 것이 옳으냐? 네가 말 좀 해 봐라. 이제 너도 나에게 재가하여 날 위해 수절하면, 논개의 충절과 같을 테니 의복 단장 고이하고, 오늘부터 수청 들라."

그의 말을 쉽게 풀어 보면, 이 도령은 이미 서울로 가서 열쇠 3개 받 고 부잣집에 장가가서 너를 잊고 기생집과 술집을 돌아다니고 있으니, 너도 이제 그를 그만 잊고 하루라도 젊었을 때 고을 원인 나에게 수청 을 들어 화대를 모아 노후를 준비하는 게 현명하지 않겠느냐는 말이다.

변학도로 말하면 과거에 급제하여 전국을 돌아다닌 관리였다. 그의 눈에 비친 춘향의 모습이 어떠했을까. 남원이라는 조그마한 시골 마을에 왔더니, 인물은 이쁘지만 이제 겨우 16세인 기생의 딸이 전임 사또 자제와 잠깐 사랑놀이를 하다가 헤어져서는 수절이니 뭐니 한다니, 얼마나 가소롭게 보였겠는가. 소설이 아닌 당시 사회 현실로 볼 때, 이런 변학도의 생각이 백 번 옳고 춘향의 꿈은 어리석고 가당찮을지도 모른다.

결국 변학도는 현실적이고 타산적이었다면, 춘향은 이와 반대로 이상적이고 낭만적이었던 것이다. 따라서 이들은 서로 타협하거나 화해할 수 없는 사이였다.

이때 만일 춘향이 변학도의 명령대로 수청을 들면 그녀의 꿈은 깨어지게 마련이다. 왜냐하면 당시 양반 부녀자들는 당연히 한 지아비를 따라 섬기는 일부종사(一夫從事)를 하여야 했기 때문이다. 양반 부녀자들뿐만 아니라 당시 모든 여성들은 오직 한 남편만을 따라야 했던 것이다. 그러므로 수청 들라는 변학도의 행위는 그녀로 하여금 신분 상승에의 꿈을 방해하는 명령이 되는 셈이다.

흔히 『춘향전』의 주제를 '열(烈)', 즉 절개(節槪)라고 하는 것은, 이 부분만의 의미를 중시하였기 때문에 나온 견해라고 생각한다. 사실 이 부분은 춘향이 이 도령의 부인이 되느냐 마느냐 하는 가장 중요한 부분이기도 하다. 그런데 춘향이 여기서 열(烈)을 지켰기 때문에 결과론적으로는 이 도령과 결합할 수 있었다. 따라서 이 작품의 주제를 '열(烈)'이라고 하는 것은 춘향의 행동 동기를 살핀 것이 아니라, 그 결과만 본 이야기라 하겠다. 그렇지 않다면 춘향이 이 도령에게는 첫날밤에 기생처럼 몸을 바친 행위가 이와 모순되기 때문이다.

어쨌거나 변학도로서는 춘향의 신분 상승이야 알 바 없었으므로 기생인 그녀의 수절을 용인할 수 없었다. 오히려 그는 자기의 말귀를 못 알아듣는 춘향이에게 화가 났던 것이다. 그는 자기 딴에는 친절하고 자상하게 일러주었는데도 춘향이는 자기 말에 귀도 기울이지 않고 초지일관 정절만 부르짖으니 얼마나 답답하였을 것인가.

답답하면 손이 올라가기도 한다. 그래서 그녀를 대뜰 아래 내리치고는 태형을 가하고, 끝내는 큰칼 씌워 하옥을 시키게 된다. 이 점이 변학도와 이 도령의 차이점이다. 이 도령은 유연하고 개방적이어서 춘향의 속마음을 읽고 얼른 그의 태도를 바꾸어 춘향을 차지할 수 있었다.

그러나 완고하고 보수적인 변학도는 춘향이에 대한 마음을 처음부터 끝까지 바꾸지 못했던 것이다. 그는 오직 끝까지 그녀를 기생으로만 대하고, 현실의 법대로 수청 들라고만 고집하였다. 이런 점에서 보면 사실 변학도는 색을 밝혔다고는 하나 제대로 연애도 할 줄 모르는 현실적이면서도 우직한 사나이라고 할 수 있겠다.

옛날에 임권택 감독이 『춘향전』을 영화로 만들면서, 이 변학도를 상식 밖으로 캐스팅한 것이 화제가 된 적이 있다. 변학도 하면, 나이 든 사람들은 대개 옛날의 이예춘 씨를 떠올릴 것이다. 당시 영화에서 이예춘 씨는 아주 험상궂은 얼굴의 늙은이로 변장하고 나와 변학도의 역을 훌륭하게 수행했던 것으로 기억된다. 그래서 사람들은 변학도라면 으레 악인으로 생각한다.

그러나 변학도는 이름 그대로 학도(學徒), 즉 공부하는 학생이다. 그 역시 당시의 과거에 합격한 수재요, 촉망받는 고급 관리였다. 다만 조금 색을 밝히긴 했지만. 그래서 임권택 감독은 이 변학도의 역으로 30살의 연극배우로 깔끔한 용모를 갖고 있는 이정헌을 전격 캐스팅한 것은 정말 뛰어난 발상이 아닐 수 없다. 임 감독은 '변학도가 이 도령에 비해 뒤질 것이 없어야 한다.'고 했다 한다. 그래야 춘향이가 변학도의 끈질긴 수청 요구를 뿌리치고, 이 도령에 대한 절개를 지키는 것이 더욱 멋있지 않겠느냐는 것이다. 정말 보통 사람들과는 다른 놀라운 발상이다. 이런 것이 소위 말하는 창의적인 사고방식이다. 그래서 임권택 감독이다.

만약 변학도가 이 도령처럼 춘향에 대한 태도를 바꾸어 '그래 좋다. 나의 첩으로라도 들어오너라.' 했으면, 이야기가 어떻게 흘러갔을까? 과거에 급제한 뒤 춘향을 찾아온 이 도령이 춘향을 찾지 못하고 되돌아가는데, 멀리서 변학도의 아기를 업은 춘향이가 이를 안타깝게 지켜보는 …… 상상은 항상 즐거운 법이다.

춘향에게 닥치는 이 시련은 영웅 신화에 보이는 '상징적 죽음'의 모티브에 해당한다. 물론 『심청전』에서처럼 실제적인 죽음은 아니지만, 「단군 신화」에서 곰과 호랑이가 굴속에 들어가 쓴 쑥과 매운 마늘을 먹으며 어둠 속에서 참고 견뎌야 하는 것처럼 상징적인 죽음의 의미를 갖고 있다. 『춘향전』에 활력을 불어넣는 요소가 바로 이 '시련' 모티브이다.

그래서 춘향이가 들어간 감옥이야말로 춘향이 다시 태어날 수 있는 성스러운 곳이다. 이곳은 즉 죽어서 거듭나는 곳으로, 심청이가 들어간 바다와 같은 곳이요, 동시에 「단군 신화」에서 곰과 호랑이가 들어갔던

동굴과 같은 장소이다.

춘향이 옥으로 들어가는 것은 곧 이제까지의 그녀를 죽이는 죽음의 이미지이다. 곧 기생으로서의 그녀를 완전히, 그리고 철저히 죽이는 것이다. 그리고 옥에서 나와 이 도령과 만나는 것은 재생의 상징이다. 이제 그녀는 양반 부인으로 새롭게 태어난 것이다. 춘향의 현실적인 신분은 천한 출신이지만, 그녀가 지닌 본래의 신분은 태몽에서 살펴본 대로 천상의 세계에서 온 선녀였다.

요컨대 그녀는 상징적인 죽음을 통해 현실로부터 벗어나 다시 태어남으로써 원래 자신의 모습을 되찾아 양반의 부인이 되는 것이다. 그녀는 감옥에서 기생으로서의 자기를 죽이고 양반 부인으로 다시 태어난다.

예수가 죽어 돌무덤 속에 들어갔다가 다시 부활하는 것도 같은 모티브이다. 다시 태어나기 위해서는 이렇게 한번 죽어야 하는 것이다. 즉 죽을 고비를 이겨 내야 한다. 이런 모티브를 문학 용어로는 '재생화소'라고 한다.

변학도는 이 어사의 출두로 봉고파직을 당하게 되어, 춘향의 꿈을 무화시키려던 그의 의도는 좌절되고 만다. 이 도령이 변학도를 파직한 것은 앞에서도 잠깐 언급했지만, 단순히 그의 포악한 행위 때문이라고만 볼 수는 없다. 작품의 문맥에서 본다면 춘향의 신분을 상승시키려는 이 도령이 춘향의 신분을 고착시키려는 변학도를 이긴 것으로 이해하여야 할 것이다. 그렇기에 이후 변학도에 대한 언급은 더 이상 없고, 다만 이 도령이 춘향을 데리고 간 이야기만 나온다.

결국 변학도는 양반이었으나, 이 도령과는 달리 천민인 춘향의 신분 상승을 방해한 인물로 요약된다. 그는 현실적이고 타산적이며, 동시에 완고한 고집쟁이였기 때문이다. 그는 신분의 차별이 없는 새로운 시대가 아닌 신분제가 있는 구시대를 끝까지 고수하려 한 보수 세력이었다고 할 수 있다. 따라서 깨이지 못한 양반이라 하겠는데, 이 점에서는 당시 대부분의 양반들도 그와 다를 것이 없었다.

다음으로, 적극적이라기보다는 다분히 소극적인 방식으로 춘향의 신분 상승을 방해한 인물이 있으니 그가 곧 이 도령의 부친이다.

보통 아버지 이 사또

이 도령의 아버지는 이 도령과 춘향과의 관계를 소문으로만 짐작하고 밤낮으로 염려하며 지내다가, 한양으로 발령이 나자 이 도령으로 하여금 집안사람들을 데리고 그 이튿날로 먼저 떠나게 한다. 그리고 이 도령이 춘향과의 관계를 이야기하려 하자 이를 짐작하고, '이놈아! 글공부하라고 데려왔지 누가 밤낮으로 몹쓸 장난, 계집질을 하라더냐! 서울에 이 소문이 나면 넌 급제는 고사하고 혼인길부터 막힐 거다! 올라가라면 갈 것이지, 무슨 말이 그리 많으냐. 네가 더 할 말이 있느냐! 에라, 이놈 보기도 싫다.'하며, 심하게 꾸중했다.

이 사또 역시 이 도령과 춘향 사이의 이상적이고도 낭만적인 사랑을 이해하지 못하는 현실적이고 보수적인 사람이었다. 그는 오직 이 도령의 현실적인 출세만을 염려했기에 결론적으로는 춘향의 신분 상승을 방해하는 역할을 한 셈이다. 이로 보아, 이 도령의 아버지는 평범한 보통 아버지에 지나지 않았던 것이다.

프로 정신이 있는 기생 월매

월매 역시 현실 속에 안주한 현실적 인간이다. 따라서 이상적인 꿈을 꾸는 춘향과 대립되는 위치에서, 크게 보아 딸의 신분 상승을 방해하는 인물에 속한다고 하겠다.

월매는 어떻든 기생 출신이다. 자신의 딸과 가장 큰 차이점이라면, 그녀는 천민 기생의 신분에서 양반으로의 신분 상승을 꿈꾸지 못한, 현실에 안주한 기생이었다는 점이다. 그러기에 월매는 처음부터 춘향의 신분 상승에 대하여 소극적이고 부정적인 자세를 취한다. 곧 춘향이 광한루에서 처음 이 도령을 만나고 나서 집으로 오니 월매가 '그래, 어찌 대답하였느냐.'고 물었다. 이에 춘향이 '모른다 하였지요.'하자, 월매가 '잘하였다.'고 한다. 여기서 '잘하였다'는 말은 이 도령을 꿈의 대상이라기보다는 기생으로서의 손님으로 보는 것이다. 곧 남자 꾀는 첫 단계가 잘 되었다는 말이다.

그날 밤, 이 도령이 그녀의 집으로 왔을 때도, '백년가약을 하신다는 그런 말씀 마시고 그저 노시다 가십시오.' 하며, 신분상의 차이점을 현실적으로 고백한다. 이처럼 처음에는 어디까지나 다만 기생으로서 양반을 맞는 형식상의 예절을 갖출 뿐이었다. 그녀는 어디까지나 기생으로서의 현실적인 행동을 취한다. 이는 그녀가 기생으로서의 프로 정신이 있음을 말한다. 약속 어음보다는 현찰이 좋은 법이다.

그러나 월매도 이 도령과 이야기하는 도중에 그가 마음에 들었던 모양이다. 그래서 갑자기 그녀는 춘향의 출생과 성장의 내력을 과장되게 늘어놓으며 딸 자랑을 시작한다. 이는 물론 이 도령을 초조하게 하여 다짐을 받아 두려는 것으로도 해석할 수 있다. 그러자 눈치 없는 이 도령이 안달이 나서 계속 춘향을 본처같이 여길 테니 제발 허락만 하여 달라고 조른다. 이에 월매는 지난밤 난데없는 청룡(靑龍) 하나가 벽도지(연못)에 잠겨 보이는 꿈을 생각하고, 이것이 연분이리라 짐작하고 허락한다. 그녀의 대응은 춘향이처럼 주도면밀하게 계획적인 것이 아니라, 간밤의 길몽에서 나온 기대감이나 요행을 바란 우발적인 행위에 가깝다고 하겠다.

또한 이 도령이 사또를 따라 춘향을 이별하고 서울로 가게 되자, 월매는 발악을 하면서 춘향을 데려가라고 한다. 그러나 춘향이 이 도령으로부터 다시 찾겠다는 약속을 받아 내고서 어미를 타이르자, 그녀는 모든 것을 포기하고 겨우 진정한다. 이는 당시 양반의 무모한 행위에 대한 서민적인 체념이라 할 것이다.

이렇듯 그녀는 어떤 의식적 각성에서 나온 행동을 하는 것이 아니라, 늘 요행이나 바라는 미신적 태도를 견지하고 있었다. 그래서 이 도령이 어사가 되어 그녀의 집에 왔을 때도, 그녀는 정화수(井華水)를 떠다 놓고 단 밑에 엎드려 온갖 신들에게 이 도령이 출세하여 자기 딸을 살려 달라고 정성 들여 빌고 있었다.

이는 당시 고난을 당하던 무지한 서민들이 그들의 고통을 해결하려는 한 모습이기도 하다. 그들은 춘향이처럼 현실적 방해물과 맞서는 것이 아니라 다만 천지신명에게 비는 것이 고작이었다.

축원을 드리던 월매가 이 도령이 왔음을 알고 반가워, 방으로 들어가 촛불 앞에 앉히고 보니 걸인 중에 상걸인이 되었거늘 소식 없었던 것을 힐난하며 홧김에 달려들어 코를 물어뜯어 버리려 한다. 아마도 이 도령에 대한 기대가 너무 컸기에 실망도 그만큼 컸을 것이다. 그리고 이 도령이 시장하니 밥이나 달라고 하자, 없다고 거절한다. 이런 구박 행위는 월매가 춘향이 같은 낭만이나 사랑, 그리고 희망을 가지고 있지 않았기 때문이리라.

그렇기에 월매는 뒤에 이 도령이 어사로 나타나 자기 딸을 구한 줄 알고는 이제까지의 태도를 돌변하여 어사 사위 좋다며 깡충깡충 뛰어오른다. 이것 역시 그녀에게는 예상된 결과가 아니라 우연히 얻어진 결과로 받아들여졌기 때문이다.

살펴본 대로 춘향의 신분 상승을 방해한 인물로는 변학도와 이 도령의 아버지인 이 사또, 그리고 월매이다. 변학도가 적극적이고 직접적이었음에 반하여, 이 사또와 월매는 소극적이고 간접적이라 하겠다. 그러나 이들은 다 같이 늙은 세대로서 다가오는 새 시대보다는 지나가는 구 시대의 질서에 순응하고 또 그것을 지키려는 보수적인 인물들로 그려져 있다. 그것은 이들이 눈앞의 현실적인 이해에만 집착하는, 깨이지 않은 인물들이었기 때문이다.

결국 『춘향전』은 기생 춘향이 양반 춘향으로 변신하는 이야기로 구성되어 있음을 알 수 있다. 춘향은 기생이었다. 그렇지만 반쪽짜리이긴 하나 양반의 혈통을 타고났기에 엄격한 조선의 신분 사회에서 양반이 될 꿈을 꾸었다. 그녀는 이 꿈을 위해 주도면밀하게 준비했고, 또 기회를 스스로 만들고 이를 포착하였다. 그리고 이 도령과 방자의 도움을 받아 그녀의 신분 상승을 방해하는 변학도와 어머니를 이기고 기어이 그녀의 꿈을 성취하였던 것이다.

특히 여기서 우리는 양반 상층민 = 방해자, 하층민 = 협조자라는 항등식이 결코 성립되지 않음을 알 수 있다. 상층민도 상층민 나름이요, 하층민도 하층민 나름인 것이다. 우리는 여기에서 협조자와 방해자를 가르는 기준이 등장인물들이 소속된 신분이 아니며, 다만 그들이 소유한 의식 내지 행동거지임을 재확인할 수 있다.

결국 춘향의 꿈을 이룬 것은 깨인 양반들과 깨인 서민들의 합작품인 것이다.

말년 운이 트인 춘향이

춘향의 태몽대로 춘향의 말년 운이 트였을까?

이 어사는 암행어사 출두로 춘향의 목숨을 구한 후, 함께 한양으로 올라갔다. 이 어사는 자기 부모에게 춘향의 내력을 모두 아뢴 연후에 혼인하여 아들딸을 낳고 오복을 두루 갖추고 백년해로한다. 이것은 바로 춘향이 꿈에도 소망했던 바람을 이 도령이 온전히 이루어 주는 가장 감동적인 대목이기도 하다. 왜냐하면 춘향이 꿈꾸던 신분 상승이 이 도령의 부모에 의해 정식으로 인정받았기 때문이다. 이것 역시 이 도령에 의해 이루어진 것이다.

또한 판본에 따라서는 이 도령이 이 사실을 임금에게 알려, 임금이 춘향에게 '정렬부인'이라는 봉호를 내리는 예도 있다. 옛날 관습에는 부인들에게도 남편에게 걸맞은 벼슬을 내렸으니, 정경부인이니 하는 것들이 그것이다. 요즈음도 이런 제도를 도입하여, 남편들의 직위에 따라 부인들에게 일정한 명예를 부여한다면, 여자들이 밍크코트니 명품이니 하는 뇌물에 조금은 초연해질지도 모를 일이다.

살펴본 대로 이 도령은 춘향이의 꿈—기생에서 양반으로의 신분 상승—을 이루는 데 가장 중추적인 역할을 담당한 인물이었다. 그는 인도주의 사상을 지닌 새로운 유형의 양반 인물이었음을 알 수 있다. 소년 시절부터 봉건적 양반 가정의 완고한 예의범절에 부자유를 느끼고 그 울타리를 뛰쳐나와 하층민들에게 접근하였던 것이다. 그는 부모의 눈을 속이고 양반 계급의 윤리를 위반하면서까지 신분적으로 허용되지 않는 춘향과 평생 기약을 맺었으며 끝내 자신의 약속을 지켰다.

춘향은 이제 이 도령의 도움으로 그녀의 꿈을 온전히 이루게 된다. 그녀는 드디어 이 도령을 따라 서울로 입성하게 된 것이다. 그녀는 이 도령과 아들딸 낳고 백년해로를 했으니, 과연 그녀의 태몽에 예시된 대로 말년 운이 좋았던 것이다. 초년고생을 좀 하더라도 말년 운이 좋은 것이 최고 아닌가?

꿈속의 용을 잡아 봄 향기 같은 꿈을 이룬 여자

이제까지 살펴본 대로 『춘향전』은 춘향이 스스로의 신분 상승을 성취시키는 사랑의 이야기이다. 즉, 이 작품은 신분 문제를 주된 소재로 삼고 있다고도 할 수 있다. 다른 고소설도 대개 그러하지만, 유독 『춘향전』에 등장하는 모든 사람들이 한결같이 그 신분상의 지위를 알리는 이름으로 불리는 것 또한 우리의 이해를 도울 것이다. 기생 월매니, 기생 딸 춘향이니, 이 사또니, 신관 사또니, 방자니 하는 것들이 그것이다. 그만큼 『춘향전』은 신분 문제와 깊은 연관성을 갖고 있는 것이다.

그리고 『춘향전』 전승(傳承)의 역사는 곧 춘향의 신분 상승사와 통하는 데가 있다. 무슨 얘기냐 하면, 한 판본 안에서 이루어지는 신분 상승은 물론, 각 이본들 간에 나타나는 춘향의 신분 상승을 말하고자 하는 것이다.

요컨대 후대로 내려오는 『춘향전』의 이본들일수록 춘향의 신분이 더욱 상승되는 것이다. 즉 출생담에서는 천민 기생의 딸에서 성 참판의 딸로, 그리고 마지막 장면에서는 이 도령의 소첩에서 정실부인으로의 신분 상승이 그것이다.

이런 점은 주인공의 이름에서도 찾아볼 수 있다. 작품의 주인공은 성

춘향(成春香)과 이몽룡(李夢龍)이다. 이들의 이름을 보면, 주로 고소설에서 흔히 볼 수 있는 것과 같이, 가장 일반적인 에필레이션(appellation)의 방법으로, 우유적(寓喩的)인 명명법을 사용하고 있다.

에필레이션은 명명(命名), 즉 이름 짓기이다. 이름이 지니는 영적 기능은 일반적인 언어의 그것보다 훨씬 신비하다고 알려져 있다. 이름(name)의 어원을 살펴보면, 그것이 '신의 뜻'을 나타내는 단어(numina)와 같은 계열임을 알 수 있다. I.A. 리차드의 증언을 들어 보더라도 고대인과 원시인에 있어 이름은 '영'(靈)과 동일의 것, 즉 인간에 있어 불가결한 부분이다. 따라서 이 이름 가운데 응결해 있는 상징이야말로 바로 서사 문학의 심장을 이루고 있는 것이다. 그러므로 소설에는 반드시 등장인물의 이름이 나온다.

우리 선조들은 기휘(忌諱)하는 습속이 있었다. 즉 어른의 이름을 함부로 부르지 못했다. 조선 시대만 해도 남자가 20세가 되면 관례(冠禮), 즉 성인식을 치르고, 그때 주례가 그 사람의 자(字)를 지어 주면 그때부터 모든 사람들이 그의 자를 불렀지 이름을 부르지 않았던 것이다. 비록 부모일지라도 어른이 된 자식의 이름을 함부로 부르지 않았다. 요즈음도 아버지가 장가 간 아들에게는 '○○ 아범아!' 하고 부르는 것을 보면, 이런 유습이 아직도 남아 있는 것을 볼 수 있다.

거슬러 올라가면 이는 아마도 원시인의 사고방식에서 온 것으로, 이름을 그 사람의 생명의 본질로 여겨 그 이름자를 다른 사람이 쓰면 그 사람의 생명을 훼손하는 위해(危害) 행위로 알았기 때문일 것이다. 특히 임금이나 아버지 등 조상의 이름자를 사용하는 것은 신성 침해 행위로써 법적인 제재까지 받았다고 한다. 요즘도 이름을 함부로 짓지 않고, 작명소나 아니면 어른들에게 부탁하는 것이 이런 습속에서 생긴 것일 것이다.

언젠가 TV에서 성춘향의 본래 성은 이씨이고, 이몽룡의 본래 성이 성씨라는 내용의 다큐멘터리를 방영한 적이 있다. 『춘향전』은 실제 인물을 소설화시킨 이야기라는 것이다. 그래서 실제로는 성이성이라는 양반이 이춘향이라는 기생을 사랑했으나, 이야기를 만들면서 성씨 가문에 누가 된다 하여 성씨를 이씨로 바꾸었다는 것이다. 또 성씨 가문의 기록에 의하면 성이성이 암행어사를 한 적이 있고, 늙어서 일부러 남원에 들렀다가 눈 내리는 날 광한루에서 지은 시가 아직 남아 있다고 한 것인데, 상당히 흥미롭게 구성하였다. 성이성, 이춘향이라는 주장이 사실일 수도 있는 것이다.

하지만 나의 생각은 좀 다르다. 주인공 성춘향(成春香)의 이름을 뜻풀이해 보면, 이룰 성(成), 봄 춘(春), 향기 향(香)으로 '봄 향기를 이루다.'가 된다. 봄 향기란 무엇을 상징할까? 봄은 춘하추동 사계절 중에 오행(五行)으로 보면 봄에 해당하는 목기(木氣)에 해당된다. 나무가 아래로부터 위로 성장하려는 기운은 우주의 치솟는 힘을 상징하고, 만물이 생성되는 시작이다.

따라서 춘향은 바로 목(木)의 양(陽)처럼 계속 솟아오르는 새로운 힘, 즉 민중의 힘을 대변하는 것이다. 이는 새 시대의 새로운 물결, 천민도 양반과 사랑할 수 있다는 새로운 민중의 힘이요, 새 시대의 상징이다.

따라서 이 '봄 향기'라는 춘향의 이름은 조선 후기 사회에서 당시 봄 향기처럼 피어오르던 서민들의 꿈이라고 할 수 있다.

그 당시 서민들에게 신분 상승이란 현실 사회에서는 거의 불가능하였다. 오로지 꿈속에서만 그것이 가능했다. 이 꿈을 이루어 준 사람이 바로 '꿈속의 용'과 같은 존재인 이몽룡(李夢龍)이다. 꿈 몽(夢), 용 용(龍)이기 때문이다. 대개 용은 왕이나 위인과 같이 위대하고 훌륭한 존재로 비유된다. 왕의 얼굴을 용안, 왕의 의복을 용포, 왕의 덕을 용덕, 왕의 지위를 용위라고 한다. 그리고 왕의 위광을 빌려 자기 몸을 도사리고 나쁜 짓을 하는 사람을 '곤룡의 소매에 숨는다.'라고 말한다. 또 황하강 산시성에서 3단계의 높은 관문을 등용문(登龍門)이라 하는데, 이곳에 잉어가 올라가면 용이 된다 하여 사람이 입신출세하는 관문을 일컫게 되었다.

이러한 용의 이미지는 과거에 '장원 급제하여 금의환향하는 이 도령'의 이미지를 상징하고 있다. 또한 당시 민중들에게 이몽룡은 용의 모습으로 나타나, 그들을 억압에서 구원해 주는 메시아로서의 의미를 띤다는 해석도 가능하다.

어쨌거나 춘향은 마침내 용 같은 위대한 사람을 꿈같이 만나 그녀의 봄 향기 같은 꿈을 이루었다. 즉 춘향은 꿈속의 용인 이 도령을 통해 양반이 되는 꿈을 실현하게 되는 것이다. 당시 조선 후기 사회에서는 불가능했던 신분 상승이라는 평민들의 꿈이 『춘향전』 속에서 이루어진 것이다.

이춘향, 성이성이라는 이름이 사실일 수도 있다. 그러나 이렇게 보면 이 이름들이 작품의 전체 이야기와는 잘 어울리지 않게 된다. 따라서 실제 인물이 이몽룡인지 성이성인지는 중요하지 않다. 문학은 오히려 허구, 즉 픽션이어야 하는 것이, 문학은 있는 것을 전달하는 것이 아니라 있어야 할 진실을 전달하기 때문이다. 그러므로 『춘향전』의 전체적 의미 구조로 볼 때 춘향은 봄 향기와 같은 꿈을 이루었다는 의미에서 성춘향이어야 하는 것이다. 그리고 이 꿈을 이루어 준 사람이 이몽룡이므로, 성이성보다는 이몽룡이 더 합당하다고 본다.

한 가지 부언하자면 대개의 『춘향전』의 판본에서는 그냥 춘향이라고 나와 있지, 성춘향이라고 나와 있는 것은 신재효본과 몇몇 이본들뿐이다. 바로 여기서 신재효의 위대성이 드러난다. 신재효를 일컬어 한국의 셰익스피어라 하는 것이 헛말이 아닌 것이다.

이제까지의 논의를 요약할 때, 『춘향전』의 주제는 '양반이 되는 꿈의 실현'으로 볼 수 있다. 적어도 본 사설이 성립된 당시의 생성 주제는 분명히 양반이 되는 꿈을 이루는 것이었다. 이는 비록 춘향이의 꿈만이 아니라, 당시 조선 시대의 신분제 하에 있던 모든 평민들에게 가장 절실한 꿈이기도 하였을 것이다. 이런 꿈을 담았기 때문에 당시의 판소리 중에 『춘향전』이 가장 인기 있는 작품이었는지도 모른다.

춘향이의 신분 상승은 결과론적으로는 신분 타파에 이른다. 왜냐하면 기생이 양반이 되었기 때문이다. 이 작품에 대해 정의 내리길, 신분적 제약이라는 봉건적 질서에서 벗어나 인간적 해방을 쟁취해 나가는 과정을 그려 내고 고취한 작품이라는 주장도 틀린 말은 아니다. 이는 물론 『춘향전』이 생성될 당시의 주제로서 그렇다는 말이다.

우리 모두 양반이 되자

살펴본 대로 춘향이의 신분 상승에 대한 꿈을, 즉 춘향의 신분 타파를 도와주는 무리가 있는가 하면, 방해하는 무리가 있었다. 즉 이 도령이나 방자는 도와주고, 변학도와 이 사또는 방해하였다. 즉 이 도령과 방자는 구시대의 전통을 개혁하여 새 시대에 적응하려는 혁신주의자들이었고, 변학도와 이 사또는 고래의 전통을 그대로 고수하려는 보수주의자들이었다고 할 수 있다.

어느 시대든 과도기에는 이들이 공존하기 마련이다. 다만 이들이 갈등하는 것은 보수의 확고한 기반과 진보의 불확정적인 미래가 서로 조화되지 않는 데서 일어나는 현상일 뿐이다. 그러나 보수라 하더라도 그 시대 사회에 적응하기 위한 그 나름대로의 전망이 있으며, 진보라 하더라도 전통을 완전히 떠날 수는 없는 것이다. 조선 후기 역시 신분제가 흔들리는 과도기라, 이런 신구의 대립이 있었던 것이다.

더욱이 같은 양반층이면서도 이 도령과 변학도가 서로 대립하고 있는 것이 재미있다. 이런 인물 구조는 당시 시대 사회상의 복잡성을 여실히 나타내어 주는 모습이라 할 수 있다. 문학은 곧 사회의 거울인 이상, 『춘향전』에는 19세기 조선의 사회상이 광범위하게 반영되어 있을 수밖에 없기 때문이다.

조선의 후기 사회는 전근대 사회, 특히 중세의 해체와 거기에 따르는 근대 사회에의 성장으로 특징지을 수 있다. 전근대 사회를 근대 사회와 구별하고자 할 때 그 기준의 하나로 신분제 문제가 거론된다. 전근대 사회는 혈통과 세습에 기초하여 형성된 신분제가 인간과 인간 사이에 차등을 두는 기본적인 요소로써 작용하였고, 또 그 사회 체제의 해체 과정을 나타낸다는 것이다.

이제 우리는 양반과 상민, 즉 반상(班常)을 주로 하여 구성된 조선조 신분제가 어떻게 붕괴되는지 그 양상을 살펴보도록 하자. 이미 엿본 『춘향전』의 인물 구조가 그 과정에서 유용할 것이다.

지금까지 사학계에서 신분제 동요에 대한 연구는 대체로 두 방향에서 진행되어 왔다. 그 하나는 신분제 동요를 하층민의 내재적 성장의 결과로 인식하여 주로 하층민에 의한 신분 상승의 측면에서 고찰하려는 것이고, 다른 하나는 그것을 지배 구조의 모순과 붕괴의 결과로 보는 입장에 서서 주로 양반의 지위 하락과 사회 정책의 측면에서 살피려는 것이었다. 전자는 하층민을, 그리고 후자는 상층민을 신분제 동요의 중심으로 본 견해라고 할 수 있다.

때문에 전자에서는 이렇게 주장한다. 즉 이앙법, 이모작, 묘종법(苗種法) 등 영농 기술의 혁신으로 인한 생산력의 향상과 조세 저항 운동을 통한 토지세의 인하가 농민층 내부에 부농, 중농, 소농, 빈농으로의 경제적 계층 분화 현상을 야기했고, 여기에서 경영의 합리화와 상업적 농업을 통해 부를 축적하는 경영형 부농이 출현하게 되는데, 이것이 신분 변동의 배경이라는 것이다.

한편, 후자의 연구는 정치권력 구조의 추세와 재정난의 타개를 위해 돈을 내는 사람에게 벼슬을 주는 납속(納贖), 돈을 내면 노비에서 해방되는 노비 속량(奴婢贖良) 등의 사회 정책에서 신분 질서 동요의 배경을 구하였다. 또한 노론(老論) 중심의 일당 전제와 이에 뒤이은 세도 정치가 양반 관료 정치의 파탄을 가져와 여기서 실세(失勢)한 양반들이 몰락하여, 결과적으로 양반의 권위 실추와 신분의 혼란을 초래하였다는 것이다.

여하튼 조선 후기 사회에 격심한 신분 변동이 진행되고 있었던 것만은 사실이며, 나는 위의 두 견해를 유기적으로 연결시키고 상호 보완할 때만 당시의 신분 변동 상황을 제대로 설명할 수 있다고 생각한다. 왜냐하면 사회 변동이란, 아래나 위로부터의 일방적인 혁명이 아닌 한, 상하두 계층의 상호 보완적인 변화 없이는 쉽게 이루어질 수 없는 것이기 때문이다. 즉 양반층과 평민층이 함께 고려의 대상이 되어야 한다는 말이다.

이러한 점들을 염두에 두면서 『춘향전』의 인물들을 조선 후기 사회의 성격과 대비하여 다시 살펴보도록 하자.

춘향은 기생의 딸로서 당시 천민 대우를 받던 계층에 속했다. 그러나 조선의 신분 사회에서 그녀는 양반의 부인이 될 꿈을 꾼다. 그 꿈이 현실화되는 것은 차치하더라도, 어떻게 그런 꿈 자체가 가능했을까? 이는 무엇보다『춘향전』이 형성된 조선 후기의 시대적 분위기에서 그 이유가 해명되어야 하리라고 본다.

조선 후기는 특히 아래에서부터 신분제가 동요되고 흔들리던 시대였다. 이와 같은 민중 세계의 저항은 16세기에 접어들면서 이미 시작된 것으로, 소극적으로는 군역(軍役)을 비롯한 각종 부역(負役)을 기피하는 방법으로 나타났고, 적극적으로는 화적(火賊) 혹은 민란의 형태로 나타났으니, 임꺽정, 정여립의 난 등이 대표적인 것들이었다.

나아가 16세기 말, 17세기 초에 걸친 임병양란은 비록 왕조의 교체를 가져오지 못하였지만 지배층으로서 양반 계층의 권위를 떨어뜨리는 큰 계기가 되었으며, 동시에 민중들의 사회·경제적 의식을 확대시켜 결국 양반과 상민 사이의 구분이 크게 흔들리게 되었다.

춘향이의 꿈은 이렇듯 신분제가 흔들리던 조선 후기의 사회적 성격에 바탕을 두고 있는 것이다. 신분제가 안정되어 있었던 조선 초기 같았으면, 춘향이는 감히 이런 꿈을 꾸지도 못했을 것이다. 그러나 그녀는 기생 신분으로 태어났어도 양반 부인이 될 수 있는 사회, 즉 신분제가 크게 동요되는 사회에 살아갔기에 그런 꿈을 꿀 수 있었던 것이다.

아울러 그녀의 가정적인 영향도 무시할 수 없다고 본다. 당시 춘향의 어머니는 '삼남에 유명한 명기'로, 딸을 대비속신(代婢贖身)시킬 만큼 경제적으로 성공한 기생이다. 한편 춘향의 아버지는 몰락한 양반이었다.

조선 후기에는 전쟁을 겪으면서 경제적으로 몰락한 양반층이 생겨났고, 전쟁 후의 양반 사회는 계속적인 당쟁을 통해 그 자체를 분화시켜

나갔다. 그에 따라 양반층의 극히 일부만이 권력의 핵을 이루면서 권력을 통한 대토지 소유자로 변해 갔고, 다른 일부는 지방에 거주하면서 벼슬길에 오르지 못한 향반(鄕班), 지방 세력인 토호(土豪) 등에서 보는 것과 같이 권력층의 주변으로서의 위치를 유지하면서 경제적으로는 일정한 지위를 확보하였다. 그러나 그런 정도에도 낄 수 없었던 또 다른 대부분의 양반들은 정치적으로나 경제적으로나 일반 농민층과 거의 다름없는 상태로 몰락해 갔다.

월매는 돈이 있었으나 신분이 낮았고, 성 참판은 명색이 양반이었으나 경제력이 없었으니, 이들이 서로의 필요에 의하여 결합할 수 있었던 것은 당시 사회에서는 어쩌면 자연스러운 결과였다고 할 수 있다. 요즈음 근본 바탕이 없는 일부 졸부들이 그들의 사위로 판검사나 교수 등을 선호하는 경향도 이런 측면에서 이해될 수 있을 것이다.

거듭되는 말이지만, 이들 사이에서 태어난 춘향이 어머니의 경제력을 바탕으로 하여 아버지의 신분을 되찾으려고 꿈꾼 것은 전혀 우연만이 아니라고 여겨진다. 결국 춘향은 이러한 사회적, 가정적 영향으로 인하여 양반의 부인이 될 꿈을 꾸게 된 것이다.

그러나 당시 보통 양반들은 그녀의 신분 상승에 대한 꿈을 그대로 쉽게 용인하지 않았다. 변학도와 이 도령의 부친이 그러했다. 이들은 다 같이 늙은 세대로서 구질서를 지키려는 보수 세력이었다. 이러한 보수적인 성향은 당시 대부분의 양반 지배층에 두루 통용되던 일반적인 성향이 아니었나 싶다.

반면에 같은 양반이면서도 깨인 양반이었던 이 도령은 이들의 반대 편에서 춘향이의 꿈을 이루기 위해 적극적이고도 직접적으로 그녀를 돕는다. 이 도령은 춘향을 대할 때 신분 의식을 초월한 순수한 애정으로 대했지만, 변학도는 양반과 기생이라는 신분상의 차이를 전제로 하고 수청을 강요했다.

결국 춘향을 둘러싼 이러한 양반층 내부의 갈등은 암행어사 출두라는 상징적인 사건을 통하여 이 도령의 일방적인 승리로 돌아가게 작품은 결구되어 있다. 이는 결국 진보적이고 이상적인 젊은 양반 세대가 현실적이고 보수적인 늙은 양반 세대를 이기고, 서민 춘향을 양반 춘향으로 신분 상승시키는 것을 상징적으로 보여 주는 장면이기도 하다.

결국 중세적인 신분적 구속을 싫어하는 젊은 세대인 기생 춘향과 이를 이해한 양반 이 도령은 기성세대의 저항을 이겨 내고 기어이 새로운 사랑의 윤리를 이루어 냈다. 이는 양반 의식과 서민 의식의 은밀한 타협이라고도 할 수 있다. 곧 신분 타파는 깨인 서민과 깨인 양반의 합작품이라고 할 수 있다는 말이다.

춘향은 이 도령과 같은 지지 세력을 기반으로 하여 변학도와 이 사또 같은 방해 세력을 이기고 자신의 꿈을 실현할 수 있었다. 그러나 양반이 되고자 하는 그녀의 꿈은 그녀 개인의 꿈만이 아니라, 조선 후기 사회에 봄 향기같이 피어오르던 수많은 평민들의 꿈이기도 하였다.

판소리는 조선 후기 인구의 대다수를 점하고 있던 서민 의식을 내

포하고 있다. 이것은 작품 속에서 춘향의 꿈을 방해하는 변학도에게 춘향, 월매, 농민, 한량, 기생들과 각 아전, 사령들이 대립을 이루고 있는 것으로도 증명이 된다. 그러므로 『춘향전』은 곧 민중들의 작품인 것이다.

특히 춘향을 지지하는 이 도령이 암행어사 출두로 춘향의 신분 상승의 꿈을 방해하는 변학도를 응징할 때, 청중들 모두가 열광하고 갈채를 보내는 것은 그들이 평소에 품고 있던 자기들의 꿈을 춘향이 대신 실현해 주었기 때문이다. 즉 청중들은 춘향이의 꿈을 자신의 꿈으로 감정이입(感情移入)하였던 것이다. 즉 이 도령은 춘향을 위한 어사에서 민중의 구원자인 메시아의 차원으로 승화되고 있는 것이다.

천민 기생이 양반이 됨으로 해서 결국 신분 타파의 결과를 낳았다는 것, 이는 평민층이 양반층을 깨뜨림으로써 이룩된 하향평준화가 아니라 모두 양반이 되는 상향평준화인 셈이다. 이는 '나라 안의 모든 사람이 모두 양반이 되면 양반이 없어지게 되는 것'이라는 정약용의 정신과 일치하기도 한다.

이런 상향평준화의 성향은 우리 민족이 가진 '한국적 평등주의'의 발현이라고도 하겠다. 이러한 예는 곳곳에서 찾아볼 수 있으니, 서구 유럽이 중세 귀족층을 물리치고 시민 사회를 이룬 데 반해 우리나라는 거꾸로 평민들이 없어지고 대신 모두 양반이 되는 묘한 근대 양반 사회를 이루고 만다. 우리 주변에서 아무나 보고 '이 양반'이라 '저 양반'이라 하는데, 이런 습관은 모두 상향평준화의 산물인 것이다.

『춘향전』도 이런 시대적 분위기를 아우른 작품으로, 결국 '우리 모두 양반이 되자.'는 주장을 담고 있다고 하겠다. 이러한 정신대로 조선 후기는 갈수록 양반의 수가 증가하여, 갑오경장 무렵에는 양반 아닌 사람이 없을 정도가 되었음은 역사가 증명하고 있다. 조선 초기의 양반 수는 약 3~5%라고 추정하고 있으나, 갑오경장 무렵에는 약 98% 이상이 양반이었다고 한다. 이런 점에서 보면 『춘향전』은 당시의 시대정신뿐만 아니라 우리 민족의 성향까지 훌륭하게 반영하고 있는 작품이라 하겠다.

그러나 오늘날까지도 『춘향전』이 많은 사람들의 입에 오르내리는 까닭은 무엇 때문일까? 처음에 민중의 설화를 합성해서 만들어 낸 판소리 사설이 지금까지 대중 앞에서 수만 번이나 불리고, 그것이 소설로 정착되어 사본 40종, 목판본 7종, 활판본 50~60여 종, 현대 문학기에 와서 개작된 것이 5~6종, 연극 대본 10여 종, 번역은 영, 불, 독, 일, 덴마크, 중국, 노어본 등 10여 종에 이르고, 연극, 가극, 영화, 뮤지컬 등 온갖 형태로 바뀌어서도 감명을 주고 있다.

아직도 양반이 되고 싶은 사람이 많아서일까? 아니다. 지금은 양반도 없다. 신분 타파를 위해서인가? 그러나 오늘날은 만민 평등의 원칙이 지배하는 민주 사회로서 신분상의 차이란 없다. 그러면 무엇이 오늘도 우리로 하여금 춘향을 찾게 하는가. 여기서 우리는 『춘향전』의 진정한 주제를 한번 찾아보아야 한다.

주제는 변하는가

『춘향전』의 주제를 살펴보기 전에 우선 주제가 무엇인지부터 알아보기로 하자.

작가가 작품에서 나타내고자 하는 중심 사상(中心思想)을 주제라고 볼 때, 작가는 주제를 효율적으로 표현하려 할 것이고, 독자는 그 숨겨진 주제를 찾아내려 할 것이다. 따라서 작품을 쓰는 목적도 주제를 전달하기 위해서요, 작품을 읽는 목적도 그 주제를 파악하기 위해서이다. 그래서 작품에서 주제야말로 가장 핵심적인 요소인 것이다.

흔히 말하듯이 주제는 작가의 인생관과 세계관을 뜻하는 것이라 할 수 있다. 즉 소설의 주제란 작가가 자신의 삶과 이 세계에 대해 지니고 있는 문제의식을 구현한 것이라고도 할 수 있다. 아주 구체적으로는 사건, 인물, 배경 등 여러 구성 요소를 통합시켜 주는 형이상학적 원리를 곧 주제라고 할 수 있다.

여기서 우리는 주제에 대해 한 가지 의문을 품게 된다. 즉 작품의 주제는 변하는지, 아니면 변하지 않는지 하는 점이다. 그리고 변한다면 어떤 이유로 변하며, 또 작품 생성 당시의 주제와 변한 주제 사이에는 어떤 상관관계가 있는가 하는 점이다.

작품은 생성될 때 하나의 유기적 생명체로서 태어난다. 그 생명의 탄생 이유나 목적을 주제라고 불러도 무방할 것이다. 그래서 작품을 하나의 생명체로 비유하는지 모른다. 작품은 이처럼 생명을 가지고 있기 때문에 오래 사는 작품이 있는가 하면, 빨리 죽는 작품도 있다.

곧 『춘향전』 같은 작품은 거의 몇백 년을 살아왔으나, 아직도 얼마나 더 살지 짐작조차 하기 힘들다. 어쩌면 영원히 살지 모른다. 하지만 같은 조선 시대에 태어났어도 기억에 사라진 작품들도 허다하다. 사실 살아남은 작품보다는 이미 죽어 없어진 작품이 더 많다. 『등하미인전』이나, 『단장록』이나, 『전수재전』 같은 작품을 지금 몇몇 전문적인 연구자를 제외하고 누가 이름이나 기억하며, 또 즐기고 있는가. 그뿐 아니라 『춘향전』보다 훨씬 후대의 작품인 이인직의 『혈의 누』 같은 개화기 소설이나, 근대 정비석의 『자유부인』 같은 작품도 그 운명은 마찬가지였다. 결국 이들 작품들은 화려하게 태어났을지는 모르지만 모두 얼마 되지 않아 그 수명을 다하고 말았다.

우리는 『춘향전』처럼 영원히 살아 있는 작품을 고전(古典)이라 하지, 그렇지 않은 작품에는 함부로 '고전'이란 영예를 안겨 주지는 않는다. 그러면 여기서 고전은 왜 고전이 되는지를, 그리고 고전이 아닌 것은 왜 고전이 되지 못하는지를 주제와 연관해서 살펴보기로 하자.

모든 작품은 태어나면서 생명체를 가지고 나온다고 했다. 그 생명체의 핵심이 주제이다. 그러므로 모든 작품은 생성 당시에 그 나름의 주제를 가지고 세상에 나온다고 할 수 있다. 따라서 지금은 비록 죽었다고 할 수 있는 옛날의 작품들도 모두 생성 당시에는 각기 생명을 가지고 태어났다. 즉 주제를 가지고 태어난 것이다.

가까운 예를 들면, 개화기 소설은 대개 개화(開化)라는 주제를 가지고 세상에 나왔다. 또한 당시로서는 개화가 가장 시급하고 또 가장 절실한 문제였으므로 그 작품들은 당시에 즐겨 읽혔고, 또 실제 필요하기도 하였다. 그러나 실제로 현실 세계가 개화되자 그들 작품의 사명도 동시에 끝나고 말았다. 그래서 죽고만 것이다.

　소설은 '있는 세계'를 소재로 해서 '있어야 할 세계'를 그리기 때문이다. 따라서 작품에 있어야 할 진실의 세계가 현실 세계에서 실제로 이루어지면, 그런 작품은 더 이상 세상에 존재할 필요가 없게 되는 것이다. 마치 남북통일이 되면 더 이상 통일이라는 말을 할 필요가 없는 것과 같다.

　조선 시대의 작품들도 예외가 아니다. 예를 들면, 『사씨남정기』 같은 작품들은 처첩간의 갈등을 그리고 있다. 조선 시대가 일부다처제 하에 있었기에 실제 이런 문제가 심각했을 것이다. 그래서 이런 문제를 다룬 소설이 당시에는 많이 유행했던 것이다. 그러나 오늘날은 일부일처제여서 이런 문제가 사라졌고, 그래서 이런 소설 역시 필요성이 없어졌기에 그 수명도 다한 것이다.

　또 예를 들자면 『임진록』이나 『조웅전』 같은 군담 소설류도 임병양란을 거친 뒤의 당시 시대 사회에서는 국민적 자존심을 살리기 위해서는 필요했겠지만, 지금은 역시 그런 시대와 사회가 아닌 것이다. 따라서 이들 역시 고전으로 살아남지 못하였다. 이런 예를 들자면 끝이 없을 것이다.

　살펴본 대로 작품은 어떤 것이나 생성될 당시의 시대 사회적 요구를 충족시켜 주는 산물이라고 할 수 있다. 따라서 각 작품은 생성될 때 반드시 각각의 주제를 가지고 태어난다. 필자는 이런 주제를 '생성 주제(生成主題)'라고 부르고자 한다.

그러면 이제, 타고난 생성 주제가 대부분은 위의 예를 든 작품들처럼 당대의 사명을 다하고 죽는데 왜 어떤 작품들은 영원히 죽지 않고 사는가 하는 점에 대한 의문이 남는다.

우리 모두 춘향을 꿈꾸자

죽지 않고 영원히 살아남는 작품을 고전이라고 했다. 우리는 그러한 것들로서 지금 분석하고 있는 판소리계 소설 작품들을 비롯하여, 『금오신화』, 『홍길동전』, 『구운몽』 같은 작품들을 들 수 있을 것이다. 왜냐하면 이러한 작품들은 오늘날에도 많은 사람들의 입에 오르내리며, 또 영화나 TV나 마당극이나 오페라 등으로 만들어져 대중들의 사랑을 받고 있기 때문이다. 그러면 이러한 작품들이 왜, 무엇 때문에 고전으로 살아남게 되었는지 『춘향전』을 예로 들어 주제적인 측면에서 살펴보기로 하자.

『춘향전』에는 현실적으로 기생 월매의 딸이었던 춘향이 양반이 되려는 꿈을 꾸고 그것을 성취하는 과정이 그려져 있다. 그것은 춘향 자신과의 투쟁이면서, 동시에 사회와의 피나는 투쟁이기도 하였다. 즉 이 작품의 생성 주제는 어디까지나 '양반이 되는 꿈의 실현'인 것이다.

적어도 『춘향전』이 생성된 조선의 신분 사회에서의 주제는 바로 그러했다. 그리고 이 꿈은 기생 춘향이의 꿈일 뿐만 아니라 당시 조선 후기 사회에서 봄 향기처럼 피어오르던 모든 평민들의 꿈이기도 했던 것이다. 그들은 현실 속에서 이룰 수 없는 양반으로의 신분 상승을 『춘향전』을 통하여 문학적으로 이루었다.

이를 문학적 용어로 감정 이입이라 할 수 있다. 독자 스스로가 상상 속에서 춘향이가 되어, 춘향이처럼 신분 상승을 이루는 것이다. 이를 통해 스스로의 불만을 카타르시스 할 수 있다. 결국 『춘향전』은 당시 평민들이 양반이 되고 싶어 하던 욕구의 산물이라고 할 수 있다.

그러나 오늘날의 사람들도 여전히 『춘향전』을 즐기고 있다. 이러한 경향은 계속되어 왔고, 앞으로도 아마 계속될 것이다. 왜 그럴까? 아직도 양반이 되고 싶어 하는 사람들이 많아서? 그것은 조선 시대의 대답일 뿐이다. 오늘날 양반이라는 것은 없으니까 말이다.

'고전 주제(古典主題)'라는 것을 생각해 보지 않으면 안 되는 이유가 바로 여기에 있다. 곧 『춘향전』이 계속 읽히는 이유는 그것이 생성 주제를 뛰어넘어 다른 주제를 획득했기 때문이다. 왜냐하면 우리가 어떤 작품을 읽는다는 것은 그 속에 담긴 주제를 사랑하기 때문이다. 즉 『춘향전』의 생성 주제는 당시에 분명히 '양반이 되는 꿈의 실현'이었으나, 오늘날에 이르기까지 널리 읽히는 이유는 그것이 구체적인 의미의 주제를 뛰어넘어 '꿈의 실현'이라는 주제의 보편성을 획득했기 때문이다.

필자는 이런 주제를 일컬어 바로 고전 주제(古典主題)라고 명명하고 싶다. 인간이란 누구나 꿈을 꾼다. 돼지와 사람의 차이점이 바로 여기에 있다. 항상 더 나은 세상을 꿈꾸는 것이 인간이다. 따라서 인간이라면 누구나, 또는 언제 어디서나 춘향이처럼 꿈을 꾸고 그 꿈을 성취하려고 할 것이다.

따라서 오늘날의 우리가 『춘향전』을 읽을 때는 춘향이가 지닌 꿈의 구체적인 내용보다는 그 꿈을 성취하는 과정과 결과에 공감하고 즐거워할 뿐이다. 더불어 우리 역시 춘향이처럼 적극적이고도 강인한 의지와 주도면밀한 계획으로 모든 고난을 이겨내 끝내 우리의 꿈을 이루고 싶은 욕망을 춘향을 통해서 발견하게 된다. 따라서 인간이 꿈을 성취할 의욕이 있는 한, 그리고 춘향이 꿈을 이룬 그 강인함과 주도면밀함에 공감하는 독자들이 있는 한 『춘향전』은 영원히 읽힐 고전이 될 것이다.

이렇게 작품이 생성되어 유통되다가 생성 주제의 의미가 확대되어 보편적 진리를 획득할 때, 그 작품은 고전 주제를 획득하여 고전으로서 자리 잡는 것이다. 『춘향전』의 경우 '양반이 되는 꿈의 실현'이라는 구체적 생성 주제가 발전하여, '꿈의 실현'이라는 보편적인 고전 주제를 획득하였기 때문에 우리 민족뿐만 아니라 세계적인 고전으로 자리 잡게 된 것이다. 모든 인간이 꿈을 이루려는 욕망을 갖고 있기 때문이다.

오늘날의 우리는 더 이상 '신분 상승'이라는 춘향의 꿈에 공감하지는 않는다. 다만 아무리 어려운 상황에서도 자신의 뜻을 굽히지 않고 그 꿈을 이루어 내는 춘향이의 강인한 정신에서 오늘을 사는 우리 자신의 모습과 내일의 우리를 그려 보게 된다. 따라서 우리가 꿈을 꾸고 성취할 의욕이 있는 한, 『춘향전』은 늘 우리와 함께 있어야 할 우리의 영원한 고전 작품이 된다. 동시에 우리 민족이 꿈꾸는 한 『춘향전』은 우리와 함께할 것이다.

나는 우리 민족이 『춘향전』을 통해 여러 가지 어려운 난국을 이겨 내야 한다고 본다. 춘향이가 그랬듯이, 강인한 춘향이를 창조한 한국인 역시 반드시 여러 난관을 이겨 낼 것으로 믿는다. 더 나아가 여기서 만족할 것이 아니라, 춘향이 최고의 신분으로 올라갔듯이, 우리도 세계 최고의 선진국을 반드시 이루어 내야 할 것이다. 우리는 늘 춘향이로 새롭게 시작해야 한다.

우리 모두 춘향을 꿈꾸자!